楽園で会いましょう

J・ロバート・レノン著
李春喜訳

SEE YOU IN PARADISE: Stories

First published in the USA in 2014 by Graywolf Press

Frist published in the UK in 2014 by Serpent's Tail

Japanese translation rights arranged with

J. Robert Lennon c/o Sterling Lord Literistic, Inc., New York

through Tuttle-Mori Agency, Inc., Tokyo

Cover and jacket art design: Sakura Lee

目次

ポータル……1
虚ろな生……21
楽園で会いましょう……57
鉄板焼きグリル……89
ゾンビ人間ダン……119
バック・スノート・レストランの嵐の夜……156
生霊……175
呪われた断章……211
ウェバーの頭部……231

エクスタシー 265
一九八七年の救いのない屈辱 281
フライト 313
未来日記 339
お別れ、バウンダー 362
訳者あとがき 394

ポータル

裏庭にあった魔法のポータルを最後に使ってから数年が経ち、今ではそれは、放置されたまま誰も見向きもしなくなった。正直に言うと、私たちがこの家を買ったとき、どれだけ手入れをしなければならないのかまったく分かっていなかったので、天井の梁や床を直すのに忙しく、庭の草引きやフェンスの修理、ポータルの維持管理といったことは、すぐに優先順位の最後に回された。恐らく、腰を痛めずに、古い家屋に手を入れることができるプロの人たちがどこかにいるのだと思うが、もしそうだとしても、私は出会ったことがない。

つまり言いたいのは、裏庭のあの場所については、私たちはまるで存在しない場所であるかのように振舞うようになったということだ。子どもたちも大きくなり、以前のように森の中や空き地をうろうろして時間を過ごすこともなくなった――最近、ルアンは男の子のことにしか関心がないし、五分以上チェスターにXBOX以外のことを考えさせるのは不可能だ――グレチェンと私もあちらの方角を見ることはほとんどない。去年の夏一度だけ、少し酔っぱらって私たちはこっそりあの場所に行った。そして、野生リンゴの木の下でセックスをしようとしたけれど、草や小石が毛布を突き破り、虫が私たちを噛みまくるので、諦めて部屋に戻り、普通の人のようにベッドで行為を済ませた。

うん、ちょっとおしゃべりが過ぎたかな？　とにかく、私たちが最初に引っ越してきたとき、あのポータルを見つけたのは子どもたちだった。当時、子どもたちは魔法もの——『ハリー・ポッター』や『ロード・オブ・ザ・リング』といったもの——に夢中だった。そして、グレチェンと私が家の中でスチームを使って壁紙をはがそうとしたり、床板にやすりをかけたりしている間、子どもたちは、妙なファンタジー世界をその場所に作り上げていた。そこにはさまざまな王国、魔法使い、悪者、怪物、巨人など、思いつく限りのものが存在し、子どもたちは、そこに道を作り、宝物を埋め、地図を作製したりしていた。つまり、素敵な時間を過ごしていたということだ。私たちは夏のキャンプに子どもたちを送り出す必要もなかった。言ってみれば彼らは・・・何とかなったのだ。喧嘩もしなければ、不満も言わなかった——いつの日か、十代を終えるとき、彼らがそういったことを思い出し、再び何らかの形でお互いの関係を築いてくれることを望んでいる。たとえばそれが、大学生になる頃だといいと思う。とにかく、幸運を祈ることにしよう。

　ある日の午後、あれは七月だったと思うが、そこら中に泥をまき散らし、何かを発見したと息を切らして大声で叫びながら、子どもたちが家の中に入ってきた。「入口を見つけた！　別世界へ通じる入口だ！」。私は泥に腹を立てたが、子どもたちは大喜びしていて、彼らの夢中になった姿には人に伝染する何かがあった。そこでグレチェンと私は、子どもたちの後について庭を横切り、森の中に入っていって、小道に沿って空き地へと向かった。

　昔そこに何があったのかははっきりとしない——家の裏の土地はかつて農地だったので、土道の痕跡がそこら中に残っていた――しかし当時、二、三年前のことだが、そこはイバラなどの低木が生い茂っていた。私たちは、このように完全な円形の空き地となってしまう何か大きなもの――たとえば、穀物のサイロ――が昔ここにあったのではないかと思っていた。しかし子どもたちは、石のベンチを二つと小さな炉を一つ発見した。明らかにそれは、昔その場所で、火を焚いてベンチに座り、それを眺めるといったことが行われていたことを示している。

空き地に着いたとき、私は、子どもたちがやり遂げたことを見てとても感心した。大量の草木が引き抜かれていて、そこにはある種の個室のような雰囲気があった――雲の合間から光が射し込み、周囲の木々が壁のようだった。とても素敵な場所だった。子どもたちは空き地の端に立ち止まり、妻と私は後ろからついていった。子どもたちは「見える？」と訊ねているようだったが、妻と私は「『見える？』って何が？」という感じだった。それから子どもたちが「見て」と言い、私たちが「どこ？」と言った。「ほら、ちゃんと見て！」と子どもたちが言った。

うわっ、本当だ！ 左側を見ると、最初はベンチのように見えたが、実は、螺旋状の低い階段のようなものの上に、人の大きさくらいのちらちら光る楕円形の「魔法のポータル」が音を出しながら本当に浮かんでいた。間違いなく、それが何であるかについては、誤解の余地はなかった――つまり、それが熱であろうと何であろうと、それ自体を歪ませるような、電気的な歪曲を空気にもたらすもの以外ではあり得ないということだ。

私たちは本当に驚いた。というのも、不動産屋の広告はそれについて何も触れていなかったからだ。しかし、以前の所有者はそれについて何か言及したはずだ。家のどこかが腐食しているというのなら、それについて触れないのは理解ができる。しかし、たとえ壊れているにしても、この魔法のポータルが家に備わっているのは素敵なことだ（と、当時の私は考えた）。少なくとも、売却価格に二、三千ドルは上乗せできたはずだ。しかし、景気が悪かったのでそうはいかなかったのかもしれない。あるいは、以前の所有者たちはここまで来ることがなく、自分たちが何を所有しているのかを知らなかったのかもしれない。本当のことを言うと、彼らはあまり外に出るタイプには見えなかった。と言っても、グレチェンと私が本格的なアウトドア派というわけでもない。話をもとに戻そう。

実のところ、明らかにこのポータルは壊れているわけではなく、きちんと作動していた。そして子どもたちは、石ころの間の雑草を引き抜き、ポータル全体を取り囲む中庭に敷き詰められた石の上の土を取り払い、そこに至るまでの道筋を慎重に掘り出していた。今考えると、もし私が専門家、あるいは少なくとも、知識が豊富な素人なら、実はそのポータルはもう壊れかかっていて、間もなく完全に壊れてしまうところだということが分かったと思う。しかし、もちろん私は間抜けだった。そしてたぶん今もそうだ。

とにかく、私たちはみんなそこへ行って、ポータルの開口部の周囲を歩き、内側を覗いた——開口部を挟んで両側から変な顔をしたり、ビックリハウスの鏡を見たときのように、お互いの歪んだ姿が映っているのを見たりして笑った。しかし、誰も口にしなかったが、明らかにみんなの頭の中では、「通り抜けることができるのだろうか？」という考えが浮かんでいた。実のところ、そのとき私は心から子どもたちを誇りに思っていた。なぜなら、多くの子どもたちがそうするように、彼らは開口部に向かって頭から飛び込むようなことはせず、私たちを呼びにきたからだ。この素晴らしい判断力が、いつの日か彼らに戻ってくることがあるかもしれない。それは誰にも分からないが、夢を見るくらいは許されるだろう！　ところで、そのポータルを発見したときは、皆が全員お互いを見つめ合い、誰が最初にその開口部を試すのだろうと思っていた。

私は父親なので、それは私の役目だった。屈んで土の中から石をほじくり出し、ポータルの前に立った。子どもたちは私の後ろから見ていた。（グレチェンは腕を前に組み、今では常にそうしているように、微かに否定的な様子で、少し離れて横に立っていた。）そして、皆の注目が集まったところで、私は腕を振り上げ、石をポータルの開口部に投げ込んだ。

注目に値するようなことは何も起きなかった——単に石が見えなくなっただけである。「やったー！」とチェスターが大きな声で言うと、ルアンは興奮を抑えるように飛び跳ねた。

「ちょっと待ちなさい」と言って、私は小さな枝を拾った。そして、階段の一番下に片足を置いて、その中に小枝を突っ込んでみた。この距離で立っていると、ポータルが放つブーンという低いエネルギー音が聞こえた。今考えると、恐らくそれは、ポータルが正常に作動していないことを示す音だったのかもしれない――つまり、もしテレビからあの音がしていたら、修理の人を呼んだに違いないということだ。しかしよく考えてみると、あのときに何が分かったというのだろう？

おまけに、枝をポータルの開口部から引き抜いたとき、枝は何ともなかった。焼けたり凍ったりもしていなければ、ヘビか何かに変化しているわけでもなかったのである――それはまったくもとのままだった。それをグレチェンに渡すと、興味もなさそうにそれを調べて言った。「ジェリー、止めといた方が・・・」

「大丈夫、大丈夫」。自分がどう振舞うべきなのかはよく分かっていた――母親は慎重になり、夫の務めは「大丈夫」と言うことなのだ。まあ、最近はそう発言することも難しくなったけれど。私が階段を上がって、かなりポータルに近づくと、腕の毛が一斉に逆立った。私は人差し指を立て、ちかちかと光っている空間へゆっくりと近づけていった。

チェスターは目を大きく見開き、ルアンは両手の拳を口元に持っていった。グレチェンはため息をついた。

まあ、何て言えばいいのか、人差し指は中に入ったが、私はほとんど何も感じなかった。拳の手前で人差し指が切断されているのを見て何か変な気分になったが、指を引っこ抜いてみると、ほら、この通り、何ともなかった。

家族は誰一人何も言わなかったので、今度は思い切って腕ぜんたいを突っ込んでみた。子どもたちが叫び声を上げたので、私は腕を引っ込めた。

「何だ、何だ!!」と私は言った。

「血やなんかが見えたんだ！」とチェスターが言った。

「パパ、とても気持ち悪いわ」とルアンが言った。

「レントゲン写真みたいにか？」と私は言った。

チェスターは既にヒステリックに笑い転げていた。「腕がぶっち切れたみたいだ！」

「びっくりしたわ、ジェリー」と妻は言って、胸に手を当てた。

しかし、私の腕は何ともなかった。実際のところ、少し気持ち良かったぐらいだ——腕がどこにあったにしろ、森の中の風が吹くこの狭い空間よりも、そこは五度ほど暖かかった。

「お前たちは、パパの後ろに立っていなさい」と私は言った。というのも、これから私がすることを子どもたちに見て欲しくなかったからだ。結局はこの禁止項目もなかったことになり、ポータルをゆっくり通り抜けるときに見える脈打つ体内を、各自が見て楽しむことになった。しかし今のところ誰も——とりわけ自分を——怯えさせたくはなかった。子どもたちを安全に自分の後ろに隠し、グレチェンが子どもたちをしっかりと抱きしめると、私は開口部に頭を突っ込んだ。

自分でも何を期待していたのかよく分からない——「中つ国」[1]、木星、トスカーナのような場所なのだろうか。答えは、百万年考えても見つかることはなかったと思う。私は頭を引っこ抜いて言った。

「図書館の裏の空き地だ」

――

そのとき既に、まさにその当日、私たちには、そのポータルが壊れているのは分かっていたと思う。しかし、それを口にし始めたのは、そのことが明白になったあと、家族で町の中心に出かけて、グレチェンと私が奇妙なことに気づくようになってからだった。一つには、図書館で借りた本――言うまでもなく、最初に行った場所だ――はどこかおかしかった。話の筋はこんがらがっていたし、触ったときの紙の感じが変だった。バスの系統番号も私たちの記憶と違っていた。いつも私たちが乗っていた54系統のバスは24系統と呼ばれていた。地元の交通局が使っている路線図の色が、深紅色から黄褐色に変わっていた。レストランの名前も何軒か違っていたし、ばったり出会った人物――大学時代の友人のアンディーは、私たちを見ると、怯えたように後ずさりした。全体が何か少し変だった。

しかし本当に気味が悪かったのは、その日の夜、チェスターを寝かしつけるときに彼が言ったことだ――今となっては、それらの日々がどれだけ懐かしく感じられることか。チェスターはまだ幼くて、寝るときはぎゅっと抱きしめ、おやすみのキスをしてやらなければならなかった――。彼は、暗くなった部屋で突然笑い出し、グレチェンが「どうしたの?」と訊ねると、「あの、犬頭の人が」と言った。

「犬頭?」と私たちは彼に訊いた。

「そうだよ。あの人、覚えてない? 歩道で僕たちとすれ違っただろ。普通の頭じゃなくて、犬の頭をしてたんだ」

うん。確かに当時、チェスターはいつも変なことを言っていた。もちろん、今でもそうだが、それはまた別の話だ――以前は、彼が口にすることは幼くて微笑ましいものだった。それで私たちは、彼が何か冗談を言っているのだと思った。しかし後になって、そのときのことを思い出すと――何というか、背筋がぞっとした。それ以来、すべてが少しずつおかしくなっていった。しかし、今でも私が一番ぞっとするのは、チェスターが思い出したあの犬頭だ。結局、人が本当に怯えるのは、普通とほとんど変わらないものなのだ。

とにかく、その最初のときは、すべて大した問題もなく事は運んだと思う。図書館の次に公園へ行き、夕食に出かけた。心地よい夏の気候だった。それから、空き地に戻ってポータルを見つけた。意識的に探さなければ、帰りのポータルを見つけるのは容易ではなかった。ちらちらした光も弱くなっていたし、もちろん、その場所まで石が敷き詰められているわけでもなかった。私たちの様子を見ている人がいたら、私たち一人ひとりが消えていくと思ったに違いない。ディズニーの古い実写版の映画(たとえば、『フラバー』[2]や『ウィッチマウンテン』[3])なら、道路わきの溝から私たちのことを見ているホームレスが、次々と消えていく私たちを見て、安酒の入った瓶を疑わしそうに見つめたあと、意を決して瓶を後ろに放り投げる場面だ。

そういうわけで、その夜私たちは機嫌よく過ごした。私たちはみんな良い気分だった。実際、楽しい一日を過ごして、素敵な気分だった。グレチェンと私はセックスはしなかった。というのも、グレチェンが生理だったからだ。でも、私たちはすごくいちゃいちゃした。そこで私たちは、少なくとも天気の良い日は、それを週末の恒例行事とすることにした――朝起きて、新聞を読んで、着替えて、ちょっとした冒険を求めてポータルを通り抜けるのだ。

というのも、三度目までに、それが本当の冒険だということが明白になったからだ。ポータルが常に町の空き地に繋がっているわけではないということが分かった。それがそういうものなのかどうかは分からない。でも私は、時間と空間の流れの中で、そのポータルが、吹き流しのように一方の端がしっかりと固定されて、もう一方の端がぱたぱたと不規則にはためいている様子をイメージしていた。私はいまだに、なぜそれが一度目のときに私たちをそんなに自宅に近い（というか、見た目には自宅に近いと思われる）ところに連れていったのか分からない――恐らくポータルは、認知症が発症したことについてその現実を認めようとしない高齢者のように、何とか正常に作動しようとしていたのだと思う。

二度目にポータルを通り抜けたとき、昔の英国の荒野かどこかにいるのかと思った――実際、様子を見るために頭を突っ込んだあと、ピクニックに行くため、パンや果物などをかごに詰めてくるようグレチェンを家に帰らせた。それからルアンに、帰りのポータルの場所に目印をつけておくため、自転車の旗を取ってこさせた。頭がいいだろ？　ポータルを抜けると、私たちは素晴らしい天気のもと、きれいな水の小川が蛇行し、白い浮き雲が流れるゆるやかな起伏の丘陵地帯に立っていた。町や車や飛行機やスモッグを目にすることはなく、どの方角にも村や農場があった。しかし、一番近い村に歩いていったとき、私たちは少し驚いた——誰もいなかったのだ。人だけではなく、動物もいなかった——見捨てられた場所だったのである。そのとき私たち全員が、その世界全体は見捨てられていて、そこに存在する生き物は自分たちだけなのだという強い印象を持った。虫さえ存在せず、死ぬほど寂しい場所だった。私たちは一時間後には家に帰り、ピクニック用に準備したものは例の空き地で食べた。

三度目にポータルを通り抜けたとき、私たちはめちゃくちゃな町にいた——本当に、あれはちょっとひどかった。人々は何かを売っていて、宙に浮いた車でびゅんびゅん走り回り、通りでは酔っ払いがふらふらしていて、犬や猫や、鹿の半分くらいの、妙に知性のありそうな縞模様の動物がいた。そして、みんな帽子を被っていた——男性は、魔女が被るつばの柔らかい粋な帽子を少し変形させて被っていた。そして女性は、スフレケーキのような、天辺のへこんだ円筒状の帽子を被っていた。誰も私たちに気づいた様子はなかった。みんな、忙しく、忙しく、忙しく、していた。そして道路！　どれも真っ直ぐではなく、人が溢れていて騒々しく、まるでスパゲティの迷路のようだ。そして三十分くらいの間、私たちは道に迷って、二度とポータルを見つけられないのではないかと怯えた。しかし奇跡的に、町の中で唯一、人のいない暗い路地がポータルに通じているのを見つけた。（私たちは、自転車の旗を二つの敷石の間に立てていたのだが、もう少しでネズミではない何かに持っていかれそうになった。）チェスターは魔女の帽子を欲しがったが、それを売っている唯一の店は私たちの金を受け取らなかったし、そもそも私たちは、リスのおしゃべりのような奇妙な言語を話せなかった。そうだ、思い出した。そこにいる人たちの顎はみんな突き出ていた。全員がそうだったのだ。その夜家に帰ったとき、私たち四人は彼らの顎について大笑いした――何がそんなに可笑しかったのか分からないのだが、とにかく猛烈に可笑しかった。

　あの旅は大変だったけれど、私たちが一緒に過ごした時間の中で最高の時間だった。家族として、ということだけれど。恐怖を感じたときでさえ、私たちは同じ気持ちだった――一つのチームだったのだ。こういったことが時とともに変わっていくのはまったく自然なことだと思う。子どもたちも自立しなければならないだろ？　彼らだって自分の関心を追求し始めるし、自分なりのやり方を確立し始める。そうでなければ彼らが家から出ていかないではないか。それだけはごめんだ。しかし私はあの頃を懐かしく思う。ところが、自分が何かを手にしているときは手にしているものの有難みが分からないものだ。そこら辺にいる馬鹿野郎と同じで、当時、私が口にしていたのは不平ばかりだった。

　さて今は、ポータルを通って経験した四度目の冒険のことを考えている。ちょっと覗くために頭を突っ込んだとき、そこに見えたのは霧だけで、聞こえてきたのはからんからんという音だけだった。私が想像したのは、繋留されている船同士のぶつかり合う音が響くどこかの波止場で、倉庫のような建物の間に素敵なシーフードの店があるような場所だった。しかし、私は少し無茶をしたのかもしれない。家族にポータルをくぐらせたものの、霧が目や鼻を強く刺激し、その濃度は、思っていたよりもかなり高かった。からんからんという音は、やさしい海のうねりがもたらすものにしてはあまりにも大きく、深く、規則正し過ぎた。

実際のところ、私たちは地獄にいたのだ――そこは、巨大なロボット、鼻をつく刺激臭、窓のない建物、熱を放つ有毒廃棄物の世界だった。すぐに引き返し、ポータルから外に出るべきだったのだが、チェスターが、スーパーヒーローか何かについて独り言を言いながら前に走り出した。グレチェンが後ろから追いかけ、ルアンが私の手を取った（ひょっとすると、あれが最後だったかもしれない。ああ、でも二度とあそこには戻りたくない）。そしていつの間にか、自分たちがどこにいるのか分からなくなった。それどころか、誰が旗を持っているのかも分からなかったし、そもそも、旗を持ってきたのかどうかさえ分からなかった。私とルアンは、グレチェンとチェスターを見つけるだけで三十分かかったし、ポータルを見つけるのにさらに二時間かかった（それも、あちこち手探りをしてようやく見つけたのだ――最後まで見つからない可能性も十分あり得た）。このとき既に私たちはみんな震えて泣いていた――えっと･･･私は泣いていなかったけれど、もう少しで泣くところだった——しかし、高速で移動する、細長いフォークリフトのような醜い巨大な機械や、甲高い音を放つ、車輪のついた金属製の樹木に次から次へと襲われて、絶対絶命の恐怖でほとんど麻痺状態だった。ぴりぴりという微かな感覚を腕に感じたとき、安心感からもう少しでうんちを漏らすところだった。次々と折り重なるように私たちはポータルを通り抜け、夏の夕方の庭に戻ってきたのだが、鳥のようにひょろっとして、アルマイト加工された脚を持った四枚切りのトーストみたいな小さなロボットが、誤ってポータルから出てきたのを見てびっくりした。その後の数週間、それは全身を痙攣させ、猛烈なスピードで錆びていき、最後にはオレンジ色の砂のような染みを地面に残すだけになった。

もしかすると、私の記憶は間違っているのかもしれない——つまり、自分の身に起こったすべての不幸を、頭の中の一部に放り込んでいるだけなのかもしれない——しかし、子どもたちに変化が見え始めた、というか、一時的（そうだと信じたかった）に不適切な振舞いをするようになったのは、それから数日後のことだったと思う。ぼそぼそと話すチェスターの独り言——私たちは長い間それを、歌をうたっているか、あるいは、何かを暗記しようと努力しているのだと思っていた——の程度がますます激しくなった。顔を赤くして、口もとに唾を溜め、その独り言を止めようとすると、憎しみを込めた目で私たちを睨み返すようになった。それはまるで、彼の暴力的な空想世界の感情の残滓のようだった。ルアンについて言えば、今まで以上に頻繁に電話が鳴るようになり、受話器を持って誰にも聞こえないように部屋の隅に行き、内緒ごとを友人に囁いていた。言うまでもなく、その友人というのは最後には男の子になっていった。グレチェンは、化粧道具や、ルアンの欲しがる細身のジーンズやTシャツを彼女に買い与えていた――他にどうすればいい？　裾が大きく開いたスカートや頬冠りボンネットを被せるわけにはいかないだろ？

　グレチェンについて言えば、さて――分からない。あの目つきで私の方を見るようになった。同情していると言うのではなく、恐らく、後悔していると言った方がいいのかもしれない。あるいはがっかりしている。特に私にがっかりしていると言うのでさえなく――人生の目標をこんな低いところに置いた自分自身にがっかりしていたのだと思う。こういったことすべてを、私はあのポータル、つまり、私たちの生活が本当はどれほど情けなく、取るに足りないものであるかを示した、あのポータルのせいにしたくなった。しかし、私が「ミスター面白い人」ではないことを示すのに魔法のポータルなど必要なかった――私だって自分のこだわりを大切にしたいし、妻や子どもたちからあまり多くを期待されない方がいい。そう考えたら、――ポータルではなく――こういったことのすべてが、物事が上手くいかなくなった理由なのではないだろうか。グレチェンの両親がチェスターの誕生日にビデオゲームを買ってくれたことは何の解決策にもならなかった――ゲーム機の前に一時間もいたら、彼にはもう何を言っても無駄だ。彼の頭の中で一日中どんな悪魔が戦いを繰り広げているのか分からないが、それは彼の親指の動きによって表現されていた――ゲーム機は、気の毒な子どもの唯一の慰めだった。そしてとうとう、私たちはルアンが――こういう言い方が許されるなら――性的にふしだらな女性になってしまったことを知ることになり、チェスターは、取るに足りないものだったのかもしれないが、彼に身につけさせることのできた僅かな社会的礼儀作法さえ失ってしまった。今では、彼の顔はにきびだらけで、週に二、三度学校の敷地からふらりと立ち去ったり、いまだに白いブリーフにうんちをつけたりしている。そしてルアンには、チェスターの行きたいところに乗せていってやるという約束で中古車を買ってやったが、恐らく、一度彼をどこかに乗せていっただけだ。それは、スーパーマーケットの裏の鉄板製造工場だった――なぜだか理由は分からない。その後四時間、彼をそこに放ったらかしにした――その間、彼女が誰と何をしていたのかは誰にも分からない。(「あたしが何をしようと関係ないでしょ！　馬鹿！」)

ちょっと先を急ぎ過ぎたみたいだ。皆さんは、あのロボットのことがあって以来、私たちがポータルにまったく近づいていないと思っているかもしれないが、もしそうだとしたら、皆さんは私たちのことを知的な人間だと勘違いしているのだと思う。それどころか、私たちはときどきあそこに戻っていっていた――それは、私たちが集まって一緒にすることに同意できる唯一の行為だったのだ。私が一人で行くこともあった。グレチェンも同じことをしていたのではないかと思う――二時間ほどいなくなったと思うと、赤い顔で、植物の葉などを体中にくっつけて、レクリエーション道路をジョギングしてきたと言って帰ってくるのだ。子どもたちが一人で行ったとは思わない――しかしもしそうでなければ、あの妙なナイフをチェスターはどこで手に入れたのだろう？

　とにかく、私たちがそこで見るものは、ますます不穏なものになっていった。顔のない群衆や、まるで地面そのものが生きているかのような世界で、地面そのものがうねったり、そこから液状のものが出てきたりした。私たちは、行きついた場所で数分以上留まることはなくなっていた。ポータルは、その終焉へと至る過程で、独立した性質――それ自身の意思みたいなもの――を帯び始めた。そしてそれが私たちに示し始めたのは・・・。私たちが望んでいるとポータルが考えるもの。それは、ギターの音と聞き違えるような音から構成された、音楽とは呼べないサウンドトラックの騒音と混乱が響きわたる、赤い光の点滅する世界だった。その世界では、ルアンだけが楽しい時を過ごした。チェスターの世界もそこにあった。画素の粗いカラフルな3-D世界で、鎧を着た、目の大きな生物が片っ端から爆発して、きらきら輝く硬貨と血になってしまう世界だ。また、私たちが住んでいる世界に似た世界もあった。しかし、その世界ではあらゆるもの――建物、人、トラック、車――すべてが細かった。そして、恐怖に満ちたグレチェンの表情から、彼女がどういう世界を見たのかが分かった。また、すべての生物――大きいものも小さいものも――が赤い髪をして、足首が太く、私のオフィスの新しい事務員のようにぴちぴちした胸をしている世界があった。しかし、その後の数日間はグレチェンが私に話しかけてこなかったので、新しい事務員のことは忘れることにした。

　そして夏が終わる前に、私たちはそこに行くのを止めてしまった。子どもたちは新しく発見した楽しいことに忙しくなり、森で幻想と戯れるのを止めてしまった。グレチェンと私は、自己嫌悪と夫婦仲の悪さという各自のプライベートな世界のことで精一杯だった。クリスマスの頃にはみんなポータルのことを忘れてしまい、空き地には草木が生え始めた。私たちは普通の人と同じように暮らしていた。つまり、重たくて不機嫌な身体を引きずって生きていたということだ。

その後の数年間、私はその場所を何回か見にいった――何か変なことになってないかちょっと見にいっただけだ。もちろん、最後に見にいったときは、変なことになっていた――機械音はかなり大きくなっていたし、ちかちか光る楕円形は大きく傾いていた。まるで、左の下腹部にヘルニアを患い、そこが垂れ下がって、もう少しで地面に着きそうだった。その開口部に枝を突っ込むと、ぽんと音を立てて火花が散り、煙が舞い上がった。ポータルは咳をするような音を立て、その後、オゾンと腐敗の臭いがした。家に戻って、見てきたことをグレチェンに報告しても、そんなことはもうどうでもいいようだった。それで私も気にしないことにした。既に述べたように、私には頭を悩ますべきもっと重要なことがあったのだ。

ほんの数週間前のことだが、夜中に奇妙な音を耳にするようになった。「何か聞こえた?」と大きな声で口に出して私は言った。私が(一人でソファに寝ているときと違って)ベッドにいるので、グレチェンは半分寝ぼけた状態で起き上がり、「何も聞こえないわよ。夢でも見てたのよ」と言った。でもそれは夢ではなかった。コヨーテの鳴き声のようだったが、もっと深くもっと尾を引くような音だった。そして時には、金属と金属を擦り合わせるような音や不規則な時計音も聞こえた。起き上

がって窓の外を見ると、森の方から奇妙な光が輝いているのが見えたような気がした

今では昼間でも妙な臭いが庭に漂っていた。グレチェンは、「春なんだし、自然の生命が目醒める匂いなのよ」と言う。でも私はそう思わない。春というのは、朝に、機械油や犬の小便の臭いがする季節なのか？　本当に正直なことを言うと、私は、自分たちの無責任や無力が生み出したものを恐れ始めていた。つまり、私たちがこの場所を購入し、他のさまざまな問題を所有しているのと同じように、この場所を所有しているという事実だ。

そのことを私はグレチェンに話そうとしているが、彼女は聞きたがらない。「いま私はそういう気分じゃないのよ。癒しのプロセスから離れるわけにはいかないのよ」と彼女は言う。「癒しって、何からの癒しなんだよ？」。私は知りたかった。「魂の不調からよ」。そんなこと言われたら、何て言えばいいのだ？　その間、娘の居場所は半分くらいしか分からなかったし、チェスターの部屋には三週間行っていない。上の階から、彼が何かぼそぼそ言っている声は聞こえるし、暴力的な妄想を彼が演じているときに、ぎしぎしとベッドが軋む音も聞こえる。また、彼のお気に入りのゲームから放たれるオーケストラの恐ろしい弦楽器の音や爆発音や叫び声が聞こえる。

私たちが抱える問題は、いつか消えて無くなるというものではないのだ、分かるだろ？　どんどん大きくなって、気がつくとそれは自分より大きくなっていて、解消するのはもう手遅れになる。もちろん、夜ぐっすり眠れて、コーヒーを二、三杯飲んだときは、電話をとって誰かを呼び出し、助けを

求めようと思う日もある。学校のカウンセラー、結婚セラピスト、小児科医、魔女、呪術師、魔法使い、物理学者など、誰でもいいのだ。あのポータルをどうすればいいのか知っているか、あの道を通って空き地がどうなったのかを見にいく勇気のある人なら。

また今日みたいに、電話を取るのも億劫なほど疲れている日もある。そういう日に唯一絞り出すことができるのは、あの憧れの気持ちである。世界がまだ奇跡で溢れていて、朝になって新しい日を生きるのが楽しみだったあのときの気持ちである。

魔法というのは、何処かからやってくるものだろ？　それはそこにあるんだ。誰かの奥さんのところだったり、誰かの子どものところだったり、誰かの人生にだったり。私が願っているのは、そのほんの一部を取り戻すことだけなんだ。それでさえ望み過ぎだというのだろうか？

訳注

［1］　J・R・R・トールキンの物語世界における架空の世界の呼称で、歴史上の架空の期間［六〇〇〇−七〇〇〇年前］に存在したことになっている。

［2］　原題は *Flubber*。一九九七年制作のアメリカ映画。

［3］　原題は *Race to Witch Mountain*。二〇〇九年制作のアメリカ映画。

虚ろな生

太陽が照りつける公園の水辺には、湖と芝生の上に大きな柳の木が円形の陰を落としている。その柳の木の下に、赤いTシャツ、ベージュの半ズボン、白いスニーカーといった装いの子どもたちがいる。二十五人くらいだろうか。年齢は四歳から十四歳までの子どもたちだ。この暑さの中でサッカーをしている子どももいるが、ほとんどの子どもたちは、空中にお手玉を放り投げるゲームに夢中になっている。芝生はすっかり枯れてしまっていた。六月も後半に入ったが、この三週間一日も雨は降っていない。エドワードとアリソンは車の中にいた。

ここから見ていると、みんな素敵な子どもたちに見える、とエドワードは思った。同じ服を着て、こざっぱりとした子どもたちは、時折、係の人をちらちらと眺めていた。係の人たちは、折り畳み式ビュッフェテーブルの上にアルミホイルを敷いた皿を並べたり、近くで肉を焼いたりしていた。その光景を見ていると、抱擁力のある父親らしい感情が沸いてきた。しかし、込み上げてくるその気持ちはまだ抑えておいた方がいい。空腹のときにはスーパーに買いものに行かない方がいいのと同じだ。

「白人の子は要らないわ」とアリソンは考えていた。「ちゃんとした子じゃなければダメ、と考えるような人にはなりたくないの。黒人でも中国人でも何人でも、子どもはみんな同じよ。みんな善良なのよ、関係ないわ」

どちらも車から出ない。エドワードが言う。「最高の天気だな」

アリソンがため息をついて言う。「芝生を見てごらんなさいよ」

そのとき二人は、他の夫婦たちに気づいた。どうして今まで気づかなかったのだろう？　みんなとても目立っていたし、それぞれ他の夫婦からできるだけ遠く離れて、自分たちだけで、ぴくりともせず子どもたちを見ていた。みんな清潔感に溢れ、小綺麗で、注意深くカジュアルな服装だった。男性はベルトを通した半ズボンにゴルフシャツ、女性はサマードレスに夏用の帽子という恰好で、エドワードとアリソンもまったく同じ恰好をしていた。

子どもたちは何も気づいていないようだった。選ばれなかった経験を何百回もした子もいれば、希望をまったく持っていない子もいる。アリソンは思った。それでもこの子たちは「もしかすると」と思ってやってきたのだ。彼らは普通の子どもたちがするのと同じように――この子たちも「普通」だと彼女は自分を訂正した――遊んでいた。

「ほら」とエドワードが言って指差した。一組の夫婦が意を決し、柳の木の下へ向かった。芝生の上では三人の子どもがボードゲームをして遊んでいた。子どもたちに近づくと、話しかけようとしてその夫婦は腰を屈めた。黒い髪をした黒人の子が見上げた。

その夫婦は係の人に注意された。

「おっと」とエドワードが言った。

係の人たちは、胸にバッジのついたTシャツを着ていた。小太りで若い感じのその女性が、握手をするため真っ直ぐに手をさし出すと、その手を握るために夫婦は立ち上がった。二人はビュッフェテーブルに連れていかれて名札を手渡された。黒い髪の子は、賽子が渡されるまでその様子を見ていが、そのあとゲームに戻った。髪の薄い、青ざめた表情をしたほっそりとした顔立ちのその女性は、夫が促すまでその少年をじっと見つめていた。

「私にはできないわ」とアリソンが言った。

「大したことじゃないよ」[1]とエドワードは言ったが、意図せず口から出たジョークに気づいて「はは！」と大きな声を出した。

彼が車から出ると、アリソンも車から降りた。

主任担当者は名前をグレタといった。最初に彼女が自己紹介したときに、エドワードは彼女の名前を聞き損ねたので、名札を見るために、彼女の方に身体を寄せなければならなかった。しかし、あまり近づき過ぎてはいけない。胸を見ていると彼女に思われたくなかったからだ。しかし、もちろん見ていた。すると、彼女の名前は「グレイト」[2]だった。そんなことがあるだろうか？　彼女は背が高くて、様々な色の積木を重ねたように身体全体が傾いていた。

「今日は皆さんにお会いできてとても嬉しいです」とグレイトさん[3]は言った。参加した夫婦は、太陽が直接照りつける芝生の一区画に集められて座っていた。彼らの後ろで、子どもたちがちらちらとこちらの様子を窺っていた。「幾つかルールを説明します。一つ、参加用紙みたいなものはありません。今日はちょっと様子を見てもらうだけです。もし特定の子どものことが気になったら、私たちに知らせて下さい。面談の調整をします。二つ目、子どもたちには絶対に、ここに来た理由を言わないで下さい。彼らは既に気づいていて、少し緊張しています！　ワンちゃんやスポーツや、飛行機や教会など、何か他愛もないことを話して下さい」

　エドワードは、これらの話題をすべて含んだ一文を頭の中で作文していた。

　アリソンには、他の夫婦の方が、裕福でしっかりとしていて、自分やエドワードよりも適任であるように思えた。あの人たちは恐らくここの誰かと知り合いなんだわ。彼女はいつも、他人はみんなお互いに顔見知りなのだと信じていた。引き取った子どもがもし信仰を持っていたらどうすればいいのかしら？　バハーイ教徒[4]だったら？　ジャイナ教徒[5]だったら？　でも、図書館から本を借りてくるぐらいの時間はあるはずだわ。

「それから三つ目、これが一番大切なのですが、絶対に、どんなことがあっても、子どもたちに、皆さんのお宅に来たいかどうかは訊かないで下さい。いいですか？　では、以上です！」。グレイトさんが手を叩くと、人々は立ち上がった。

――――

エドワードは真っ直ぐに、一番背の高い子どものところに行った。身体全体が引き延ばされた感じの、見た目のぱっとしない顔色の悪い男の子だった。鼻は長く、アジア人のように目じりの切れ上がった細い目をしていて、顎が前に突き出ていた。その男の子は木陰に座って他の子どもたちを見ていた。エドワードは彼のそばに座った。

「おじさんは、オレを選ばないよ」とその子は言った。

「それは重要な情報だ。ありがとう」とエドワードは言った。するとその子どもは驚いたような目で言った。「頭おかしいんじゃないの？」

「オレの家族はダメな奴らで、オレを引き取ってくれた人もいたけど、上手くいかなかったんだ」

「君もダメなのか？」

子どもは笑って答えた。「まあね」

「何をやったんだ？」

「マリファナ」

「ああ」とエドワードは言った。

「それまで吸ったことなかったんだ。あのクソみたいな家の息子がオレにくれたんだ。そう言ったんだけど、そいつの親はオレの言うことを信じないんだ」

エドワードはそれと分かるようにじろじろと子どもの名札を見た。ネイト。

「ああ、おじさんは信じるよ。子どもってみんな悪いことするんだ。ネイト」

ネイトは一瞬エドワードを見つめて言った。「名前は何ていうんだい？」

「エド」

「おじさんは子どもたちにエドと呼ばせるのか？　それとも、何々さんって呼ばなきゃいけないのか？」

「エドでいいよ。シェール[6]のようにね」とエドワードは言った。

少し先を急ぎ過ぎた、とエドワードは思った。ネイトは、少し頭がいかれてんじゃないかという目つきでエドワードを見た。

「えっ、誰だって？」とネイトが訊き返した。


――――

アリソンはエドワードが一人で行動しているのを見て吐き気がした。これは二人でやらなきゃいけないことだと彼女は思った。彼女がそれを口にすると、エドワードが言い返しそうな台詞をは想像した。「別々で行動した方が広い範囲をカバーできるじゃないか」。彼はまるで、これが「ごみ拾い競争」でもあるかのように言うだろう。そのとき、「これじゃあ『まるでごみ拾い競争』だ、アル」

と彼が口にするのが聞こえた。彼は彼女のことを「アル」と呼ぶ。これまでのボーイフレンドはほとんど「アリー」と呼んだ。最悪だったのは、まつ毛の長いルーという名の筋骨隆々の男が使った「アリソン」だった。その男は、形式的な敬意さえ示しておけば、アリソンがその気になるだろうと思っていたのだ。エドワードは彼女のことをアルと呼び、彼女は彼のことをエドワードと呼ぶ。最初のデートのときにそうだった。「アル」と「エドワード」。それはその夜、一晩中彼女の頭の中を駆け巡っていた。そのあと二人は結婚し、九年間子どもを作ろうと努力した。彼女は薬による治療はしたくなかった。多胎妊娠を恐れていたのだ。もしそうなったらどうすればいいのだろう？　何人かを堕胎し、残った胎児を産むのだろうか？　そんなことは彼女にはできなかった。あまりにも恣意的に過ぎる。もし堕胎の選別を誤ったらどうするのだ？　それなら養子縁組だ。その方がいい。それから二人はこの「ピクニック」のことを新聞で知った。

子どもが一人彼女のもとにやってきた。まだ幼い白人の男の子だ。「これなげちぇ！　ぼくににゃげて！」と言って、彼はフリスビーを彼女に突き出した。怖くなって彼女は後ずさりした。フリスビーが地面に落ちた。子どもはそれを拾い上げ、もう一度彼女の方に差し出した。

「ああ！　どうすればいいのかしら・・・」。フリスビーを受け取りながら、自分は試されているのだと彼女は思った。これはテストなんだわ、私は失格だわ！

その子は、年上の男の子たちの小さなグループの方へ走っていった。彼らは悪戯っぽくにやにや笑っていた。「いいわ！　行くわよ！　ほらっ！」と彼女は声をかけた。

　彼女がフリスビーを投げると、それはふらふらと空中を飛んでいき、彼らの十フィートほど手前に落ちた。「ちがうよ！　こうだよ！　こう！」と先の男の子は言い、フリスビーをつかむと空中に投げ飛ばした。フリスビーが子どもたちの頭の上を飛んでいくと、彼らはそれを追ってどこかに行ってしまった。

　エドワードを目の隅で追いながら、彼女はぶらぶらしていた。彼は明らかに間違ったタイプの子どもに話しかけていた。彼女はいろんなことを調べていた。ティーンエイジャーや青年期の子どもは、ある発育段階を終えてしまっていて、大人が子育てをする時期を越えてしまっているかもしれないのだ。彼女はときどき、エドワードは本当は子どもを欲しがっているのではなくて、その隠された秘密が二人を不妊にしているのではないかと思うことがあった。妊娠の細かな理屈は分からないが、これだって信じようと思えば、医師が言うこととそう変わらないのではないか。

　当初、子どもを望む二人の気持ちは、ラブラドール・レトリバーのように情熱的で真っ直ぐで、そして無分別だった。二人はお互いのことが好きだったし、彼らのような人間をこの世に増やしたいと思っていた。セックスも楽しく気ままにしていた。しかし、このままじゃ上手くいかないってことが分かった後は、セックスもおざなりなものになった。それはまるで、ツイスター[7]をしているときみたいに怪しくて馬鹿ばかしいものに思われた。それでも二人はまだしている。もちろんセックスのことだ。しかしそのことを、「あれをしよう」というように、「あれ」と呼んでいる。それがどれほど気が進まないことであっても、どちらもそれを断らなかった。なぜなら、いったん断ると、どちらかがそれを二度としなくなる原因になるからだ。

エドワードがコンドームを装着したときに、二人のセックスは最も上手くいった。

アリソンはしばらくそんなことを考えていたが、肩を落とし、ぽかんと口を開け、一人ぼっちでいる自分の姿に気づいて我に返った。顔を上げると、周囲の光景に驚いた。獲物を狙った大人たちが、膝をついて、子どもたちを触りながらジョークを言っている。ジョークなんて一つも知らないわ！と彼女は思った。

そのとき、彼女は自分の子どもを見つけた。

本当なのだ。彼は彼女に似ていた。彼女と同じように指が長く（プラスチックのバットを握っていた）、彼女と同じように広い額をしていた（彼女と同様、汗をかいていた）。髪は彼女と同じようにアライグマのような明るい茶色の剛毛だった（彼の髪はくしゃくしゃで少し巻き毛だったが、チャーミングだった）。あまりにも彼のことが気になったので、彼が既に何人かの大人——年配の大人——と話していることに気づくまで何秒かかかった。熟年と言っていいかもしれない。男性は痩せていて少し前屈みだった。ブーツを履き、ボロータイ[8]をしていた。田舎者に見えたが、裕福な田舎者だ。女性はそばかすのある褐色の肌をしていた。アリソンは来るのが遅かった。その子は既に彼らのものだ。

それでも、彼女は彼ら三人の方へ向かっていった。

――

「親なんて要らないよ」とネイトはエドワードに話していた。「親なんていなくても大丈夫。もうすぐ高校を卒業するし、そうすれば、親がくれる金でバスのチケットを買うんだ」

何度も練習したような話し方だった。「それで、どこへ行くんだ?」とエドワードは訊いた。

「ヴェガスさ」

「そこに何があるんだ?」

「すべてだよ。女、金。ポーカーのディーラーをやりたいんだ。見たことある? カッコいいだろ」

「そうだね」

ネイトは、公園の向こう側に視線をやり、きらきら光る丘と水面を眩しそうに目を細めて見つめた。この子と暮らすのはそう難しくないだろうとエドワードは思った。ルームメイトみたいなものだ。というのも、本当のことを言えば、エドワードはもう赤ん坊は欲しくなかった。小型コンピュータやSUV車が欲しくないのと同じだ。ここ何年間、妊娠のためのパンフレットや胎児教育の書籍を読みあさった。おむつ、ベビーパウダー、ベビークリームは言うまでもなく、投資信託、ラジアルタイヤ、保険についてなど、すべては赤ん坊のためだった。こういったすべてのもののせいで、赤ん坊というのは、ある種のブランド名だと思うようになった。それは工業製品だ。単なる習慣に過ぎない。赤ん坊とは、他人にそそのかされて手に入れるものだ。赤ん坊なんてもうどうでもいい。大きくて丸い頭や、痩せた尻や、小さな鼻なんてどうでもいい。この子だ、この男の子を連れて帰ることにしよう。今しなきゃいけないのは、アルを探してきて、この子を彼女に紹介することだ。彼は人が集まっている場所に目をやった。彼女は、ほっそりしたテキサス人もどきの男性とその妻と一緒に、日射しの中に立っていた。彼は立ち上がってズボンの後ろを払った。

「ネイト、ちょっと待っていってくれ」

「お好きなように」

しかし、アリソンとテキサス人夫婦のそばに寄っていったとき、これは上手くいかないことが分かった。と言うよりむしろ、どうやっても上手くいくはずがなかった。なぜならそこには、大人三人と一緒に、面長で「どう見ても好きになれない」顔をした慢性鼻炎の五歳くらいの男の子がいたからだ。その子は、ウィッフルボール用[9]の壊れたバットを握っていた。そのバットは、何回も木に叩きつけられ、真ん中がへこんで白くなっていた。アリソンが振り向いたとき、彼女の目は、まるで割れたガラス片を詰め込んだようにぎらぎら輝いていた。彼女は恋をしていた。

何てこった、物事はもっと単純であるべきなのに。ネイトは、車の窓から投げ捨てられたコカコーラの缶のように後方へと姿を消していった。

「やあ！」と、彼は四人に向かって言うと、汗をかいたアリソンの背中に掌を置いた。その不幸な少年以外、誰も何も言わなかった。

「こんにちは」

エドワードは、そこにいる大人たちに自己紹介をするべきだと思ったが、何となく彼らのことが好きになれない感じがした。そこで腰を屈めて言った。「ここの責任者は誰かな？　君かな？」

「僕じゃないよ、スコットさんなんだ」とその子が言い、公園の向こう側にいる——今にも倒れそうだった——長身の女性を指さした。素晴らしい。[10]グレート・スコットじゃないか！　完璧だ！　少年が少し怯えたので、エドワードは笑いをぐっと抑えた。彼は名前をレイモンドといったが、名札の名前は、一つ一つの文字の最後がちょっと渦巻き型になった新しいタイプの活字体で記されていた。それは、後に筆記体を習うようになったとき、文字を繋げやすくなるように現在教えられている新しいタイプの活字体だった。

エドワードは、強い意志の込められた手を自分の肩に感じた。そして、その手が彼を立ち上がらせようとするのに身を任せた。

「ハーラン・ブリースとリンダ・ブリースです」とテキサス人が言った。エドワードは男性と握手をし、夫人には軽く頭を下げた。その後、ハーラン・ブリースはアリソンとも握手をした。エドワードはふざけてアリソンと握手をしようとしたが、彼女はいらっとした笑みを浮かべて拒否した。その間、ハーランは二人の品定めをしていた。しばらくして少年の方を振り返ると、ハーランの表情は自信と落ち着きに満ちていた。彼が二人のことを取るに足りない相手だと見なしたことがエドワードには分かった。彼の妻も同じことを見て取るとリラックスし、一瞬、顔を赤くした。エドワードは戦いが始まったことを理解し、アリソンの方を見た。

「少し陰に入るといいよ」と彼は言った。というのも、彼女の顔は真っ赤で、汗で光っていたからだ。

「大丈夫よ」。彼女は明るく答えた。「レイモンドは野球が好きなのよ。彼の好きな選手は・・・誰だったかしら?」

「サミー・ソーサだよ」とレイモンドは言った。

「おい」とハーラン・ブリースは言った。「生で野球を観たことがあるか?」

「ありません」

「じゃあ、誰かが何とかしてやらんといかんな」

「あの子がいいわ」とアリソンが言った。二人は、窓を固く閉めた車の中にいた。エアコンが二人の顔に熱風を吹きつけていた。小さな子どもたちがバスに乗り込み、クリップボードを持った係の者が名前をチェックしていた。行事は終了した。猛烈な日射しの中だったにもかかわらず、二組の夫婦は一インチも動かず、たっぷり二十分間レイモンド少年に話しかけた。暑さに強いブリース夫妻（本物のテキサス出身者だった）が遺伝的に有利な戦いだった。ブリース夫妻は、自分たちが湖畔に住んでいて、ハーランが裁判官であることを明かした。リンダが「女性特有の問題」を患い、子どもを産めなくなったので一度養子を取ったことがあったが、一年後、その少年が実家に戻ってしまい、その子を手離したことがリンダにとってはとても辛い経験だったのだそうだ。事実、リンダの細い顎、潤んだ瞳、太い上腕から彼女の深い悲しみをアリソンは想像した。ブリース夫妻は牧場を開発業者に売却し——他にもいろいろ場所はあるのに、選りにも選って——フィンガーレイクスに引っ越してきたということだった。

もちろん、こういったことすべては、これ見よがしな余談を間歇的に挿入する形で、エドワードとアリソンに語られた。裁判官、金、養子の経験といった情報の一つ一つが開示される度に、エドワードとアリソンの心は折れるかのように思われた。

例の十代の男の子がまさにバスに乗り込むところだった。エドワードが話しかけた子どもだ。「あなた、もっとそばにいてくれればよかったのに。なぜあの子に話しかけていたの？」

エドワードは、彼が見えなくなるまで彼の姿を追っていた。「ネイトっていうんだ。分からないな。誰も彼に話しかけていなかったんだ」

彼がいらっとするのは分かっていたが、彼女はため息をつかざるを得なかった。エドワードはいつも弱い者の味方につく。棚に残っている安いシャツを買うし、毎年十一月には妙な地元候補に投票する。彼女が彼を愛しているとき、彼女にとってそれは、彼の好きな部分の一つだった。しかし、彼に腹を立てているとき、それは彼女にとって耐え難いものとなった。今の彼は耐え難かったが、既にその感情は収まりつつあった。最近は、どんなことに対しても取り乱したりすることができなくなったように思える。それは彼らの結婚の特徴の一つだった。性的情熱が冷めると同時に、プライドや憤りも感じなくなっていった。ときどき、漠然とした愛情の濃淡のない霧の中で、彼女は、自分自身が完全に消滅していくかのように感じることがあった。

彼女は泣き虫ではなかった——そのことを誇りに思っていた——が、今は泣きそうだった。エドワードが彼女の脚を軽く叩いた。エアコンの温度が下がり始め、事実、それは急に震えるような冷たさになっていた。彼女は全身が冷たくなり、涙も止まった。エドワードはエアコンを切った。

「単語を一つ思いついたんだ」と彼は言った。

「ああ、今はやめて」

「いや、やろうぜ。やりたいんだろ」

「やりたくないわ！」。しかし、彼女はゲームの誘惑に逆らえなかった。彼らは車で移動するときはいつもそれをしたし、裸でいるときも、エレベーターの中でも、万里の長城でもそれをした。彼女は顔を拭うと俯き、「卵管[11]」とつぶやいた。

「それより後ろ」

「不妊」

彼は鼻を鳴らした。「それよりは前！」

「うーん、ゴム？」

「近いけどね。後ろ」

「痒み」と彼女は言って、脚を掻いた。

「痒みは不妊の後ろだ」

「エドワード、今は本当にそんな気になれないの」

「不妊とゴムの間だ」と彼は静かに言った。「食べると美味しいんだ」

「ホットドッグ。ホミニー[12]？」

「今日みたいな日にはうってつけだ。甘くてさっぱりしたおやつだよ」

彼女が彼の方を見ると、透明のアイスクリームコーンを手に持ち、白目をむいて眉毛を上下に動かし、快感を感じている真似をして、いやらしくそれを舐めていた。彼はまだ、ハーラン・ブリースが近づいてきていることに気づいていなかった。ブリースは歩いてきて、カーキー色のズボンの膝に手を置き、目を細めて運転席側の窓から前屈みで覗き込んだ。

窓ガラスをこつこつ叩く音が聞こえる前に、エドワードには、大きな帽子の影が車のダッシュボードにかかるのが見えた。それはこつこつという音ではなくむしろとんとんという音だった。というのも、ブリースは爪先ではなく指先で叩いていたからだ。事実、エドワードが窓を開けたとき、ブリースの指先にはほとんど爪がなかった。爪の形が不揃いで、髪の生え際のように後退していた。エドワードはそれを自分の勝ち点にカウントし、屈託のない満面の笑みでそのテキサス人と対面することができた。テンガロンスマイルだと思った。これがアップステイト・ニューヨークのやり方だ！　彼は自分がまだ目に見えないアイスクリームコーンを持っていることに気づいて、それを手放した。目に見えないアイスクリームは彼の膝の上に飛び散った。

「やあ、ハーラン！」

「こんにちは、アリソン」と、エドワードから視線をそらしてブリースが言った。語尾を引き延ばすような話し方だった。「大変失礼だがお名前を失念してしまって」と、穏やかに顔をしかめてエドワードの方を向いた。

「エドワード。その方がいいなら『ビッグ・エド』って呼んでよ」

「とんでもないです、エド。それから、お聞きいただきたいのですが、妻のリンダがお二人のことをとても魅力的な方々だと言って、湖の近くなのですが、私どものコテージへ夕食にお招きしてちょうだいと言うのです。お二人には暑くて大変かもしれませんが、私たちの湖にはまだ水が残っていますので」

私たちの湖にはまだ水が残っています！　お二人には暑くて大変でしょうが？　エドワードはたまげた。正真正銘の特権階級だ。その妻が、彼と彼の妻を魅力的だと言って下さっている。エドワードはアリソンの方には振り向かずに言った。「私たちの暑さは大変ですが、是非お伺いして湖の水を拝見させていただきたいと思います」

「それはよかった」とハーラン・ブリースは言い、握手をするために車の窓越しに毛深い腕を差し出した。エドワードは彼の手の先をつかんだ。「ご都合はいつがよろしいですか？」

「いつでもかまいません」とエドワードが言ったとき、アリソンの座っている方向から、最初の嫌な感じが伝わってきた。「ベビーシッターを探さなければならないわけではありませんから」

「明日はいかがですか？　八時で？」

「もちろん、かまいません」

腕がいったん引き抜かれて、戻ってきた。今度は、地図が描かれた紙切れを握っていた。地図の描かれた紙切れはたまたま持っていたに違いないとエドワードは思った。恐らく、まだ数枚あるはずだ。自宅でいつご馳走や酒を客に振舞わなければならなくなるか分からないからだ。エドワードは地図を受け取り、楽しそうにそれに目をやると、車の窓を閉めてハーランに頷いた。自分の太い腕が、鍛えられたものと言うより、油田のクレーンのように日々の労働によって太くなった、肉体労働者のそれのように見えた。

窓がぴたりと閉まったあと、アリソンの方を見た。「きっと楽しいよ」

「あなた一人で行ってきて」と彼女は言った。

――

しかし次の日の夜、美しいレイクリッジ・ハイウェイを北に向かって走っているとき、彼は一人ではなかった。「二人で行ってきて」と言ったときは本気だったが、本当のところ、彼を見捨てるわけにはいかなかった。もちろん、ブリース夫妻が二人のことを魅力的だなんて思っているはずがなく、むしろ不愉快に思っているに違いない。しかしその夜は、そんなことは何一つ気にならなかった。というのも、二人――自分とエドワード――が勝つのは分かっていたからだ。アリソンは、今日の朝一番に、職場のスピツネイジェル・アンド・ピンチリアル不動産から養子縁組仲介所に電話をして、「レイモンドという名の男の子に会いたい」と担当の女性に伝えた。「面談」と言いそうになったのをぐっと抑えた。「ええ、あの子は可愛いですよね。今まで誰も連れて帰らなかったのが不思議ですわ」と電話に出た女性が言った。

誰も彼を連れて帰らなかった。電話を切りながら彼女は、レイモンドを車に乗せ、彼を連れ去っている自分の姿を想像した。ブリース夫妻はまだ彼に手をつけていないのだ。昼休みに図書館に行って調べると、子どものいない夫婦が養子縁組をする際、五十代の夫婦より三十代の夫婦の方が上手くいくということが分かり、彼女は、控えめながらも楽観的な気分になった。三十代。私たちのことだわ！

正確には、そう考えたのはアリソンだ。三十七歳のエドワードは自分のことを「三十代」と思っていなかった。あえて訊けば、恐らく「二十五歳前後」と答えるだろう。それは、アリソンが彼に出会った頃の年齢だ。水煙管でマリファナを吸うのを止め、顎髭を剃った歳だ。彼は自分の結婚を、その年齢のエド――「無垢な期間」（バージョン1.0）、「無垢の終焉」（バージョン1.1）、「大学時代」（バージョン2.0）――「バージョン3.0」を、そのまま保存しておける急速冷凍行為のように考えていた。もちろん、バージョン2.0、バージョン3.0の通常の小さな変化――髪が抜けたり、息が切れやすくなったり、脂肪がついたり――には気がついていた。しかしこういったことは、仮に敗北だとしても大したことではない。彼がまだ子どものとき、指先に固い肉の塊みたいなものができたことがあった。神経が麻痺しているのか何も感じなかった。それは小さな死火山みたいな形だった。それは六か月くらいそこにあったが、その後自然に無くなった。加齢に伴なう変化とはそういうものなのだと思う。

しかし今朝、いつもの場所で朝食をとりながら、道路の縁石に縦列駐車をしているカフェの従業員や町の通り、小学校を眺めていると突然、彼は視覚に違和感を感じた。最初、それが何なのか分からなかった。視界が暗くなり、身体がよろめき、一瞬、心臓発作かと思った。ほんの一瞬だった！しかし、心臓発作かもしれないという考えが瞬間的に心臓を止め、それが新たな心臓発作を引き起こすのではないかと思った。その後、目の焦点は戻り、軒先からぶら下がっている鳥の餌台が窓の中央で宙づりになり、そこにゴジュウカラが群がっているのが見えた。少なくとも二十羽はいたはずだ。種が一杯詰まった六つの穴の周りで激しく羽をぱたぱたさせていた。エドワードはそれを見て笑い、気分がほぐれた。心臓発作ではなかった！　ゴジュウカラだ！

車の室内灯を点け、アリソンは地図を調べていた。「古着屋さんがあるはずなんだけれど・・・それから橋があって・・・橋は二つだわ。二つ目の橋を通り過ぎたら一つ目の角を左に曲がって、最初の橋ではなくて・・・それから二・三マイル行って・・・」。地図はまるで、一つでも目印を見落とすと、今夜は森の中で枝の先にフクロネズミをくくりつけて焼いて食べなければならないかのように馬鹿ばかしいほど丁寧に描かれていた。そのため、かえって分かりにくかった。それでも何とか目的の場所にたどり着いた。公道から自宅までの私道の周囲には、半分手入れされた田畑が広がり、くねくねした二本の轍が道の上に残っていた。そして最後にその私道が、自然のままのトネリコバカエデの雑木林に突き当たるという具合だった。その雑木林の向こうにフランク・ロイド・ライト[13]的建築――というかそういう感じの建物――が見えた。二階建ての大邸宅で、家の中――家具、美術品、巨大な暖炉――が照明の灯されたかぼちゃのように丸見えだった。反対側の窓から湖が見え、燃えるような夕陽が反射していた。アリソンは、この物件を売ったライバル不動産業者に対する憎しみをやっとの思いで抑えた。この物件の手数料で、赤ん坊を闇市場で買えたはずだ。

砂利が敷かれたテニスコートくらいの駐車場に車を停めた。停められているのは彼らの車だけだった。玄関に出てきたのはリンダだった。ハーランが横に立っていなかったので、恐ろしく背が高く見えた。彼女は二人を家の中に案内した。

ハーランは（中は猛烈にエアコンが効いていたので）、片手に飲み物を持ち、火のそばに立っていた。メスキート[14]の香りが部屋一杯に広がっていた。「ねえ、あなた」と妻が呼ぶと、彼は大げさに反応し、顔に満面の笑みを浮かべた。ほっそりとした体型に顔の大きさが際立った。わお！　熊皮の敷物にエドワードは気づいた。

「よくおいで下さった、よくおいで下さった！」とハーランは言って、石化した木で作られたコーヒーテーブルに飲み物を置き、両腕を大きく広げた。

「よう、元気かい？」とエドワードは言ったが、ハーランが一瞬いらっとした表情を浮かべたように感じた。二人は握手をした。今回ハーランは、空いている方の手でエドワードの前腕をつかんだ。

エドワードも同じことをした。一瞬、二人の男性は力比べをするような形になった。最初に腕をほどいたのはハーランだった。リンダとアリソンがお互いに挨拶をしようとしていることにエドワードが気づいた。アルは握手派だが、リンダはキス派に違いないと彼は思った。数フィート離れたところからお互いの顔を見つめながら二人は頷いただけだった。

「エド、君は何を飲む？」

「裁判長はテキーラかい？」とエドワードは衝動的に言った。

「もちろんだ」

——

上手くいかなかった養子縁組の経験をリンダが話していた。アリソンはその話を警戒しながら聞いていた。それは一方通行の説諭、あるいは、意見陳述だった。まるで、丸暗記した経済学入門を早口で講義しているようだ。質問や感想をはさむ余地はなかった。

「本当に可愛いらしい男の子でしたわ。黒人の」と彼女は言った。「母親が薬物中毒で、父親と呼べる人はいなかったと思うわ。父親がそばにいたことがなかったのよ——まあ、男性なら誰が彼の父親でもおかしくなかったんだけれど。子どもを車の後ろに乗せて誰かの家に薬物を取りにいったところを捕まって刑務所に入ったのよ。それで、ハーランと私はその子を見て思ったの、彼だわって。縮れ毛が本当にかわいかったのよ。肌は褐色ですべすべだったわ。それで・・・。

彼を牧場に連れて帰って、楽しいことは何でもさせたのよ。それに、彼のお世話をする優しい黒人の子守りもいたの。彼には乗馬の練習もさせたし、ハーランが、以前自宅にあったゴルフコースに連れていったこともあったわ、四ホールのコースだけど。あれはまだ、黒人がゴルフをする前の時代だったわ。それから、彼のためにダラス郊外に学校を見つけてきたの。そこにはいろんな人種の人が通っていたわ。メキシコ人や中国人やインド人といった人たちよ。それで、私たちは完璧だと思ったの。ただ、彼は読書ができなかったのよ。調べてみたら、眼に問題があることが分かったの。それから耳にも問題があったの。それで分かったわ、彼がときどき、私たちが話しているのを聞いていないように思えるときがあった理由が。薬物だと思うの、彼がまだお腹の中にいたときに母親が使っていた薬のせいだわ。それから、あの気の毒なアンジェリーン、彼の子守りをしていた黒人のことだけど、母親の面倒を見るためにトリニダードに帰らなければならなかったの。その次に来たのがアルマーダっていう名のメキシコ人だったわ――」

「アマーラだ」と、自分のテキーラを真剣に見つめながらハーランが言った。アリソンには、エドワードのグラスが空っぽで、彼の目がきょろきょろボトルを探していることが嫌でも分かった。あ、あった。ハーランの真ん前だ。ハーランの前に上半身を傾け、彼がボトルの首の辺りをつかむのが見えた。

「そうだったわ」とリンダが続けた。アリソンは、ブリース夫妻にはこの土地に友人がいないのではないかとふと思った。そもそもなぜ二人はテキサスを離れたのかしら。ハーランはどういう経緯でレイク郡の裁判官に任命されたのかしら。エドワードは飲み続けていた。「飲み過ぎよ」と彼に気づかせるために、彼女は彼を軽く突いた。そのことに気づいたハーランは、面白がるように眉毛を動かした。

話も尽きてきたので、みんな食事を始めた。セルフサービスの、黒豆とチキンのファヒータだった。サルサソースはスーパーで売っている地元ブランドの瓶詰めだった。トルティーヤは冷たくてべとべとしていて、チキンは肉汁が最後の一滴まで干し上がっていた。ぞんざいな料理で、それがその夜の関心事でないことは明らかだった。今夜の真の関心事は何なのかしら、とアリソンは思った。

食事のあと、もう少し酒を飲んだ。しばらくして、食器をキッチンに運ぶためにハーランが立ち上がった。「私がリンダにしてやれるのはこれくらいなんだ」と説明して、「君も男だろ、エド、手伝ってくれ」と彼は言った。

二人の男性は、両手で皿のバランスを取りながら部屋を出ていった。エドワードはよろよろして危なっかしかった。彼の肩がキッチンの出入り口に当たったとき、アリソンは思わず身体をすくめた。彼女は、以前よくみんなで食事をして酔っぱらったことや、巨大な食器に盛られた料理のことや、話題が尽きることがないかのように大声で話し続けた昔のことを思い出していた。そして、みんなが帰ったあとはセックスをした。レトロな眼鏡をかけ、ワインの一リットル瓶を持った大学院時代の友人たち、彼らは今どこにいるのだろう？　ロサンゼルスやコスタリカやアラスカなどに行ってしまった。当時、思い上がっていた彼女とエドワードは、「現実的な人間は今いる場所から動かないものさ」と自分たちに言い聞かせていた。そして今二人はここにいる。まさに自分たちが望んでいた場所に。

リンダの方を見たアリソンは、はっと息を飲んだ。彼女は生き生きとしていた。両膝の上に手を置き、絶対に漏らしてはいけない秘密を明かすかのように身体が前のめりになっていた。火に照らされた明かりの中で、彼女の目はオレンジ色に輝き、肌は赤味を帯びていた――どうすればあんなに首に力を入れて長くできるのだろう、まるで・・・チーターのようだわ。

そのときアリソンは気づいた。このためだったんだわ。この瞬間なのよ。今まさに、なぜ私たちが招待されたのかが分かるんだわ。

「お手洗いをお借りできるかしら？」と彼女は訊ねた。

リンダは驚いて咳をし、唇を舐めた。かろうじて笑みを浮かべると、彼女は階段の方を指さした。

「左側の二つ目よ」

――

キッチンで、エドワードがカウンターの上に食器を落とした。彼は一瞬気が動転して、何かが飛んでくる音と聞き違えて身を屈めた。意識はしっかりしていたが、部屋が二重に見えた。強く瞬きをすると、視界が戻ってきた。ハーランの顔が見えた。

「僕には友人がたくさんいてね」とハーランが言った。

「僕にはいないんだ」とエドワードが答えた。彼は面白いと思って言ってみたのだが、突然、まったく面白いとは思えなくなった。恐らく、それは事実だったからだと思う。

「警察にもいるし、裁判所にもいるし」と、エドワードが口を挿んだのを無視して裁判官は続けた。「そのうちの一人はマサチューセッツ州のケンブリッジにいるんだ」

「そんなところ聞いたこともないね」。すぐそばにいたハーランは、彼の上に身を乗り出していた。何かの匂いがした。メンソールの軟膏だ。関節炎か？　エドワードは、湖のそばの自宅で妻と暮らしているハーランが気の毒になり、夕食にやってきた自分が嫌になった。ファヒータが胃の中で重くもたれていた。

「もちろん、あるさ。君はそこにいたんだ」

「そこにいた？」とエドワードは言った。

「そう、いたんだ。一九八一年から一九八七年までね。そこの大学に行ったんだ。思い出したかね？」

「へえ」と彼はハーランに言った。「まったく思い出せないね。水を一杯いただいてもいいかな？」

あれは本当にそんなに昔のことなのか？　彼は今でも大学時代のことを夢に見る。大学のメールボックスに重要な手紙が入っているのだが、鍵の番号が思い出せない夢だ。

信じられないことだが、ハーランがさらに近くに寄ってきた。「そこでちょっとしたビジネスをしていたね、エディ？」

「僕は英文学専攻だったんだ」

「何かの販売に関わっていただろ？」

「それはないね」

「残念なことに、君のビジネスはハーバード事務局の目を引くことになった。そこで、事実上の退学と引き替えに君は起訴を免れたんだ。その後、君はタフツ大学に入学し、数年後そこを卒業したんだ。少しは思い出したかな？」

「よく思い出したよ。さっきの水ももういらなくなったくらいだ」

ハーランは笑顔を作ろうとしたが、口の周りが上手く協力してくれないようだった。「そうやってくだらない軽口をたたき続けてればいい、間抜け野郎」と彼は囁いた。その囁き声が、消毒されたぴかぴかのキッチンに響きわたった。ハーランの後ろのカウンターの上に、TACO　TREATのテイクアウト用の箱が置いてあるのに気がついた。二つ、次に四つ、それから八つ、そしてもう一つ。やれやれ。「仲介所の記録にはこの重要な情報が抜けているようだったので、勝手ながら、つけ加えておいてやったよ」

「仲介所？」

「養子縁組仲介所だ」

エドワードの中で何かが沸き出てきた。酸っぱくて噴き出してきそうな何かだった。初め胃がむかむかし、それが食道に上がってきて、最後は喉に込み上げてきた。この男はよくも俺のことを決めつけ、と彼は思った——がしかし、よく考えてみると、決めつけるのが裁判官の仕事だ。あいつらは、物事を判断するんだ！　耳をつんざくような笑い声が彼の口から洩れ、周囲に響きわたった。判断だと！　エドワードは倒れてカウンターにぶつかった。目から涙が出てきた。ハーランは後ずさりをした。普段と変わらない表情を顔に浮かべていた。証言をすべて注意深く聞いているふりをしているときに浮かべているにちがいない表情だ。エドワードは懸命に息をしようとした。

「何をしてるんだ？」とハーランは言った。

エドワードは、自分の手を痛めるまでカウンターをどんどんと叩いた。最高だ！　口がきけないような感じがした。でも、何を話すことがあるんだろう？　あの「ピクニック」、ブリース夫妻、この家、みんなめちゃくちゃ滑稽だ！　アリソンと僕もセックスなんか止めて、夜はこういうことをするべきだ。酔っぱらって、冗談を言うんだ。

しかしハーランは、訳が分からないようだった。そして、訳が分からないということが気に入らないようだった。彼は熊のように構え、唇をきゅっと結び、毛むくじゃらの腕を後ろに引いた。

ひゃーっ！

気がつくと、エドワードは、食器棚に背中をもたせ掛けて赤レンガの床に両足を広げて座っていた。あれ、何があったんだ？　食器棚は、赤いトカゲのステンシル模様が施されたライトブルーだった。顔の右側全体がずきずきしたが、くすくす笑いが止まらなかった。それがしゃっくりのように無意識にやってくるので不愉快だった。エドワードの優柔不断なところをハーラーンが矯正してくれたのだ。養子なんていらない。

「この野郎」という声が聞こえ、引っ張って立たされたかと思うと、キッチンの出入り口からエドワードは放り出された。

「コートはどこにあるか分かってるだろ、この間抜け」と、裁判官は大きな声で言った。

——

廊下には絨毯が敷かれていたのでアリソンの足音はしなかった。壁には何も掛かっておらず、雰囲気が階下とちょっと違っていた。彼女が物件の案内をするときも、二階の廊下はいつもこんな感じだった。板張りのドアに毛足の長い絨毯、それは生命を吸い込むような柔らかさだった。彼女が顧客を失うのはいつもここだった。彼女から熱意が去ってしまうのだ。

ニューヨーク州政府が、熱意というものに何らかの意味を感じとってくれさえしたら。あちこち動き回って精一杯生きている生活に何らかの価値さえあれば。そうすれば、養子縁組の申請に必要なものは、二人の家と家庭だけだ。しかし、仲介所の目にはすべてが明白だった。釘の刺さった材木片が散らかった地下室、ソファの後ろのもつれた延長コード、リビングルームの天井のシャンパンの染み、こういったものすべてが「不適合」を示している。

しかしここは！　アリソンはここことは争えなかった。あらゆる痕跡が消された、非の打ちどころのないぴかぴかの廊下。彼女の心と共謀しているかのように彼女の膀胱は重たくなった。

左側の二つ目のドア。ああ、これだわ。このドアだけが開いていた。中から微かに明かりがもれていた。ハーランとエドワードがキッチンで何かを話している声が聞こえた。男性同士ではあれほど簡単にできることが、女性同士ではこんなに難しいんだわ。どの社会階層に属する男性でもフットボールや釣りについて話をすることができるが、女性には話すことが何もない。子どもがいれば話すことがさらに難しくなり、子どもがいなければ最悪だ。

お手洗いに入るとベッドが見えた。明らかに彼女は間違えた。廊下に顔を出して確かめた。左側の二つ目だ。いや、間違ってはいない。紛れもなく彼女はリンダが望む場所にいたのだ。寝室の壁の色は赤と明るい青だった。小さな机があり、その上にはカラフルなコンピュータが置いてあった。大型のCDプレーヤーがあり、棚には漫画が山積みになっていた。壁紙には漫画のキャラクターが描かれており、バッファロー・ビルズ[15]の小さな敷物があった。

本能的に、すぐにこの家を立ち去るべき——エドワードの腕をつかんで、彼をこの家から連れ出すべき——だと感じた。しかし、先に用を足さなければならない。くるっと振り返り、ぎごちなく歩いて廊下に出た。本当のお手洗いを見つけるまで順番にドアを開けていった。お手洗いは、金色のフレームがついた鏡に電球がついていて、お化け屋敷のように薄暗かった。

そのとき、階段の下の光景がたまたま彼女の目に入ってきた。リンダの後頭部が見えた。髪はしっかりとまとめられていたが醜かった。彼女の気が変わった。

彼女は男の子の部屋に入った。部屋の隅の机のそばにニューヨーク・ニックス[16]のごみ箱があった。それをちょっと手に取り、中を覗いてみた。ぼんやりした楕円形の底に青ざめた彼女の顔が映っていた。

できるかしら？　つまり、生理的にということだけれど？　確かめる方法は一つしかない。その日はストッキングを穿かなくてもいいくらい暖かかったので、容易にそれをすることができた。

ごみ箱の上に屈むと、彼女はその音に驚いた。トタン屋根に当たる雨音のようだった。

——

彼は酔っていたので彼女が運転をした。二人は喧嘩をしているわけではなかった。それは後になってからだ。二人が今しているのは考えることだ。アリソンは思った。養子なんてもうどうでもいいわ。排卵誘発剤をちょうだい。お腹の中に八人の胎児ができたら、六人を堕胎するわ。私にはそれがお似合いよ。この世界に、私みたいにずうずうしくて、明け透けで、だらしのない人間を増やすのよ。もしエドワードに精子がないなら、別の男性のを使うわ、病院で。自分が医師の電話番号を覚えていることに驚いた。そうしようと思えば、コンビニのそばに車を停めて、留守番電話にメッセージを残すことだってできるのだ。彼女は、すべてにおいて自分が正しく感じ、身体に力が漲ってきて、無鉄砲に子どもをたくさん産めそうな気がしてきた。あらゆる思考が金ぴかで、短剣のように鋭利だった。

一方、エドワードは空想に浸っていた。彼とアリソンは大学生だった。二人はそれぞれのルームメイトと一緒に寮に住んでいた。ルームメイトはまったく外出しない人たちだった。エドワードのルームメイトは陰気な自転車愛好家で、いつも汗臭いタオルを放ったらかしにしていた。アリソンのルームメイトは、くしゃくしゃの髪のフェミニストで、いつも怒っていた。エドワードとアリソンにとって、二人だけの時間を見つけるのがどれだけ難しく、またその時間がどれだけ甘美なものだったか。彼らは、おしゃべりをしたりセックスをしたりするために、工学部図書館の個室、大学施設の裏の森、ビジネススクールの必需品収納室など、暗くて人気のない場所で会っていた。いつか結婚して、自分たちだけの家を持ち、他人に邪魔されない生活ってどんなものなのかを二人で話し合った。家中の部屋でセックスをし、最も内に秘めた秘密を告白し合うのだ。そしてさらに素晴らしいのは、隠すべき秘密が何もないことである。

家に着いたときエドワードは眠っていた。意識が朦朧とし、だらしなく助手席で横になっている気の毒なエドワードを見ていると、その姿はアリソンにマネキンを思い出させた。いや、マネキンじゃなくて、等身大の人形だわ。胸のところにハート型の印がついていて、そこがどきどきと鼓動している。彼女は彼のシートベルトを外し、身体を揺さぶったが、彼は目を覚まそうとせず、静かにうめき声を上げるだけだった。彼をそこに——車の中に——放っておくことにした。しばらくしたら、シャワーを浴びて、コールドクリームを塗り、ガウンを着てベッドに横になろう。眠りはやってこないと思うが、指をそっとお腹の上に置いて、ドアの開く音を待つのだ。

訳注

［1］原文の"a walk in the park（公園の中を歩くこと）"は、「誰でも容易にできること」という意味の慣用句である。その意味内容（「誰でも容易にできること」）を伝える文字通りの表現（「公園の中を歩くこと」）が、アリソンが車から降りて実際に「公園内を歩いていくこと」と一致している。後に続くエドワードの「意図せず口から出たジョーク」はそのことを指している。

［2］原文は“Greta”。彼女の名前は「グレタ」なのだが、「偉大な」、「大きな」などを意味する形容詞“great（グレイト）”と綴りが似ているので、エドワードは、彼女の名前を「グレイト」だと思い込む。

［3］この伝達節は登場人物エドワードの台詞でなく、三人称の「語り手」が語っている部分であるので、本来、「とグレタさんは言った」としなければいけないところであるが、作者はあえて、エドワードによる一人称の語りのように「グレイトさん」としている。「グレイト」は、エドワードが担当者の名前“Greta”を“great”と見間違えたことによる。

［4］十九世紀にイランで生まれたイスラム・シーア派に起源をもつ新宗教。

［5］紀元前六～紀元前五世紀ごろ、ゴータマ・ブッダ（釈迦）とほぼ同時代のマハービーラによって創設され、今日まで続いているインドの宗教。

［6］アメリカの歌手・女優。フルネームはシェリリン・サーキシアンだが、人々の間ではニックネームの「シェール」として知られている。ここでエドワードは、ネイトに対して、自分のことを呼ぶときは「エドワードさん」ではなく、シェールがそうであるように、「エド」だけでいいよと言っているのだが、エドワードがジョークとして使ったシェールの例は、ネイトにはその意味が分からない。この場面では、エドワードが子ども相手に話すことが得意でないことが示されている（この点については、J・ロバート・レノン氏本人からメールで直接説明していただいた）。

［7］一九九六年発売のアメリカ発祥のゲーム。ルーレットのような指示板を回し、示される指示に

従って、床などに敷いたシートの対応する印の上に自分の手足を置いていく。
[8] 装飾的な留め金のついた紐ネクタイの通称で、アメリカ西部発祥の金属製つり飾りの一種。
[9] アメリカ WIFFLE®BALL.INC 社の穴が空いたプラスチック製のボール。
[10] 原文は "Great"。エドワードが興味を持った子どもの担当者が、先に会ったグレタだったので、その偶然を喜んでいる。このすぐ後に続く "Great Scott!" との言葉遊び。
[11] 原文は "Fallopian"。エドワードはよく二人でするゲームを始めている。一方が頭の中で単語を一つ思い浮かべ、他方がそれを推測して当てる。推測される側は、相手が口にした単語が、アルファベット順に照らして頭の中の単語の前にあるか後ろにあるかを答える。それを交互に繰り返すことによって、相手が頭の中に思い浮かべた単語を当てるというゲーム。
[12] 原文は "Hominy"。「ひき割りトウモロコシ」。
[13] アメリカを代表する建築家の一人。
[14] 南米原産のマメ科の常緑低木。
[15] ナショナルフットボールリーグのアメリカンフットボールカンファレンスの東地区に所属するチーム。ホームスタジアムはニューヨーク州のラルフ・ウィルソン・スタジアム。
[16] ニューヨーク州ニューヨークに本拠を置く全米プロバスケットボール協会のイースタン・カンファレンス、アトランティック・ディビジョンに所属するチーム。

楽園で会いましょう

ブラント・コールは感じのいい男だ。自分が通った大学がある町で、静かな通りに面した小さなアパートを借りて住んでいた。雪が降ればいつも雪かきをし、人とすれ違えばいつも挨拶をした。彼はまだ若かった（二年前に大学を卒業したばかりだ）けれども、三十七歳であるかのように振舞っていた。みんな彼のそういうところが気に入っていた。

そしてブラントは、みんなから好かれているということが気に入っていた。誰かが彼の長所を一つか二つ挙げて、どれほど素晴らしいかを語ってくれると、もっと感じのいい人になるために、彼はさらに努力してその長所を磨くのだった。誰も彼の短所——すぐに騙されたり、気が短かったり、ときどき見え隠れする自意識の高さなど——を指摘しなかった。というのも、そうすると彼が動揺すると皆が考えたからである。その点について、人々の判断は正しかった。ブラントの頭の中では、人は、他人の短所を指摘しないものだったからだ。ニュージャージー州のビーチにちなんだ名前をつけられ、高齢のご婦人がごみ箱を歩道の端まで運ぶのを近所の人が手伝うような郊外の住宅地で育った。彼は内省的な性格ではなかったので、みんなに好かれることは悪いことでもあり得ることや、みんなに好かれるというのは幻想に過ぎないという考えに至ることができなかった。

彼は、自分が卒業した大学で、ビジネススクールの同窓会誌の編集主幹として働いていた。ブラントがそこで働き始めた年、その同窓会誌は、全米のビジネススクールの上位五誌のうちの一つに選ばれた。そのことと彼はあまり関係がなかったが、彼はその栄光をとても誇りにしていた。ブラントがその同窓会誌に言及するとき、「今年我々は、より多くの寄附を集めなければならない」というように、「我々」という言い方をした。彼がこのような話し方をすると、彼と話をしている人は、ときどき頭が混乱して、「我々」って誰のことなのか確かめなければならなかった。ブラントはまさしくその言葉を、同窓会誌が取り上げた女性に向けて使った。その女性は首を傾け、微かに微笑み、ブロンドの巻き毛を耳の後ろにかけながら言った。

「『私たち、あなた』あるいは『我々』とか、いったい誰のことを指してるの？」

その女性は名前をシンシア・ペックといった。彼女は大学四年生で、彼女の父親は、全米で最も大きい企業五十社のうちの一つを所有していた。その記事は、富裕な女性相続者から見たビジネススクールについての見解を扱っていた。その記事の中で彼女は、将来、間違いなくペック社の舵取りを担う立場に就く者（レイトン・ペックには子どもが一人しかいなかった）として訓練を受けていると紹介されていた。ブラントはその記事を書くために自ら名乗り出た。というのも、雑誌のための莫大な寄附を確かなものにしたかったからだ。編集長もそれに同意した。なぜなら、ブラントの人の好さで、それが現実のものになるかもしれないと考えたからだ。そこで、一時間にわたるインタビュー——そのインタビューの間に、近い将来、少しでも複雑なことについて、シンシア・ペックが舵取りをすることはないことが明確になった——の最後に、ブラントは、多額の寄附金を集めなければならないことについて触れた。そこで、「『私たち、あなた』あるいは『我々』とか、いったい誰のことを指してるの？」と彼女が言ったとき、「私たち、僕、つまり、我々、僕たち、この同窓会誌という意味なんだけど。君に、というか君の会社に、君のお父さんの会社のことだけど、寄附について、ずばりお金のことなんだけど、考えていただけないだろうか。我々が行っている事業のことを考えていただいて、我々が事業を続けていけるように・・・全米のビジネススクールの同窓会誌の中でも上位五位に入っているということを考えていただいて」

シンシア・ペックの小さな笑みが僅かに大きくなり、それから、一種の作り笑いになった。そして、髪が目の上に落ちてきても、それに触れることはなかった。代わりにその隙間からじっとこちらを見つめて、さりげなく唇を舐めて言った。「デートに誘っているのかしら？」

ブラントはもうちょっとで「違う」と言いそうになった。代わりに、顔を赤くしようとしたが、顔は既に熱くなって、彼女から半分背けるようになっていた。彼は言った。「あの・・・」

「あの・・・何？」

「ええ、そうだと思います。一緒に出かけませんか？」

「もうちょっと具体的に」

「夕食でも？」

「もっと具体的に」

「僕のところで？」

「もう一度試してみて」

「レストランで」

彼女は納得がいかないように眉を吊り上げた。

「セブンシスターズ？」と彼は言った。というのも、アメリカでもっとも裕福な男性の娘を連れていくことを考えれば、そこがこの町で唯一の場所だったからである。それは山の中腹にあり、建物は小塔や旗で飾られ、座って食事ができる、髪の毛が逆立ちしそうな値段のフレンチ風レストランだった。事実、その名前を言うと彼女は真っ直ぐに座り直し、祝福するように首を縦に振り言った。「いつ？」。それに対して彼は、「ええっと、今夜？」と答えた。彼女が「金曜日」と言ったので、彼も「金曜日」と言った。彼が「八時くらいに迎えに行けばいい？」と訊くと、「八時半」と彼女が答えた。「食後は、どこかに行きたい？」と彼が訊くと、「そのときになってみないと分からないわ」と彼女は言った。それから彼女は、名前と住所と電話番号が印刷されたカードを彼に渡して、オフィスのドアから出ていった。

しばらくして、「どうだった？　寄附はしてもらえそうか？」と編集長が訊きにきた。その二つの問いにブラントは、「さあね」と答えた。

夕食をとりながら彼女を見つめていたブラントは、がっちりとした体格と、馬のような顔立ち――幅広い鼻、細長い顔、離れた両目――のために大学では「司令官の馬」と言われていたシンシアをとても魅力的だと思った。知的とは言えないまでも、表情は豊かで率直だった。美しい髪をしており、歩き方はセクシーだった。胸の形は素晴らしく、ボタンが二つ外れたシルクシャツの折り目の内側に、誘惑するような胸の谷間が見えた。その夜はずっと、そこに視線を向けないように努力しなくてはいけなかった。二人は大学のことや、今までに出会ったルームメイトのことや、二人が育ったニュージャージー（もちろん、まったく異なった地域のニュージャージーだが、車で一時間ほどのところの同じショッピングモールに行っていた）のことについて話した。実際のところ、二人はとても気が合った。そして食事のあと、彼女の自宅に戻り、一時間近くいちゃいちゃしていた。ブラントは彼女の服の中に手を入れてブラジャーやお尻を触った。

その後、二人の交際が始まった。手を握ったり、ベンチで身体を寄せ合ったりしている二人の姿が見られた。雑誌は寄附を受け取ったので、ブラントは昇給を申し出て、それは受け入れられた。半年が過ぎ、卒業の時期が迫ってきた。ブラントは、シンシアに婚約指輪を買うことを考えたが、結局、そうしないことに決めた。彼は何となく、金目当てではないことをシンシアに証明しなければならないような気がしたのだ。しかし問題は、金目当てだということだった。でも、彼女が金持ちであろうとなかろうと、彼女と結婚したいのだから、金目当てというのは事実ではないような気がした。もちろん、金持ちであることが彼女を今のような彼女にしているのであり、そもそも、彼が彼女に最初に会ったのはそれが理由だったのだから、彼女と金を分けて考えることに意味はなかったが、それでも、彼はそうしようとした。

五月になると、ブラントはスーツをクリーニングに出し、彼女の卒業式に参加した。卒業式はフットボールスタジアムで行われた。講演者はエレン・デジェネレス[1]だった。多くの理由でこの人選は物議を醸したが、彼女はレズビアンであることやテレビに出演していることについては話さなかった。そこにいた人は全員、落ち着いて話をよく聴いていた。ブラントは、講演の間中ほとんど、持ってきた望遠鏡で四年生の席を観察していた。やっとのことでシンシアを見つけると、彼女は、友だちに何か囁いたり、くすくす笑ったりしていた。ブラントは、くすくす笑ったり、何か囁いたりしているシンシアの様子を見て卒業式の残りの時間を過ごした。

その夜、彼女の父親がセブンシスターズでパーティを開いた。ブラントはタキシードをレンタルしていたが、会場に到着したとき、誰もタキシードを着ていないことに気づき、いったん家に帰り、普通のスーツを着て会場に戻ったが、今度は時間に遅れた。会場には大きな丸テーブルが十卓置いてあり、その周りを人が取り囲んでいた。そのうちの一つに誰も座っていない椅子があり、その椅子の横にレイトン・ペックが立っていた。その横にはシンシアがいた。彼女は単に魅力的であるだけでなく、とても可愛らしかった。卒業式はよく晴れていたので、肌が少し赤くなっていた。目には微かにアイシャドウが引かれ、唇には口紅が塗られていた。彼を見つけると彼女が手招きしたので、彼女とは反対側で父親の横に立った。

　ペックはおしゃべりの途中だった。それをみんなが真剣に聞いていた。皿の上に身を乗り出し、にやりと笑う機会を伺いながら表情を強張らせていた。ペックの声は、葉巻を吸い過ぎたような擦れた低音だった。両手は、他の人に見えないように、テーブルの下に不自然に隠されていた。ブラントはそれが、年不相応に肝斑（かんぱん）が浮き出ているからであることを密かに知っていた。このちょっとした内部情報のおかげで、彼は、適切なレベルの注意力でペックの話を聞くことができた。

「・・・それでわしはその男に言ってやったんだ。『おい、この仕事が退屈なのはわかっとる。しかし、我が社の工業塗装部門がアメリカでナンバーワンである理由は四文字に要約されるんだ。品質管理だ。そこでわしが君に求めるのは、乾燥過程でのすべての段階で、塗装した部分から目を離さないことだ』。その男が分かったように頷くから、わしは話しを続けたんだ。『乾燥というのは自然に起こるもんじゃない。それは、決定的な乾燥臨界点を幾つか通過しているんだ。そしてその臨界点を通過する度に、微小なひび割れが発生する。この小さなひび割れはすぐに塞がるが、これが、長期にわたる塗装の耐性に悪い影響を与えるのだ。だから、そこに顔を近づけて、ひび割れの発生・消滅が起こらないようによく気をつけてもらいたい。ひび割れが起こったら修正表のその部分に印をつけて、発見したひび割れの下に、その継続時間を記入しておくのだ。分かったか？』。とても重要なことを理解したように、そいつは『分かりました』って頷くんだ、分かるだろ？　それでそいつに言ってやった。『お前の後ろの缶の一つ一つが生産工程だ。あれを一つ一つ検査してもらいたい。塗料は二時間半で乾いてしまう。だから、一日に三つできるはずだ。さあ、始めろ』」

ペックは落ちを言う前に、薄ら笑いを浮かべて数秒間テーブルを見回した。「そいつは、塗装が乾くのを二か月半見ていたんだ！」

ブラントは他の人と一緒に笑ったが、実は、シンシアが笑うのを見ていた。彼女が笑う（くすくす笑いではなく――これほど明け透けに笑う）ところを今まで見たことがなかったことに気がついてショックを受けた。それはつまり、彼が彼女を笑わせたことがないということだった。う〜ん。なぜできなかったのだろ？　だって、僕は面白いだろう？　お年寄りのユダヤ人女性、お年寄りの黒人男性、アヒルなど、いろんな声を出せるじゃないか。『空飛ぶモンティ・パイソン』のＤＶＤだって全シリーズ持ってるじゃないか？　でもこんな――両手を胸の谷間に当て、口を開けて大きく息を吸い込み、ボクサーのようにしわを寄せて目を閉じる――シンシアを見たことがなかった。彼女はとても・・・下品に見えた。ブラントは、セックスをしているときに自分がどんなに恍惚感あふれる醜い表情をしているのか想像して、ひどく嫌な気分になった。しかしシンシアはいつも、期待外れのような満足感と、穏やかで眠そうな表情をしていた。その様子はまるで、「成人向け」インテリアカタログか何かに掲載する瞬間を撮るために、どこかに隠しカメラがあるかのようだった。しかし今夜――この自由奔放な大笑い――はいつもの彼女とはまったく違っていた。そして彼は、そのことがあまり気に入らなかった。何ということだ。その表情はシービスケット[2]のようだった。

高揚した雰囲気が落ち着き、その場にいた人たちが自分の手持ち無沙汰を解消するまでに二秒ほどかかった。その気まずい沈黙の間、ペックがブラントの方を振り向き、皆に聞こえるような大声で言った。「君がブラントだね」

「はい！」とブラントは明るく答えた。

二人は一瞬お互いを見つめた。ブラントは、この人物とのまたとない機会が猛スピードで過ぎ去り、突き出た吊り下げ式の窓からお祭り騒ぎをしている人が何かを叫んで旗を振っているかのように、次第に遠ざかっていくのが分かった。それが何だったのかに気づいたときは、それは砂ぼこりの後の塵のように消滅していた。

ペックが彼に微笑みかけていた。もちろんブラントは、雑誌のフラッシュ撮影の写真や、『ウォール・ストリート・ジャーナル』の表紙のペン画のイラストで彼の顔を見たことがあった。それは、古い二流のポップソングのように、よく目にするが印象の薄い顔だった。目に関して言えば、この種の男性によくあるように、真っ直ぐ相手を見透かすような生き生きとした目を想像するかもしれないが、彼の目はおどおどとしたはっきりとしない目で、両目の視線が僅かにずれていた。肌は土色で皺が多く、染みが浮き出ていたし、頬も痩せこけていた。しかし、額だけは違っていた！　仕事をするのはこの部分なのだ。それは光り輝く半球形で、まるで氷河によって運ばれてきたようだった。髪もなければ毛穴もなかった。その前頭部と後頭部の間に、冷酷非情なアイデアが所狭しとひしめいているのだ。ブラントがそれをじっと見つめていると、口が開き、そこから言葉が発せられた。

「ブラント君、私たちは握手をするべきではないかね」

「はい、もちろんです！」

ペックはブラントの手を取ったが、その手は弱々しかった。そのため、結婚にふさわしい男性として、自信を込めて握ったつもりのブラントの握手は、男らしい活力を失いつつあるペックを非難するかのように思われた。実際、ペックが顔をしかめたので、ブラントは急いで手を引っ込めた。「あの・・・感謝いたします。この度は・・・」

「まあ、まあ」と、手をテーブルの下に隠しながらペックは言った。「そう卑屈にならんでいい。ところで、ブラント」

「はい、何でしょう？」

「わしの娘に手を出しとるな？」

「ええ、はい」

「財産が目当てじゃろ？」

「ええと、それは・・・」

「別に隠さんでもかまわん、ブラント。わしの結婚もそうやって始まったんだ。シンシアの母親の素晴らしい馬面と素敵な乳房をひと目見て、わしは自分に言い聞かせた。間違いない。ここに脚を開いた女性が大金を持って待っておる。そこでわしは急いで突っ込んだんだ」

その発言に対してブラントが話すことは何もなかった。その発言を否定すれば、自分は嘘つきということになるだろうし、発言に同意すれば自分は最低の人間だ。しかし何も言わなければ弱虫だということになってしまう。そこで彼は言った。「あのー、ええ！」

「しかしわしは弱虫じゃない、ブラント。君も違う。わしは飯のために働かなきゃならんかった。君もだ」

「僕もですか？」

「そうだ。親会社で働いてもらう」

「僕がですか？」

「そうだ。君は本社の事業担当主任になるんだ」

ブラントはよく理解できなかった。そこで次のように訊ねた。「ニューヨークですか？」

ペックが笑った――相手がそう言うと思っていたのだ。「ギアモンだ」

「ギアモン?」

「小さなバミューダと言えばいいかな。税金対策だ。そこにオフィスが必要なんだ。駐在するスタッフは一人だ。今は人がいるが、君が行くというなら、そいつは首だ」。ペックは携帯電話をポケットから取り出した――九十年代中頃の製品で、現在の基準からするとかなり大きめだが、チャーミングではある。「行かないと言うのなら、君はこのパーティからすぐに出ていけ。そして、二度と娘の胸に触れようものなら、両腕を折ることになると思いたまえ。そんなことできるはずがないとは、思わん方がいい」

ブラントはペックの後ろにいるシンシアを見た。彼女は、熱心な中年のカップルと、上辺だけの会話をしていたが、彼の方をちらっと見た。祈るように両眉をつり上げ、ぎごちない笑みを浮かべた口元は何かを期待するように歪んでいた。その夜ブラントは、その瞬間まで、シンシアについて特別な気分を持てないでいたことを認めざるを得なかった。パーティに参加しているシンシアは下品で安っぽく見えたし、こんな大げさな催しに値するようには見えなかった。むしろ、すべてが過剰で、無理をしているように見えた。しかし今、彼女の父親の恐ろしい顔をじっと数分間見つめていると、自分の批判的な思考が解除され、シンシアが力強い素敵な女性に見えてきた。そして、彼女の明るさ、性的情熱、美しい車のことなどが思い出され、突然彼は、彼女なしではやっていけないような気がした。彼女の父親が彼女から引き出した笑顔には、どこかブラントを躊躇させるところがあったが、彼を思い留まらせるほどのものではなかった。彼は彼女を手にしたかったし、単純に言えば、彼女を愛していた！　彼は父親の方に振り向き「はい、行きます」と答えた。

「素晴らしい」と、大して気持ちを込めずにペックは言うと、電話のボタンを二つ押した。「サーキンか？　ペックだ。君は首だ。木曜日の午後七時に飛行機が出る。それに乗るんだ。そうしなきゃ君は終わりだ。じゃあ」。それから、別のボタンを押し、さらに二つ押した。そして、「ブラントの飛行機を予約しろ」と言って電話を切った。

そして今度は、上着のポケットに電話をしまいながら、ブラントに向かって次のように言った。「家に帰るんだ」

「家に帰る？」

「荷物をまとめるんだ。明日出発だ。正午に車が迎えにくる。上手くやれよ」。咳払いをすると彼は一気に食事を始めた。それは、ナプキンが掛かった腕によって既に彼の前に用意されていた。

「しかし、あの・・・」

「行け」と、ブロッコリーが一杯詰まった口でペックがぼそぼそと言った。「細かいことは気にするな。車の中に袋が置いてある。さあ、あれと別れの挨拶を済ませて、さっさと行くんだ」

彼は立ち上がってシンシアのところに行き、「行かなきゃいけないんだ」と、彼女の耳元で囁いた。

「じゃあ、『行く』と言ったのね？」

「うん」

「ああ、ブラント！」と彼女は言って、首を伸ばして彼にキスをした。ブラントが恐る恐る彼女の父親の方を見たとき、彼はまったく何の関心も払っていなかった。

——

彼は上司の留守番電話にメッセージを残した。「申し訳ありません。ペックに言われて、この仕事を引き受けなければならなくなったんです。後でメールを送ります」と彼は説明した。しかしギアモンに、パソコン、レストラン、テレビがあるのだろうか。レストランやテレビがなければ困るし、宅配やフットボールもなければ困る。しかしもちろん、ギアモンにもそういったものはあるに違いない——そこはバハマで、観光地なんだ。恐らく、ヤシの木で作ったバーがビーチにあって、冷たいカクテルが飲めて、カラフルなシャツを着た陽気な地元住民、酔っ払ったアメリカ人、妙な声で鳴く妙な鳥がいるに違いない。卒業パーティから自宅に帰ると、「アパートのことは心配するな。何も心配は要らない。すべて手配してある。必要最小限のものだけを持っていけばいい」と、留守番電話の声が言った。ブラントにとって必要最小限のものとは、「備品」と記されたタグの付いたビジネススクールのシャツ、ボブ・マーリーのＣＤ（ギアモンはジャマイカの近くじゃなかったっけ？　地図帳を持っていった方がいいな)、母親の写真、シンシアの写真(彼の誕生日にプレゼントされたもので、ブラントは聞いたことがなかったが、有名なファッションフォトグラファーの手によるもので、綺麗な銀のフレームに入っていた)、そして歯ブラシだ。スーツ三着とシャツ七枚も持っていくことにした。翌朝、ずっとシンシアに連絡を取ろうとしたが、彼女は家にいなかった。彼はメッセージを五つ残した。彼の上司が電話をしてきて、思いとどまるよう懇願した。母と妹に電話をすると、「あなたは馬鹿ね」と二人から言われた。それはかまわない。実際、これは素晴らしいことなんだ! 彼は一瞬、自分が素晴らしい未来への入り口に立っているかのように感じた。「私たちは彼が馬鹿だと思っていたけれど、結局、ブラントが正しかったんだわ」

車体のへこんだリンカーンが彼を迎えにきた。運転手は時代遅れの運転手帽を被り、彼のことを「ブラント様」と呼んだ。空港でチェックインを済ませ、飛行機に搭乗し、まずニューヨークに飛んで、そこからナッソー[3]に向かった。そこには、パイロット用サングラス(当たり前だろ? 彼はパイロットなんだ)をかけた、ひょろっと背の高い黒人男性がいて、タールで舗装され、蒸気が立ち昇る滑走路の上を四人乗り小型機まで案内してくれた。小型機の側面には、ステンシル画のシチメンチョウが描かれていた。

「なぜシチメンチョウなんだ?」。ブラントは、エンジン音にかき消されないように大きな声で訊ねた。そのエンジン音はどこか十分ではないような気がした。

パイロットは耳を指さして、肩をすくめた。

一時間後、飛行機は、火山のようなものの上を旋回しながらギアモン上空を飛んでいた。下から煙が立ち昇っていて、その細長い筋は風がないことを示していた。この高度でさえ、気温は異常に高く、ブラントは汗びっしょりになった。時刻は夕方になっていた。飛行機は、ひびが入ったコンクリートの小さな一区画に着陸した。着陸するまでパイロットはずっと何かを叫び続け、ブラントの身体は座席の上で激しく揺れ、頭が天井にぶつかった。

飛行機から降りるとき、「ねえ、君」とブラントはパイロットに話しかけた。「あれは活動してないよね?」。火山のことだ。

パイロットは大きな声で長いあいだ笑っていた。

車——と言うより、ジープ——が待っていた。ブラントが見る限り、それは、家庭用のラテックス塗料のようなもので黄色く塗り直された、米国陸軍の払い下げだった。運転手は太った白人で、染み一つない白いシャツを着て、巨大な麦わら帽子を被っていた。

「その禿げた部分には帽子がいるぜ」と彼は言った。

「僕は禿げてないよ、だろ?」とブラントは言った。

目的地までは三十分だった。でこぼこの泥道を通って火山の麓まで行き、そこを右に折れて、火山の縁に沿って走った。噴き出たばかりの溶岩の影響を受けていない場所には、樹木やシダが鬱蒼と茂っていた。所どころ溶岩で道が覆われていて、ジープはその上を軽快に揺れながら進んだ。ようやく、何処か——コンクリートで舗装された短い区画——に到着した。その前方には、軽量ブロックで建てられた小屋が十五軒ばかり長く一列に並んでいた。それらの小屋は二十年くらい前に建てられたもので、その扱われ方はさまざまだった。明らかに放置されたままで、ドアや窓が無いものもあれば、休暇を過ごすためのコテージとしてきれいに改装されたものもあった。運転手は、良くも悪くもない一軒のコテージの前でジープを停めた。赤レンガの屋根にはひびが入り、コケで覆われていた。壁は塗装し直す必要があった。運転手がブラントに鍵を差し出したので、ブラントはそれを受け取って指示を待った。

「車が止まったら降りるんだ」と運転手は言った。

「それから?」

「それから俺は帰るんだ」

ジープが走り去り、汗まみれのブラントは入口の前に立った。ドアに鍵を差し込んで回すと、ぎーっという音を立ててドアが開いた。

部屋中が荒らされていた。マットレスは切り裂かれ、壁は赤ワインと思われる染みに覆われ、ベッド脇に立っている化粧箪笥の中には小便をしたらしい痕があり、部屋の中央には人糞が小さく残されていた。そこに手書きのメモが挿してあり、次のように書かれていた。

南国生活を楽しむんだな、売春野郎！

―――

しかし二、三日経つと、あらゆることに対してブラントの気分はとても良くなった。コテージには、電話、パソコン、高速インターネット回線、テレビの衛星放送が完備されていた。これまでのところ、ほとんどの時間を、野球を観たり、アメリカにいる友だちと話したり、ポルノを観たりして過ごした。これまで彼はあまりポルノが好きではなかった。そのような原始的な欲望に屈することが嫌だったのだ。しかし、ここには女性はいそうにないし、誰か知り合いが突然やってくるということもなさそうだった。というわけで、マスターベーションをしている彼の前で、マスターベーションをしている裸の女性の静かなうめき声が、コンピュータの小さなスピーカーから一日中聞こえてきた。一日に三回、小さなトラックががちゃがちゃ音を立ててやってくると、ずらっと並んだ――全部で六軒――コテージの住人が各々の住処からふらふらと出てきて、それぞれの会社が支払っている食料を食べるのだった。ハンバーガーやポテトフライや輸入ビールだった。オムレツやリンゴ――バハマでリンゴだぜ！――もあれば、Ｄｏｖｅの石鹸やクラブサンドイッチもあった。六人の男たちはいつも家にいた。というのも、もし電話が鳴れば電話に出なければならないからだ。しかし、電話が鳴ることは一度もなかった。トラックが行ってしまうと、戦利品の入った茶色の紙袋を抱えて、ぼーっと立ったまま彼らはおしゃべりをした。彼らは特にブラントに自己紹介はしなかったが、まるで彼がここに百年前から住んでいるかのように会話に入れてくれた。

「ヤンキースの試合は観たかい？」

「いいや。『ヌード村に憧れて』を観てたんだ」

「アソコの毛が凄い女を見たか？」

「もちろん」

「今日は何を手に入れた？」

「ハムだ」

「ハムはみんな手に入れたぜ」

「昨日モルソン[4]をもらったんだが、欲しい奴はいるかい？　俺はモルソンが嫌いなんだ」

「じゃあ、俺がいただこう」

「代わりに何をくれる？」

会話に入る勇気が出るまで二日ほどかかったが、一旦そうすると、彼も仲間だった。彼は何人かの名前を覚えた――ロン、ケビン、ピートだ。ピートは三十代の陽気な男性で、胴回りが大きく、目の下のたるみが黒ずんでいたが、それは後天的なものと言うよりむしろ遺伝的なもののようだった。

彼は、農業関連の企業のためにここにいた。ある日の午後、他の男性たちが立ち去ったあと、ブラントは彼と二人っきりになったので訊ねてみた。「誰もビーチには行かないのかい？　休憩時間かなんかに？」。というのも、彼には八時間毎に一時間の休憩が与えられており、日曜日は休みだった。翌日がここでの最初の日曜日だった。

「裏に一本道があるだろ。でもビーチっていう感じじゃないぜ。奥行き十フィートくらいかな。そこから先は岩だ」

「バーか何かないのか？　町に？」

「町なんかないよ。でもバーならあるぜ」

「いつか一緒に行かないか？」

その質問がピートの頭に激痛をもたらしたようだった。彼は顔をしかめた。「でも、ちょっと遠いし、女もいないぜ」

「なるほど」

それでも日曜日にブラントはビーチに行ってみた。しかしピートは正しかった。最低だ。岩は尖っていて、そこらじゅう魚の臭いがした。彼はがっかりしてコテージに戻った。まだ四日しか経ってなかったが、自分の人格や自分自身が消滅するまで縮んでいくような感じがした。俺は陽気なブラントだ！　通りですれ違う人には挨拶をせずにはいられないし、握手をせずにはいられないんだ！　落ち葉をかき集めたり、天候から身を守る作業でもあればいいのにと彼は思った。しかし、ここには天候というものがまったくない。少し雨が降り、少し日が射す、少し雨が降り、少し日が射すの繰り返しだ。正午までに彼は二回射精し、ドンキー・コングを四十ゲームやった。そこで、誰かのところに訪ねていくことにした。手を洗って、歩いてケビンの家に向かった。ブラントにはケビンがいい奴に思えた。九十年代に流行った顎髭を伸ばしていて、一度、朝のトラックが来たあとジョークを言ったことがある。

ドアをノックして、「おい、ケブ！」とブラントは言った。

はっきり聞こえなかったが、ドアの向こうからぼそぼそと返事が返ってきたので、ブラントは入っていいのだと思いドアを開けた。すると、汗だくのケビンと別の男性（ブラントはその男性の名前を知らなかった）が、慌ててシーツで前を隠した。

「出ていけ、馬鹿野郎！」

「すまねえ！」

誰かのところに行くのは止めて、いま話題のマンディ・マウンズに改めて会うために気持ちを切り替えた。そのとき、コテージの中で聞きなれない音がした。「今のは何だ？」。ドアを開けると、差し迫った状況を示す耳障りな音が、電話の鳴る音であることに気づいた。電話だ！　電話が鳴っているんだ！　ブラントは指の関節を鳴らした。お楽しみの時間だ！

「もしもし？」

「びっくりすることがあるのよ！」。その声は、酔ってはいたが、シンシアのものであることはすぐ分かった。通信障害のために聞き取りにくかったがかろうじて声は届いた。

「君に会いたいよ！」

「お家の玄関にあるものを届けたのよ」

その声は、ジェームズ・ボンドの映画に出てくる嘘つきな美女のように、悪意が込められているように聞こえたが、そういうところが好きなことを彼は認めざるを得なかった。

「どこにいるんだい？　声がとても遠くに聞こえるんだけど」と彼は言った。（当たり前だ！）

「携帯で話してるのよ。車の——おーっと！——中なのよ」

「運転中に携帯を使うのは違反じゃないのか？」

「お馬鹿さんねえ、酔って運転するのも違反なのよ。でも、運転はしてないのよ」

「それで、何を送ってくれたんだい？」

「それはお楽しみよ」

「美味しいものかい？」

「イエース！」

「君も食べるんだね？」

彼女は鼻を鳴らして言った。「ホントに馬鹿ね、私じゃなくて、あなたよ」。そう言うと彼女は電話を切った。

さて、あまり建設的じゃなかったな。もし彼女が今送ってくれたんなら、こっちに届くのは、えーっと、二週間後？　彼がパソコンのブラウザーを立ち上げると、二分後にはマンディ・マウンズの喜悦に満ちた甲高い声が部屋中に響いた。入口のドアがいきなり開いて、夏用のドレスを腰までたくし上げて、大声で叫びながらシンシアが入ってきたとき、彼はちょうどパンツを脱いだところだった。「もうやる気だったのね」と彼女は言って、彼の上にまたがると、次の十数分間は、彼女が出す声とスピーカーから流れてくる音との区別がつかなかった。行為が終わって、ベッドの上で横になっていても、二人の汗は止まらなかった。机の上のコンピュータからは、マンディ・マウンズの「もっと！　もっと！　もっとよ、もっと！」という声が聞こえてきた。

シンシアは、「ちょっと失礼」と言って、コンピュータの電源を切るために、裸のまま部屋の中を歩いていった。まず、画面をあちらこちら眺めて、どちらが魅力的かを確認すると、「脚は私の方がきれいだわ」と言った。

「もちろんさ」

「おっぱいはサドルバッグみたいね」

それに対して特に発言すべきことはなかった。彼女はすべての電源を切った。「私、パパのところで働いている人を買収しているの。好きなときにいつでもここに連れてきてもらえるのよ」。そう言って、彼女がベッドに飛び乗ると、ブラントの身体が数インチ宙に浮いた。

「でも、ここに来たのは初めてじゃないか」

「そうよ。ねえ、町に出ていかない？」

「町なんてないよ」

「誰が言ったの？」と彼女は言った。

彼らは火山の反対側に行った。太った白人の男性がそこまで車で送ってくれた。溶岩流や倒木の間をがたがたと激しく揺れながら小さなジープは進んでいった。左右のドアやお互いの身体にぶつかりながら、ジープの中で二人の身体は左右に大きく揺れ、シンシアはその間ずっと笑っていた。二人はようやく小さなテント張りのパビリオンに到着した。それは、もしそこに観光客がいれば楽園と言ってもいいような場所の端に張ってあった。観光客の代わりにいたのは、ゆったりとした服を着たハンサムな黒人たちだった。彼らは、アンプを通して流れてくるカリプソー・バンドの音楽に合わせて踊っていた。後方には、あちこちが錆びた金属製のカートと大して変わらないバーがあり、酒瓶とプラスチック製のカップが置いてあった。バーの向こう側には、舗装されていない道が、多くの小さな家屋へと続いていた。シンシアが運転手に分厚い札束をわたすと、彼は慣れた手つきでそれを折ってどこかにしまった。シンシアが「待っててね」と言うと、「俺はいつでも見つかるよ」と言って、そそくさと賑やかな場所に消えていった。

二人はその日の午後、ずっと飲んで踊っていた。それから、豚のどこかの部位を串にさして焼いた大きな肉や、植物の葉に包まれスパイスの効いた何かや、強烈な臭いがして信じられないくらい甘い果物を食べ、それからさらに飲んで踊った。周囲の人や村の人はそこに彼らがいることを気にも留めていないようだった。支払いはすべてシンシアがしてくれた。それだけでなく、ちょっとしたことにも彼女は金を払った。もっと速いリズムの曲を演奏するようにバンドに金を払い、清潔なカップを使うようバーテンダーに金を払い、ローストポークを待っている人の列に割り込むために見知らぬ人に金を払った。暗くなってしばらくすると、彼女はブラントの手をつかんで森の中に入っていき、木の根元に膝をついて吐いた。そして、彼女を立たせようとブラントが屈んだとき、彼も吐いた。森から出るときに二人は倒れてしまい、しばらくそこで眠ってしまったようだ。そのあと、起き上がってジープを見つけると、中では運転手が眠っていた。二人で彼を起こし、ジープでコテージに帰った。彼も酔っていた。シンシアとブラントはふらふらとコテージに入り、ベッドの上に倒れ込んだ。目が覚めると正午だった。セックスを試してみたが、吐きそうになって最後までできなかった。

一日中ブラントは、半分起きて半分寝ているような状態だった。あるとき目を開けると、シンシアがじっと彼の顔を見つめていた。それはまるで、どこかに置き忘れた物を探しているような顔つきだった。その次に彼が目を覚ましたとき、シンシアはいなかった。ブラントは、録音メッセージを知らせる電話のランプが点滅していることに気がついた。受話器を取り、震える手で自分の身体を支えてパスワードを入力した。

「十五分後にそこにいなければ、お前は首だ」と最初のメッセージが言った。

「十分後にそこにいなければ、お前は首だ」と二番目のメッセージが言った。

「五分後だ」と三番目のメッセージが言った。

四番目のメッセージは次のように言った。「お前は首だ。午後七時に迎えがくる。それを逃すと、お前は行くところが無くなる」

七時三十五分だった。


——

帰国して、同窓会誌のオフィスで仕事をしていても、同僚たちの「いななき声」[5]のせいで集中できず、電話をかけている相手の番号を忘れたり、寄附への協力依頼の言葉を口ごもったりした。彼は、身を屈めてくすくす笑っている同僚に話しかけるために、立ち上がって話さなければならなかった。その声は緊張で強張っていた。「ねえ、みんな、笑いごとじゃないんだ。僕は一週間近く、住む場所もなく、身動きがとれなかったんだよ。君たちの身にそんなことがもし起こったら、僕はいま笑っているとは思わないんだけれど」。彼はいっそのこと仕事を辞めることを考えた――そうすれば彼らも思い知るだろう――が、その考えも、復讐心に駆られた妄想以上のものにはならなかった。それに、怒りを爆発させたところで得るものは何もない。酷い目に遭わされても、それを甘んじて受け入れたとき、人は周囲からの尊敬を得られる。彼はそう決意し、我慢することにした。そうすれば、いつか――それがいつなのかは分からなかったが――すべてはきれいさっぱり忘れ去られるだろう。

シンシアが帰った次の日、彼は自分の後任者に起こされた。落ち着いた感じの男性と言うよりは、彼と同年代の青年だった。声は低くて太く、髪はきれいに刈り上げ、オックスフォード地の白いシャツを着ていた。しかし見たところ、ほとんど汗をかいていないようだった。「失礼ですが、ここは私のコテージだと思うのですが」と彼は言った。他のコテージの誰かのところに行って、飛行機がどれくらいの頻度で飛んでくるのか訊いてみる以外に、これからどうすればいいのかブラントはまだほとんど考えていなかった。そんなに頻繁に飛行機はやってこないということだった。彼の後任者がコンピュータの確認をしている間、彼は自分の持ち物を集めて鞄に詰めていた。「このファイルは削除してかまいませんか?」と、あちこちクリックしながら彼が訊ねた。

「だめだ。もし削除すると、コンピュータが溶けちゃうんだ」とブラントは答えた。

彼はスーツ――それが衣装ケースから取り出されることはなかった――を手に取り、肩に掛けると、火山の麓沿いに、地元の人の賑わいを求め、テント張りのパビリオンを目指して歩き始めた。丸一日かけてその場所にたどり着いたが、到着すると、テントは取り払われていて、人々はみんな家の中にいた。彼は、石が敷き詰められた道路の上に腰を下ろしたが、そこは、数日前のよる彼が踊った場所だった。呼吸が落ち着くのを待った。舌はタオルのように乾き、呂律が回らなかった。彼は悲しくて泣き出しそうになった。やっとの思いで立ち上がると、見ず知らずの人の家のドアをノックし、これまでのいきさつをすべて話した。その家の家族は彼に水を飲ませると、床の上に彼を寝かせてくれた。

彼ら――男性と女性、女の子が二人――は家族で、親切な人たちだった。英語を話すことはできたが、めったに話さなかった。彼らは一日中座って、何かを作っていた――顎髭をたっぷり蓄えた肌の黒い痩せた男は、流木を使って、珍しい形をした小さな彫刻作品を作っていた。女性――ブラントが今までに出会った中で最も素敵だった――は、子どもたちが作るマクラメ編み[6]のショルダーバッグの縁飾りになる小さな織物を刺繍していた。時折、彼らは食事のために作業を中断した――ブラントにも分けてくれたが、魚や果物は想像を絶する美味だった――夕方になると、彼らは夕陽を眺め、近所の人たちを訪ねていき、自家製のバナナビールを飲みながら楽しい時間をたっぷりと過ごした。毎朝、軍人用の巨大なダッフルバッグを背負った男が自転車でやってきて、書類に必要事項を記入し、村の人が作ったものと書類を交換してバッグに詰めると、旅行客に販売するためにそれを持ち去った。

滞在中、ブラントにはすることが特に何もなかった。お腹の調子が悪く、熱も出た。昼間は寝ていたが、夜になると息苦しくなって眠れなかった。彼は、女の子たちのベッド近くの床の上で横になり、彼女たちの意味不明な囁き声や、彼女たちが寝入ってしまうときの静かな笑い声を聞いていた。ついに、「飛行機が明日到着する」と家の主人が知らせてくれた。でもジープは、コテージが並んでいるところ（彼はそれを「ビジネス村」と呼んだ）までしか来ないので、そこまで戻った方がいいということだった。ブラントはその家族に深くお礼を言い、彼らの親切に対して何らかの形でお返しをしたいと申し出た。「代金をお支払いします。アメリカドルでよければ」と彼は言った。

男は笑って「その必要はありません」と言った。

「いいえ、そういうわけにはいきません。払わせて下さい」

男は首を振った。「心配しなさんな。私たちには富がたくさんあります」

「もちろん、分かっています」と、手を振ってブラントは答えた。「皆さんが、ここで本当に豊かな生活をされていることはよく分かっています。ありがとうございます」

「そういう意味じゃないんです」とその男は言った。「私たちは文字通り金持ちなんです。皆さんの会社が金を払ってくれているのです。あのコテージはすべて私たちが所有しているんです」と言って、彼は笑った。「私はあなたの——何て言うんでしたっけ——何倍もお金持ちです」

「そうなんですね」とブラントは言って、男の手を放した。

「そうなんです」と、ブラントの言い方を真似るように男は答えた。しかし、その声と表情には純粋な誠意が込められていた。

ブラントは、その家族が持たせてくれた水筒の水を飲みながら、来た道を歩いて戻った。自分が住んでいたコテージに着くと、ドアをノックして中に入った。彼の後任は回転椅子に座ってマンディ・マウンズのビデオを観ていた。彼は素早く手を伸ばして、画面のスイッチを切った。

「何をするんだ！」と彼は大声で言った。

「落ち着けよ」

「ここは私のコテージだ！」

「ジープが来るまで扇風機のそばに座ってるだけだよ、いいだろ？」

「いいや、よくない！」と腕を激しく振り、彼の後任は言った。チノパンの裾とシャツの袖を切り落として着ていた。

チャンスがある間に、床に糞をしておけばよかったとブラントは思った。

結局、彼は道路わきに座って、うとうととした。ジープの音で目が覚めた。太った男は袋に入った夕食を降ろすと、空港まで乗せていく金を要求した。ブラントは、残っていた金をしぶしぶ彼に支払った。彼は、朝までには家に帰れた。自宅は（幸運なことに、賃貸契約はそのままにしてあった）

出発したときのままだった。シャワーを浴びると、暑くて黴臭いベッドの中で丸くなり、翌日の昼頃まで眠った。

これで終わったと彼は思った。レイトン・ペック――ブラントが恐れていた最悪の事態に反して、彼は約束を反故にしなかった――から魔法のような寄附を全額確保したあと、彼は元の仕事に戻った。自分の席を取り戻し、軽口を叩かれるのに耐え、シンシアのことは忘れようとした。インターネットには近寄らず、涼しい秋の季節を満喫した。

しかし、ある時点で罪悪感が彼に打ち勝った。そして彼は、あの辛い一週間、彼を支えてくれた家族にお礼の手紙を書くことにした。彼は、自分がどれほど感謝していて、できることならいつか再会したいと思っている気持ちを短くまとめ、それを封筒に入れると、キッチンのテーブルに座って、住所をどう書けばいいのか悩んだ。彼が書けるのは――

ギアモン
火山の反対側
最初のコテージ
家族

だけだった――それから「くそ」とつぶやいて、手紙と封筒をごみ箱に投げ捨てた。しかし気を取り直して、くしゃくしゃになった紙をごみ箱から取り出し、折り目を伸ばして平らにするとリサイクル用の容器に移した。その後は、ひどく気分が良くなった。

訳注

［1］ルイジアナ州出身の女優、コメディアン。

［2］アメリカで生産・調教されたサラブレッドの競走馬。

［3］バハマの首都。人口約二十一万人。

［4］カナダのビール会社およびそのブランド名。一七八六年創立。

［5］馬面をしたシンシアにブラントがふられたことを、馬の鳴き声を真似てからかっている。

［6］紐の結び目を組み合わせて作る編物。

鉄板焼きグリル

フィリップとエヴァンジェリンが結婚して五か月が経ったとき、フィリップは、ばらばらの書類が入った四冊のフォルダーとブリーフケースを横断歩道の上で落とした。ところが、それを拾おうとして道路上で屈んでいるとき、大型車を運転していた高齢女性ドライバーに轢かれてしまった。その女性は彼の姿に気がつかなかったのだ。車のフェンダー――シボレーのタホ（ＳＵＶ車）――が彼の左肩のすぐ下に当たり、ひっくり返った彼を四十ヤード引きずった。その結果、彼の右腕の皮膚がほとんど剥けてしまった。この時点では、上腕骨と鎖骨、肋骨を何本か折っただけで、もしここでドライバーが彼に気づいていれば、それ以上の傷を負うことはなかったはずなのだが、彼女はフィリップに気づかなかった。その結果、車は彼を次の交差点まで引きずり、そこで彼を放り出すと今度は右側の後輪が彼を轢いた。彼の腰から肩の上にタイヤが乗り上げ、さらに何本かの肋骨、右腕のすべての骨、そして背骨を折った。すぐに病院に搬送されたが、数日間は意識不明だった。意識が戻ったとき、彼は二度と歩けないだろうと言われた。その間も、彼を轢いた女性は、ツツジを三鉢、三十ガロン用のゴミ袋を一箱、オレンジの香りの台所用洗剤を買いにホーム・デポ[1]に通い続けた。警察が彼女のもとにやってきたとき、寄附のお願いにきたと思ったのか、彼女は真剣に取り合わなかった。結局、その女性には二百ドルの罰金と一か月の免許停止処分が科せられたが、その処分は、フィリップが電動車椅子に座れるようになる二か月も前に終了していた。その電動車椅子は、エヴァンジェリンの健康保険で、全額ではないが、何とか支払うことができたものだった。そして、フィリップが理解する限り、「ささやかな」としか言いようのない示談が成立するまでに、さらに四か月かかった。

フィリップは四十一歳で、エヴァンジェリンは四十三歳だった。二人に子どもがいなかったのは、二人がそれを望んだからだ。彼は会計士で、彼女も会計士だった。二人とも「フィリップ」、「エヴァンジェリン」と呼ばれることを好み、誰かがうっかり「フィル」や「アンジー」と呼ぶと、「フィリップ」もしくは「エヴァンジェリン」と訂正するのだった。しかし、彼らには友人と呼べる人がほとんどいなかったので、名前を訂正する機会が頻繁にあるわけではなかった。二人は、高級住宅街から少し離れた、静かな通りの小さな家で暮らしていた。フィリップが車椅子で家の中を巧みに動き回れるようになる頃には、エヴァンジェリンが、彼が家に自由に出入りができるようにスロープを付けてくれていた。それでも、季節は冬になり、フィリップが思い切って外に出ることができたのは四月が過ぎてからだった。

彼が外に出たとき、エヴァンジェリンは仕事に行っていた。彼の電動車椅子は、家から六ブロックのところでバッテリーが無くなってしまった。彼が呼び止めた警察官は、彼を轢いた女性を逮捕した二人の警察官のうちの一人だった。パトカーのトランクに何とか車椅子を押し込んで自宅に帰る途中、その警官がフィリップに言った。「酷い目に遭ったね」

「そうだね」とフィリップは答えた。

「聞いたかもしれないけど」と警官は続けた。「あの女性の甥がロトに当たって、彼女はフロリダに引っ越したんだ」

「知らなかった」とフィリップは言った。「聞いてなかったよ」

警官は、彼を両腕で抱きかかえるようにして家の中まで運び、ソファの上に降ろした。そして、礼儀正しく敬礼して立ち去った。


——

フィリップの事故と、その後の障害が結婚生活にストレスをもたらしたと言うのは、正確ではないかもしれないが、それほど的外れでもなかった。間違いなく、二人はいま不安の中にいた。「普通」とは何なのかが分かるほど長く二人は結婚生活を送っていたわけではなかった。二人は同じベッドで寝ていたが、セックスはしていなかった——フィリップの医師は、彼の性的能力の回復について否定的だったが、これまでのところ、そのことが二人の生活に支障をもたらした形跡はなかった。と言うのも、そもそも事故に遭う前から、二人はほとんどセックスをしていなかったからだ。セックスをしているときは、それを楽しんでいたと二人は言うが、するかしないかのやり取りや、そこに至るまでの準備、始めるときの気まずいあれこれを楽しめたことがなかった。彼らには、エヴァンジェリンの同僚であるボブとその妻のキャンダス、フィリップの同僚であるロイとその妻のジューンという友人がいた。彼らは、気後れしつつも、花を持って何度か病院に見舞いに来てくれたが、それっきりだった。フィリップが車椅子で自宅に戻ってからは、誰も訪ねてこなかった。エヴァンジェリンは彼らに何度か電話してメッセージを残したが、フィリップには、「そんなことをしなくていいよ」と妻に言う勇気はなかった。二人は外で食事をすることが好きだったが、フィリップが事故に遭う前は、忙しくてなかなかそれができないでいた。二人とも、夕食後はソファに座って本を読むことが多かった。それは今も続いている。しかしフィリップは、今は車椅子で読む方が楽だった。そして大抵、八時半にはひどく眠くなり、下を向いてうつらうつらしているかと思うと、本が手もとから床に落ちているのだった。フィリップは自宅に戻ってきて以来、同じ犯罪小説をずっと読んでいた。

エヴァンジェリンは背が高く、年齢の割に髪に白いものが混じっているが、十分に魅力的な女性だった。丸顔で、スタイルは実年齢より十歳は若く見えたが、二十歳年上の人がかけるのではないかという眼鏡をかけていた。フィリップの身長は五・七フィートだったが、事故に遭う前の彼からは、力強い印象を受けた。それは、幅広い上半身、細い腰、がっしりとして落ち着いた顔つきによるものだった。実際のところ、彼は自分の肉体に特に自信を持ったことは一度もなく、父親と同じようにいつか自分も——現実にはそんなことはなかったのだが——腰痛を患うと思い込んでいた。もちろん今となっては、そんなことはもうどうでもいいことだった。
結婚する前、二人は七回デートをしただけで、式は、郡の裁判所で入籍手続きをするだけだった。二回目のデートでキスをし、四回目のデートでベッドを共にして、六回目のデートで婚約した。披露宴のとき、どちらが先にプロポーズしたのかと家族や同僚から訊かれても、はっきりしたことは二人にも分からなかった。そして、二人とも初婚だったが、結婚して十七か月後、つまり事故の一年後、二人にとってこれが最後の結婚であることが確定した。

——

フィリップがじっとしていなくてはならなかったので、最初の結婚記念日を二人は十分に祝うことができなかった。そこでその半年後、彼はエヴァンジェリンを外へ連れていく決心をした。レストランへの行き帰りをエヴァンジェリンが運転しなくて済むように彼はドライバーを雇った。また、エヴァンジェリンがフィリップの車の乗り降りを手伝わなくても済むように、車の乗り降りの練習もした。
彼は、町に新しくオープンしたレストランを選んだ。高速道路から少し離れた、ショッピングモール近くの鉄板焼き日本料理店だった。最初にこの店を見たときは、大して期待をしていたわけではなかった。額に入れたポスターが壁に掛けてあり、合板のテーブルの上には、プラスチックの柳の枝を適当にあしらった花瓶が置いてあった。店の一番奥には六台の鉄板焼きグリルがあり、そこに座った客が目の前で料理の実演を楽しめるように、二台ずつカウンターに囲まれていた。大騒ぎしてフィリップの車椅子を何とか店内に入れたあと、フィリップとエヴァンジェリンは、十代とおぼしき子どもの誕生日を陰気に祝っている小さな家族と、お互いの背中に腕を回して抱き合っている大学生らしきカップルの間の席についた。店の従業員は、初めて来店した身障者に不愉快な思いをさせないよう懸命に努力していた。

注文が終わると、鉄板焼きのシェフが出てきた。背の高いアジア人（日本人ではないとフィリップは思った）だったが、被っている帽子のせいでさらに背が高く見えた。彼は、艶消しアルミニウムでできた車輪付きの頑丈なカートを押してきた。その上には、新鮮な食材と一緒に、山のように盛られたバター、様々な調味料を絞り出す容器、スパイスの入ったコーヒーカップ大のクロム製容器、調理器具が納められた入れ物などが並べられていた。

フィリップは何かが始まるとき——それが舞台の上で演じられるショーであろうと、家の玄関で行われるモルモン教信徒の勧誘であろうと——にいつも感じる嫌な予感がした。フィリップはその気持ちを伝えようと妻の方を振り向いたが、うっとりした表情で、くらくらするような期待感に溢れた妻の様子を見て、はっと我に返った。その微妙な感情を読み取るには訓練された目が必要だったはずだが、それこそフィリップに備わっているものだった。彼は何も言わなかった。

シェフは、上辺だけの威厳を取り繕い、一言も発しなかった。フィリップには、女性は恐らく彼のことをとても魅力的だと思うだろうことが理解できた。彼はまず、きれいな鉄板の表面に何か透明な液体を絞り出すことから始めた。次に煙草用のライターで鉄板に火を点けた。炎が二フィートの高さまで立ち昇り、フィリップは身体をのけ反らせた。みんなが笑った。女子大生は叫び声を上げて、ボーイフレンドの腕の中にさらに深く潜り込んだ。

次に、炎が当たっている鉄板の上に卵を置き、それを親指と中指でくるりと回すと、ベルト——それは革製で、調理器具のために金属製の鞘が付いていて、全体として、料理界のバットマンのような雰囲気を醸し出していた——に付いたホルスターからフライ返しを抜き取り、くるくる回っている卵をそれですくい上げた。次に、それを空中に放り投げると、回ったままの卵をフライ返しの先に着地させ、再び放り投げた。最後に、それを女子大生の方へ投げかけると、指の長い手をさっと出し、宙に浮いた卵を彼女の顔の数インチ手前でつかみ取った。

今回の彼女の叫び声はまさに耳をつんざくような声だった。フィリップは事故後、見境なく人を憎むようになっていたが、それと同じように彼は彼女を憎んだ。彼女の叫び声を憎み、彼女の口紅を憎み、彼女の大きな胸を憎み、彼女のボーイフレンドと彼の「はっはっはっ」というマッチョな笑い声を憎んだ。しかしエヴァンジェリン——エヴァンジェリンは、上の歯で下唇を軽く噛み意識を集中させていた。

シェフは卵を空中に放り投げると、フライ返しを使ってそれを二つに割り、殻をごみ箱にはじき飛ばした。鉄板の上で卵をかき回し、その上にライスを乗せ、フライ返しをくるっと空中で一回転させた。それが彼の手に戻ってくる頃には、鉄板の上のネギにも火が通り、刻む準備ができていた。

このようにして十分が経過した。この男はものを放り投げるのが好きだった。チキンの胸肉やステーキが空中を滑空し、小エビが舞い、カボチャが一斉に投入された。手から手へと空中移動するソースの瓶は、最後にはそれぞれのケースにすっぽりと収まった。金属製の器具がきらりと光り、美しい音を奏でていた。十代の女の子の母親は、緊張した面持ちでその様子を眺めていたが、シェフは特に頻繁に彼女にウインクを送っていた。また彼は、宙に浮いたままになっているものをつかむために、自分自身も絶えずくるくる回っていた。調理が済み、ほんの僅かな取りこぼしもなく、ロケットのような速さで料理が食器に盛りつけられた。客は拍手を送り、シェフはお辞儀をした。食材の破片を鉄板から取り除き、ごしごしと表面を削った。最後に、おどけたように深くお辞儀をして、カートを押して立ち去った。

フィリップは、シェフの料理が素晴らしいものであることを認めざるを得なかった。新鮮で、かつ妙な飾り気もなかった。彼のパフォーマンスをもう一度見たいとは特に思わなかったが、料理は気に入った。食事を終えて店を出るとき、心の広さを過度に示すように、二十パーセント近くのチップを支払った。残念なことに、ドライバーは探し出さなければならなかった。彼は、隣のアップルビーズ[2]

のウェイトレスと植え込みの陰で煙草を吸っていた。彼は二人を自宅に送り届けた。フィリップは再びチップを払ったが、今度はそれほどの額ではなかった。二人は家に入り床に着いた。

ベッドのマットレスから、エヴァンジェリンがまだ起きていることが伝わってきた。彼女は天井を見つめていた。フィリップはちらっと彼女を見た。彼女はもともと口数の多い方ではなかったが、今夜は、家を出てから一言も話さなかった。フィリップはちらっと彼女を見た。通りから射し込む明かりの中で、彼女の頬が赤く火照り、額が微かに濡れているのが見えた。規則正しく呼吸をし、身体を上手く眠りに誘えるように、全身を緊張させじっとしている様子が伝わってきた。

「夕食は楽しかった？」と彼は訊ねた。

「ええ」と、すぐに彼女が答えた。

「また行きたいね」

彼女は微かに頷いた。

その後、かなりの努力をして、彼は自分の身体を彼女の方に向けた。そして彼女のパジャマの下に手を忍び込ませ、片方の乳房に手を被せた。もう片方の手でも同じことをした。それから、彼女の脚の間に指を入れた。エヴァンジェリンは抵抗しなかったけれども、だからと言って、進んで応じるわけでもなかった。そこは温かくて乾いており、変化が起きることはなかった。彼は自分自身の身体に何かを感じたように思った――ある種の微かな興奮あるいは疼き？　ときどき彼は、実体のない衝動を経験することがあった。それは、眠っているときに彼の身体が経験する夢だった。しかし、今この瞬間彼が経験していることは現実かもしれない。彼は期待して、自由になる片方の手をパジャマの中に入れてみた。だめだ。彼の気持ちを察したエヴァンジェリンは、明らかに、哀れむような優しい表情で彼を見つめた。そして、「あなた、ありがとう」と言った。恐らく、夕食のことを言っていたのだと思う。

翌日、あらゆることが通常どおりだった。フィリップは、(恐らく同情心から)勤務先が提供してくれた気乗りのしない半日程度の仕事に戻り、エヴァンジェリンは職場に戻った。そして、以前と同じような平穏な日々が数か月続いた。ただ時折エヴァンジェリンが、目を細めて意識を集中しているような表情をすることがあり、その表情は、非常に小さく、非常に遠いところにある何かを見つめているようだった。しかしフィリップは、何を考えているのか彼女に訊かなかった。一度、最近改装して、入口を広くし、クロム製の手すりと毎日消毒される浴槽の椅子を設置したバスルームのそばを車椅子で通ったとき、何かに驚いたような小さな音がエヴァンジェリンの口から漏れるのが聞こえた。鳥のさえずりか梟の鳴き声のような音だった。それが、タイルに跳ね返る銃声のように響いた。数秒後、その音が、今度は鳩の鳴き声のように引き延ばされて繰り返された。数分後、長い指で着衣を整えながら彼女がバスルームから出てきたとき、彼女にいつもと変わったところはなかった。

彼女の誕生日が近づいてきた。いつものようにフィリップは、何らかの手ごたえが感じられるようなプレゼントを、当てもなくインターネット上で探していた。彼は調理器具を考えた。彼女が毎日使うものだし、そのことを楽しんでいないこともなさそうだった。そうすれば少なくとも彼は、贈ったものが使われているのを見ることができるし、どれほど僅かであっても、それを使って楽しくしている彼女を見ることができた。キッチン用品を販売しているウェブサイトを何箇所か調べていると、シェフの被る帽子が目に留まり、食事に出かけた夜のことを思い出した。そこで、検索サイトに「鉄板焼き」と入力し、エンターキーを押した。

あった！「コーティング済み樺材・ステンレス製鉄板焼きキッチンアイランド及び付属品一式」、配送料千四百ドル別。フィリップの指がマウスボタンの上を彷徨っていた。フィリップはプレゼントを選ぶのが下手だった——彼は大抵エヴァンジェリンに宝石を贈っていた。なぜなら、男性が女性に贈る物と言えば宝石だと思い込んでいたからだ。しかし、エヴァンジェリンが彼の贈った宝石を身につけているところを一度も見たことがなかったし、そもそも、彼女が宝石を身につけているところを見たことがなかった。彼女の耳にピアスの穴が開いていないことに気づいたのは、イアリングをプレゼントしてから何か月も経ってからだった。彼が贈った革製の眼鏡ケースでさえ使用されることはなかった。眼鏡は、ベッド脇のテーブルに置かれているか、彼女の顔に掛かっているかのどちらかだった。

疲れ果てた彼の心の大部分を占めている会計士としての自分が、「鉄板焼きセットには手を出すな」

と言った。それは高い買い物だし、使った経験もなかった。そしてその大きさを考えると、それが存在しないかのようにエヴァンジェリンが振舞うのは不可能だし、そもそもそれが失敗だった場合——間違いなくそうなるよね？——返品しなくてはならなくなる。そして結局、その責任を負うのは健常者であるエヴァンジェリンになるのだ。

それでも彼は購入することにした。マウスをクリックし、法外な配送料に同意し、眩暈がするような長い息を吐き出した。

次の週、ＤＨＬ[3]のトラックが玄関先に停まり、頭の大きい赤ん坊じみた痩せた男が細い腕をぱたぱたと動かして、ダンボールの箱を幾つか玄関の階段に置いた。男は汗をかき、息を切らしていた。その男性は、受け取りサイン用の分厚いタブレット端末をフィリップに渡しながら、遠慮する風でもなく、ストラップで固定されたフィリップの脚をじろじろ見ていた。

フィリップがサインをしているときに、彼が訊ねた。「どうしたんだい？」

そんなことを訊かれることは滅多になかったので、一瞬何のことか分からず、答えるまでに時間がかかった。「車に轢かれたんだ」

「これを箱から出してくれる人は誰かいるんだろうね？」

「いないんだ」とフィリップは答えてタブレットを返した。

「これ、何なんだい？　グリルか何かかい？」

「まあね」

男は頷いて、その場で立ち上がった。そのときフィリップは、男の腕がぱたぱた動くのは一種の痙攣であることに気がついた。使っていない方の腕がぴくぴくと痙攣し、腕の先の手は青白くて死んでいるように見えた。男は三十歳にはなっていないはずだが、顎の下の肉が弛んでいて、そこを数日分の無精ひげが灰色の黴のように覆っていた。男は腕時計をちらっと見た。

「ひょっとして、手伝ってくれる？」とフィリップは彼に訊いた。

「ええっ、これをか？」

「開けられないんだよ。立つことさえできないんだ」

男はもう一度時計を見て、突然、まるでガムを噛んでいるかのように口を動かし、「う〜ん」と声に出すと、予想に反して、「しようがないね」と言った。

ＵＰＳ[4]の配達員なら、ダンボールの箱を開けるどころか、立ち話さえしないところだが、それをこの男性はしてくれた。そして、たっぷり一時間半は滞在して、箱を開け、鉄板焼きセットを組み立ててくれた。その間、フィリップは驚いてじっと見ているだけだった。その間ずっとＤＨＬの配達員は、ガムを噛んでいるかのように口を動かしながら（これって、普通は、かなり高齢の男性がすることだよね？）、取り留めのない話を続けていた。「バーベキューは食べるのはいいんだけど、準備が面倒くさいよな」、「近所の人間には苛々するよね」、「犬は絶対必要だけど、面倒なんだ」、「猫には何の意味もないね」、「女はいないと生きていけないよね（などなど）」、「酒は本当に家族をばらばらにするんだ（これは意外だった）」、「父親ってのはみんなクソだ」。そして家族の話——「俺の親父が隣の家のベランダの椅子から冗談でクッションを盗んだんだ。そしたら隣の奴が警察を呼んで、親父は本当に一晩牢屋で過ごしたんだぜ」——になり、再び、近所の人の話に戻った。彼の両腕は、力は入らなかったけれども、まったく問題なく動いた。事実、彼はカウンターの上に置いた説明書に手を触れることもなく、目にも止まらない速さで鉄板焼きセットを組み立てていった。

その実物を目にすると、それはウェブサイトで見るよりもはるかに感動的だった。まるで誰かが車を駐車したかのように、キッチンの中で存在感を示していた。鈍い光を放つ艶消し処理をした鉄板の周囲を、余分な油を流し出すための溝が囲っていて、その外側を、ワックスのかかった六インチ幅の堅木が取り囲んでいた。ステンレス製のトレイや、調味料やスパイスを入れる容器、調理道具や後片づけのための道具が装備されていて、メッキの施されたテントがその上を覆っていた。それは四本の頑丈な柱の上に張られていた。室内を換気する最新式静音換気装置は、「小型ジェット機エンジン」（「取り扱い説明書」にはそう記されていた）と同程度だった。こういったことすべてが、高性能、機能性、専門性を醸し出していて、本格的な鉄板焼きが楽しめそうな雰囲気があった。フィリップは、エヴァンジェリンが喜んでくれることを心の底から願った。

彼は、ＤＨＬの配達員に心から礼を言い、五十ドルのチップを申し出た。しかし、礼は聞き入れてもらえたが、チップは固辞された。「だめだ、だめだ。そんなことをしちゃまずいことになるよ」

「でも、予定から二時間遅れてもまずいことにならないのか？」

ちらっとこちらを横目で見て、頷いた。「まあ、そうだな」と彼は言って、五十ドルを受け取った。そして振り返って立ち去ろうとした。「ええと・・・脚のことは残念だな！　良くなるように祈ってるよ」

「良くならないんだ、残念だけど」

これを聞いて彼は怒ったように見えた。「おい、奇跡っていうのは起こるんだよ」。そう言って彼は立ち去った。

フィリップは家の中を車椅子のままキッチンまで移動した。鉄板焼きグリルの横に独りきりでいると奇妙な感じがした。微かに恐怖感を覚えた。それはまるで、宇宙からやってきた今にも死にそうな殺人ロボットのようだった。彼は、変化した部屋の様子を丹念に調べた。部屋の隅でキラリと光り、低い機械音を出している冷蔵庫、オーブン、食器洗い機、コーヒーメーカー、トースター、パン焼き器など、彼が普段の生活で使う便利なものをすべて調べた。フィリップにとってこれらのものは、手を伸ばせばぎりぎり届き、屈辱的な精一杯の努力の末ようやく動かせるものだった。それらのものが今、鉄板焼きグリルと共謀して、フィリップが無力で、弱い小さな存在であることを彼自身に感じさせようと共謀しているような気がした。喉が渇いたので、流し台に向かって、鉄板焼きグリルの横を注意深く車椅子で移動した。車椅子の左右には、恐らく、半インチ程度の隙間があり、鉄板焼きグリルのオーク材の手すりを支える尖ったアルミニウムの縁と彼の握り拳はまったく同じ高さにあった。そのとき、彼は左側の食器棚の取っ手を避けようとして必要以上に動いたため、右手がアルミニウムの縁に当たり、二本の指の関節の皮がめくれた。「くそっ・・・。そのうちたこになるなあ」。彼は何とか流し台にたどり着き、グラスに水を注いだ。蛇口の水を出しっ放しにして傷を丁寧に洗い流した。傷の上で水がピンク色になった。

エヴァンジェリンが彼を見つけたのはそのときだった。フィリップは彼女の足音に気づかず、部屋に入ってきたときに彼女の口から漏れた息をのむ音が聞こえただけだった。彼は蛇口の水を止め、布巾で指を包み、彼女の横まで車椅子で移動した。彼女は彼の肩に手を置き、背筋を伸ばして真っ直ぐ立っていた。眼鏡の厚いレンズの後ろに、異常な警戒心を湛えた彼女の眼差しを感じることができた。視線は鉄板焼きグリルの表面を這うように移動し、その存在の驚くべき異質性を取り込んでいた。彼女は「あら」と言って前に出ると、木の部分を触り、それから金属の部分を触った。彼女は道具を一つ一つ容器から取り出し、引き出しを開け、調理のときに身につけるベルトと帽子を見つけ、それらを取り出して身につけると、腰の周りでベルトの長さを調整し、着ている服のしわを伸ばした。それから、調理器具——長い二股のフォーク、包丁、オイルやテリヤキソースを入れる容器——をベルトにさっと差し、それらが持つ雰囲気を確かめるかのように、触らずにそれらの上に手をかざした。

彼女はとてもセクシーだった。ベルトは腰の線を際立たせ、白い煙突のような帽子の下で髪が束ねられ、顔からは加齢の影響が数年分消えていた。もともと背は高かったが、いま彼の位置から見ると、激しい復讐心に満たされたある種の巨人のように見えた。彼女は彼に向って微笑んでいた。その微笑みには哀れみと感謝の気持ちが同時に含まれていた。彼も微笑んだ。

「気に入ってくれるといいんだけど」

彼女は頷いただけだった。

「誕生日おめでとう」

彼女は既に使い方を試していた。下の方の両開きの扉を開けてみたり、プロパンガスのバルブを調節したりしていた。フィリップは、手に巻いた布巾を固く締め、音を立てないように注意して車椅子を動かし、後ろ手でキッチンのドアを閉め、本を読みに居間に向かった。

週の大半は、彼女の姿をほとんど見ることがなかった。仕事に行き、帰宅するとすぐに彼女はキッチンに向かった。閉じたドアの向こうから、ごしごしと何かを擦る音やかちんかちんと金属が当たる音、しゅーしゅーと何かが沸く音やじゅーじゅーと何かを焼く音が聞こえてきた。そして、フィリッ

プのお腹がすく午後六時には、素敵な香りが家中に漂った。テーブルについた彼の前に出される料理は、風味豊かで新鮮だった。最後の一口まで、店で食べたのと同じくらい美味だった。しかし、十時、十一時、十二時になると、彼は焦げた玉ねぎの臭いにうんざりし、彼女がグリルの火を消して、ベッドに来てくれることを願った。

ようやく彼女がベッドに来たとき、彼の我慢は、新しくて奇妙な現象によって報われた——少なくとも、彼の立場からはそう考えるのが適切だった。エヴァンジェリンは、真っ暗な寝室に勢いよく入ってくると、服を脱ぎ捨て、シャワーを浴び、ベッドの上の彼の横に裸で入ってきた。彼女が裸で寝ることなんて今までになかった。実のところフィリップは、今まで裸で寝る女性とベッドに入ったことがなかった。とにかく三日間は、彼女が裸で寝るということ以外、特別なことは何も起こらなかった。しかし四日目にそれは始まった。彼女が自慰を始めたのだ。彼女がしていることを理解するには、そう考える他なかった。それは、不満の溜まった配偶者が相手にばれないようにする種類のものではなかった。そうではなく、彼に身体を押しつけ、自分で自分自身の身体に手を伸ばし、快感に満ちた声を彼の耳に聞かせるのだった。それは——仮にあったとしても——長い間彼が耳にしたことのない声だった。

初めてこれを経験したとき、フィリップは純粋に驚いた。そして何も言わず、何もしなかった。実際、彼は寝たふりをしていた。二回目のとき、彼は思いきって彼女の目を見てみた。その目は大きく開かれ、じっとこちらを見ていた。そして、その経験が続いた三分間、二人は激しく見つめ合っていた。次の日の夜、二人はキスをした。そしてその翌日、彼女は彼もその気にさせようとした。服を脱がし、身体に触り、キスをした。しかし、心臓の鼓動は速くなり、事故に遭う前と同じように掌に汗は出てきたが、肝心な場所では何も感じなかった。彼は涙を流した。

ところが、そのことに彼女は幾分満足したようだった。というのも、それから毎晩、彼女のこの行為は続けられ、彼の屈辱感も——少なくともその一部は——少しずつ和らげられ、どれほど限定的で、どれほど満足いくものではなかったとしても、ついに、この新しい形の愛情表現を楽しめるようになったからだ。この儀式の進行中、二人は一言も話さなかった。そして昼間も、二人はそのことに触れなかった。それはまるで二人だけの秘密であるかのようだった。しかしそれは、世間に知られないようにした——そもそも二人は世間に対して心を開いているわけではなかった——秘密ではなく、お互いに対する秘密、あるいは、自分自身に対する秘密のようだった。それは奇妙なこと、そして少なくともフィリップにとっては、まったく正しいことに思われなかったが、二人の生活は、秘密がある現在の方が、秘密がなかったときよりも格段に良くなった。

鉄板焼きグリルが届いて二週間後、エヴァンジェリンが、「お友だちを夕食に招待するわ」とフィリップに言った。

「なぜ？」と彼は訊かないではいられなかった。

「もう勝手に、ボブ、キャンダス、ロイ、ジューンを招待しちゃったわ。金曜日の夜に来てくれるの」

フィリップは一瞬「誰だ？」と思ったが、すぐに、彼らが二人の古くからの知人であることを思い出した。しかし再び「なぜ？」という問いに戻った。しかしその答えは、エヴァンジェリンの表情に、少なくともすぐには現れなかった。曇った眼鏡のレンズの奥で、エヴァンジェリンの目が瞬きを繰り返した。彼女の笑みは至福の表情と言ってよかった。彼女の表情や話し方は、夫婦になったときから知っているそれとは似ても似つかなかった。「あなたは何もする必要はないのよ」と、彼の質問には答えず彼女は続けた。「ただ目の前のショーを楽しんでくれるだけでいいの」

「ショー？」

彼女は彼の手をやさしく叩くと、再び読書に戻った。

金曜日、友人たちは同時に、しかし各自の車で時間通りにやってきた。丸顔で丸い体型のボブは、それにもかかわらず二枚目だと思われていて、概ねその通りだった。白髪はなく、髪はふさふさとしていて、ニュースキャスターのような深みのある大きな目は、いつもフィリップの頭の上をじっと見つめていた。声は太くて低く、態度は高圧的だった。妻のキャンダスは彼より背が高く、集まった人の中では最も若かったが、エヴァンジェリンに比べると、華奢で自信なさげだった。彼女は、気まずいことがあると、顔を横に向けて目を細め、静かに舌打ちをした。一方、ロイとジューンは、見た目も仕種もよく似ていた。がっちりとした体つきで、大きな声で話した。ジョークを言うのが好きで、二人はインターネットでジョークを集めていた。大抵は二人のうちどちらかが言ったジョークなのだが、面白いことがあると、お互いの膝を叩いていた。彼らの名誉のために言っておくと、フィリップの回復期間中、最も長く見舞いに来てくれたのはこの二人だった。ただこの二人は、ほとんどの時間、フィリップのそばでおしゃべりをしているだけだったが。

四人は今、ワインが入ったグラスを持ち、落ち着かない様子で居間にいた。フィリップが「好きなところに座ってくれ」と言うと、ロイは「君の椅子以外だよな?」と言って大笑いした。ジューンと彼は意味もなくくすくす笑って、お互いの膝を叩いていた。ボブは、照明にかざすようにワイングラスを高く掲げていた。ときどきキャンダスが咳をした。彼女の口元は薄くて真っ直ぐだった。フィリップは、これまでに彼らと過ごした夜のことを思い出していた。それは、意図せず仲間外れにされた、どことなく退屈な時間だった。事故のことがなかったとしても、彼らに再び会うことがあったのだろうかと彼は自問した。たぶん無かっただろう。恐らく初めてのことだが、自分は、本当は友ちを持つことが好きではなかったのだという考えが、ふと彼の脳裏に浮かんだ。自分は一人でいるのが好きなのだ。それが、会計士であることを気に入っている理由だ。数字と自分だけの――数字を整理して、計算を合わせる――時間ほど彼に悦びをもたらすものはなかった。いや、実はもう一つある――同じだけの悦びをもたらすのはエヴァンジェリンだ。彼女は、数字が彼にもたらすのと同じような悦びをもたらした――それはまるで、世界に対してあらゆることが間違っておらず、あらゆることが了解できるような感覚だった。こういったことすべてが起こった後で、エヴァンジェリンは彼らをどう説得して招待することができたのだろう。フィリップは、彼女が彼らとこの部屋に一緒にいてくれればいいのにと思った。

いったい彼女はどこにいるんだ？

ばたんという音とともにキッチンのドアが開いた。農夫のように上半身を前方に倒し、鉄板焼きグリルを押している彼女がそこにいた。グリルはとても大きく、大きすぎて動かせなかった。それは壁に食い込み、足載せ台に当たったため、足載せ台がサイドテーブルの下に押し込まれた。花を活けたテーブルの上の瓶がぐらぐらして、もうちょっとで倒れそうになった。

「手伝おうか、エヴァンジェリン？」とボブが訊ね、すっと立ち上がったが、彼女が彼を無視したため、彼は再び腰を下ろした。全員の目の前に鉄板焼きグリルがあった。換気のためのテントが舞台上のアーチのような形になっていて、その中央に白いエプロンをつけ、白い帽子を被ったエヴァンジェリンが立っていた。彼女の視線が短く一人ひとりに注がれた。彼女が頷くと、キャンダスを除いて全員が頷き返した。

エヴァンジェリンは、グリルのどこか下の方から、五人分の竹製トレイ、ナプキンに包まれたナイフとフォーク、皿を取り出した。トレイには折り畳み式の木製の支えが付いていて、それを組み立てるとちょっとしたテーブルになるようになっていた。そんなものがどこにあったのかフィリップには見当もつかなかった。エヴァンジェリンはトレイを配り、その上に皿を一枚ずつ置くと、皿の脇にナプキンの包みを置いた。

フィリップの分をセットしたとき、彼女は片目を閉じた。

「まあ、これを見て！」とジューンが声を上げた。

「たぶん、テーブルに着座する方が楽なんじゃないかな？」と、ボブが自信なさげに呟いた。

「『着座』[5]ってどういう意味だい、ボバート[6]？　それは何語なんだ？」とロイは言って大声で笑った。ジューンも大声で笑った。

「普通の表現だよ」とボブが言い返した。

「『口先だけではなく行動で示す』とか『安物買いの銭失い』っていうのが普通の表現なんだよ。『着座』じゃないよ！『着座』だって！」と言ってロイが笑い、ジューンも笑った。二人は笑いが止まらなくなった。ボブは少し前屈みになり、額にしわを寄せ、キャンダスは咳をし続けていた。フィリップは再度、なぜエヴァンジェリンは彼らを招待したのだろうと思った。自分のためでないことをフィリップは願った。

エヴァンジェリンは既にプロパンガスに火を点けて、鉄板の表面に油を曳いていた。ロイとジューンはまだくすくす笑っていたが、ボブは興味を持ち、もっとよく見えるように前屈みになっていた。フィリップは、骨折して路上に倒れた彼を眺めている傍観者を思い出して少し身体が震えた。救急に連絡が行ってかなり時間が経った後も、励ましの言葉がかけられてかなり時間が経った後も、人々は彼のそばに立ち尽くし、胴体の下で不自然に曲がっている骨折した彼の脚を見つめ、苦痛に歪んだ彼の顔を見ていた。意識を失いつつある彼は、そこに倒れたまま「おい、お前らは馬鹿か！　なんでそこに突っ立ってるんだ」と考えていた。それは、彼が彼らを憎んでいるとか、彼らのことが気になったということではない。そもそも、そんなことに何の意味があるのだ？　そのとき彼が唯一思ったのは、死にたくないということだった。しかし彼には、周囲の人のことが理解できなかった。人というものがまったく理解できなかった。

エヴァンジェリンだけは別だった——彼女のことは、少し理解できた。彼は、彼女がそばにいることに心から感謝した。彼は彼女を深く愛していた。

フィリップは注意して見ていなかったのだが、一分ほどの間、エヴァンジェリンが、レストランのシェフがしていたように鉄板の上で卵を回していた。そして、それを空中に放り投げると、帽子の窪みでそれを受け止めた。そして、レストランのシェフと同じようにそこから卵を落とし、フライ返しで二つに割り、片手で殻を受け止め、もう一方の手で卵をかき混ぜた。レストランのシェフがしたこととまったく同じだ。そして、塩や胡椒の缶を箱から取り出すと、適切な量の中身が卵に振りかかるように、空中でくるくる回転させながら両手の間を行き来させた。しかしフィリップは、レストランのシェフがそんなことをしたことさえ覚えていなかった。エヴァンジェリンはライスを一カップ取り出して炒め、ゴマを振りかけ、醤油とテリヤキソースをかけた。その後の所作はすべて、まるでバレエを踊っているかのように、ほとんど曲芸に近い正確な動きだった。まさか自分の中に存在するとは思っていなかった何かを彼女が発見したことがフィリップには分かった——彼女は自分自身の身体を完璧にコントロールしていた。

今では全員がうっとりとし、畏敬——恐らくは、称賛——の念を抱いてエヴァンジェリンを見つめていた。彼女が、角度と強さを考えて鉄板の表面にフライ返しを叩きつけると、それは一回転して跳ね返り、指を添えて待ち構えているエプロンのベルトにすっぽりと収まった。この技もレストランでは見なかった。彼は、驚いて拍手をしている友人たちと一緒になって拍手をした。

次にエヴァンジェリンは、玉ねぎを半分取り出した。フィリップは既に見たことがあるので、何が始まるのか分かっていた。しかし、それをするエヴァンジェリンのことを想像すると、思わずにやりとせずにはいられなかった。彼女は玉ねぎを半分真っ直ぐに立てると、ベルトから肉切り包丁を放り投げ、目の前でくるくる回転させ、それを玉ねぎの上に一回、二回、三回、四回と振り下ろした。そして、包丁の先で玉ねぎの中をくり抜き、盛ったライスの上に内側の輪を弾き飛ばした。そして、玉ねぎの輪の穴が真ん中に揃うように玉ねぎをドーム状に積み上げた。包丁を鞘に収め、身体の後ろから油を取り出すと、それを半分に切った玉ねぎの上から降りかけた。それから、目にも止まらぬ速さで木製のマッチをポケットから取り出し、排気フードに擦りつけ、玉ねぎに火を点けた。

そのときの彼らの表情を見てもらいたかった！　彼らは、今、自分たちが目にしていることが信じられないのだ！　玉ねぎから蒸気と炎が勢いよく立ち昇っている。気の毒にキャンダスは、檻から解き放たれた野生のライオンのようなエヴァンジェリンを見て、身体を後ろにのけ反らせた。彼女は夫の方に倒れ込み、斧のように細長い顔を、肉づきのよい夫の肩に埋めた。

でも、結果的にそれがよかった。というのも、エヴァンジェリンはまず、燃え盛るオニオンリングを、ボブの大きな禿げ頭に目がけて飛ばしたからである。それは油煙の跡を残しながら弧を描き、居間の中を飛んでいった。ボブは、ぎりぎりのところで身体を後ろに引いたので、オニオンリングは彼の左目の上に着地した。次の瞬間炎が立ち昇り、頭皮に撫でつけた少ない頭髪を焦がした。間違いなくそれは、痛みを伴う酷い傷をそこに残すはずだ。彼は大きな声を出してオニオンリングをカーペットの上に叩き落とすと、自分の母親に「デブ」と呼ばれた情けない大柄の子どものように口を大きく開けてエヴァンジェリンを見つめていた。何か突拍子もないことが起こったことをロイとジューンが理解し、それが彼らの表情に現れたとき、「ミサイル」は既に彼らに向けて発射されていた。一発目は、ジューンの胸に当たったが、シルクの刺繍が施された薔薇のブローチのおかげで怪我をせずに済んだ。それでも彼女は、誰かに刺されたかのような悲鳴を上げた。ロイの頬にオニオンリングは当たったが、それは跳ね返ってどこかに落ち、頬に油が付いただけだった。ロイは精々、台本に書かれた台詞を口にするように、「痛っ！」と言っただけだった。

キャンダスにはなぜオニオンリングが投げられなかったのかはっきりしない。包丁の先に火のついたオニオンリングを引っ掛けて、エヴァンジェリンは投げる態勢に入っていたが、ボブはショックで立ち上がったところで、妻は椅子にうずくまり無防備だった。恐らくそこには、無口な女性同士のある種の連帯感みたいなものがあったのかもしれないし、単に、同情しただけだったのかもしれない。いずれにせよ、オニオンリングが投げられることはなかった。かたんという音とともに鉄板の上にナイフが落ちた。エヴァンジェリンの悪意は消滅し、屈んで火を止めると、彼女はゆっくりと部屋から出ていった。

火傷を負い、驚いた友人たちに囲まれて、フィリップの思考が高速で頭の中を駆け巡った。「冷たいタオルをすぐに持ってくるから」と彼はボブに言った。ボブは自分の柔らかい掌を丸めて、自分の思考か何かがこぼれ落ちるのを受け止めるかのように傷の下に手を当てた。しかし、もう一方の手を伸ばしてフィリップを制止すると、何も言わずに部屋から出ていった。キャンダスもそのすぐ後をついていった。

次に、「ロイ、申し訳ない」と振り返って言うと、こんなことがあったにもかかわらず、ロイの目はまだ微かにユーモアを湛えていた。彼はすぐにでも笑い出しそうだったが、今はジューン――目を見れば、彼女が傷ついていることは分かったが、それ以外の感情は何も読み取れなかった。彼女の両手は、身を守るようにして真っ黒に焦げた薔薇のブローチを隠していた――の肩に腕を回し、彼女を部屋の外に連れ出した。

独りになったフィリップは、部屋を掃除し始めた。トレイを折り畳み、皿、ナイフ、フォーク類を片づけていると、今では、高度な技術で車椅子を操れるようになっていることに気がついた。鉄板焼きの表面を拭き、無残な姿になった食材を処分し、そうこうしているうちに、たっぷり二十分は経過した。その間、何が起こったのか考えないようにしていた。一通りのことをやり終えても、エヴァンジェリンのところに行かなくてもいいように、まだ何かすることがないか辺りを見回した。何もなかった。彼は大きく息をして、グリルに当たらないよう迂回して寝室に入った。

彼女はそこにいた。エプロンをつけ、帽子を被ったままベッドに仰向けになっていた。彼は車椅子のまま、ベッドの上の自分が横になる側へ回り、車椅子のベルトを外し、身体を彼女のそばに引っ張り上げた。

「なぜあんなことをしたのか分からないの」と彼女は言った。

「いいんだよ」

彼女は、乾いた目で天井を見つめていた。「私たち仕事を辞めさせられちゃうわ」

少し考えて彼は言った。「僕の方は大丈夫だと思う。それで十分さ」。もちろん、十分ではなかった――彼は契約による雇用で、決まった給与や手当をもらってくるのは彼女の方だった。彼の医療費も高額だった。しかし、そういうことはもうどうでもいいことのように思われた。

「とても腹が立ったの」と彼女が言った。彼は、彼女の声にようやく諦めの気持ちを聞き取ることができた。

彼も腹を立てるべきだったのだ。事故の後、彼は精神科医に通っていた。「遅かれ早かれ怒りは何らかの形で表面化するので、それに対する準備はしておいた方がいい」と、その女性の精神科医は毎週彼に言っていた。彼女は何回も繰り返しそれを口にしたが、そんなことは起こらなかった。その結果、精神科医は彼に対する興味を失ったようで、彼はついに彼女に会いに行かなくなった。これほど深刻な事態を冷静に受け止められることが、そんなに間違ったことなのだろうか？　エヴァンジェリン以外の誰をも必要としないこと、そしてそのことに悦びを感じ、他の誰とも会わないで済む言い訳ができたことに感謝することが、そんなに間違ったことなのだろうか？

フィリップは妻の手を取った。「ありがとう」と彼は言った。それ以外に言うべきことを思いつかなかったからだ。

彼女は彼の方を向き、何も聞いていなかったかのように、涙を流して言った。「お願い、私を独りにしないで！」

「僕は決して君のそばを離れないよ」と、そんなことはあり得ないのに、ほんの僅かでもそんなことが起こる可能性を考えたかのように彼は答えた。「いつもそばにいるよ」。いずれにせよ、彼は独りではどこにも行けないのだ。そして、彼にはそれで十分だった。彼女を愛するのに、歩けなければならない必要などないのだ。セックスさえする必要はなかった。自分が必要とするもので、自分が手にしていないものは何もなかった。

彼は空腹だったが、そのままじっとしていた。彼女は、帽子を被ったまま朝まで眠った。

訳注

[1] ジョージア州の住宅リフォーム、建設資材などの小売チェーン。

[2] アメリカを中心に店舗を展開するファミリーレストラン。

[3] 航空機を主体とした国際宅配便、運輸、ロジスティックスサービスを扱うドイツの国際輸送物流会社。

[4] アメリカの貨物運送会社。

[5] 原文は"at table"。"at table"は"at the table"より少し畏まった用法なので、そのような言葉使いをするボブをロイがからかっている（"at table"の用法については、Miller English Academy の主宰者で、訳者の知人であるアンドリュー・ミラー氏にご教授いただいた）。

[6] 原文は"Bobert"。「ロバート（Robert）」のニックネームは通常「ボブ（Bob）」だが、ここでは、ロイがボブをからかっている。

ゾンビ人間ダン

人間は、人を生き返らせる方法を手に入れた――全員というわけではなく、一定数ということだが――そしてそれが、僕たちの友人であるダン・ラーセンの身に起こった。彼はヨットから落ちて亡くなったのだが、半年後にはこの通り、故意によれよれにしたスポーツジャケットを着て、茶色の皮靴を履き、薄くて青白い唇を舐め、頷きながら車を乗り回している。

ダンを生き返らせたのは母親の仕業だった。もちろん、順番待ちの人を飛ばして、金を払って横入りをさせたのは父親のニルス・ラーセンだが、それを思いつき、必ず実行すると主張し、僕たち一人ひとり――僕、クロエ、リック、マット、ジェイン、ポール――に電話をし、隣人として、また友人として、そして、思いやりと良識に溢れたアメリカ人としての精神的なサポートを要請したのは母親だった。「ダンが生き返ったときに「周囲の人の変わることのない心遣いと愛情が必要になるのです」と、彼の母親は説明した。そして、彼が最も必要としたのは――彼の高校時代の友人――僕たちだった。

もちろん、僕たちは同意した。断ることなんてできるだろうか？　ダンの母親は、マンションの最上階にあるラーセン家の居間――ピカピカのマホガニーの家具、フランス風の肖像画、分厚いパイル地のピンク色のカーペットという、僕たちが二度と目にすることはないだろうと思っていた場所――

に僕たち全員を集め、これから起きるであろうことについて語った。僕たちは、大きく開いた口にプチフール[1]を運ぶ手を止め、目を見開いてぼうっとしたまま頷いた。ルース・ラーセンは、痩せて骨張った六十歳の女性で、縮小模型のように小柄だった。髪は黒く染めていて、コブラの頭のような巨大な髪形をしていた。彼女は、飢えた灰色の目つきで僕たち一人ひとりを代わる代わる見つめ、彼女への忠誠を要求した。ダンを生き返らせる処置に数日を要し、動けるようになるまでには数週間かかります。その間、ダンのベッド脇に座って、交代でダンの相手をしていただけないでしょうか？　ええ、もちろんですよ！　蘇生に至る過程で、ダンが過去を思い出し、記憶を取り戻すことがとても大切だってことですよね？　直接的で継続的な努力がなければ、ダンの記憶はまったく戻ってこないかもしれないんですよね？　それで三月末までは、素人療法という形で、過去の懐かしい雰囲気でダンを包んでやっていただけないかと？　もちろんですよ、任せて下さい！

「素晴らしいわ」とラーセン夫人は僕たちに言った。彼女が紙のように薄い両手を擦り合わせると、ウェイターがパン屑をブラシで払うときのように微かな乾いた音がした。

その日、ダンが生き返るのを待っているときに語られなかったこと――僕たちの間で、個人的にもほとんど語られなかったこと――は、ダンの告別式のあと、僕たちはもうダンのことをほとんど忘れてしまっていて、ダンがいなくなったことをそれほど悲しんでいるわけではなかったということだ。実際、ダンが二十五歳になる頃には――それはダンが亡くなったときの年齢だが――僕たちがダンに望むものは何もなかった。つまり、彼はもう僕たちの友人ではなくなっていたということだ。彼が海に落ちたときに乗っていたヨットの所有者は、嫌な感じの、僕たちの知らない大金持ちだった。ダンはそういう人間と付き合うようになっていた。彼が生まれた家の人たちと同じようなタイプの人たちだ。結局、そういう風に状況が変わったことで、周りの人たちは満足していた。ダンが死んでしまったことは、彼が僕たちから離れていったこととそう変わらない出来事だった。

しかしそんなことは、ルース・ラーセンの与り知らぬことだ。そこで、ダンが困った状況になったとき、彼女が電話をしてきたのが僕たちだったというわけだ。もしくは、大金持ちの仲間たちが力を貸すことを拒否したのかもしれない。いずれにせよ、僕たちはラーセン夫人の求めに応じることにし、良くも悪くもダンは再び僕たちの友人になった。

亡くなった人を生き返らせる手段が発見されたとき、当初、大きな論争が起こった。当然反対派は、亡くなったひと全員が生き返らせてもらえるわけではないと、泣きながらに訴えた。生き返らせる人間と、そうしない人間をどのようにして判断するのか？　一つの解答を科学が提案した。「生き返る資格を得るには、人は特定の死に方をしなければなりません。一番いいのは溺死です。そして窒

息死。死んでいるということ以外に、身体への損傷ができるだけ軽微な方がいいのです。凍死もそんなに悪くありません。射殺された場合も、弾痕が小さければ何とかなります。電気処刑や毒物死も推奨されます。交通事故、癌、斬殺、老衰？　論外です」

「それでも、誰を優先するのですか？　同じように溺死、凍死、窒息死した人の中では、誰が優先されるのですか？」

「金持ちです。当然です」

病院や医学部への焼き討ち、政府の転覆など、暴動が起きることが予想された。しかし、何一つ起こらなかった。「金持ちは、何千年も良いものを手に入れてきたんだ——それを今なぜ変える必要があるのかね？」。人々は肩をすくめて普段の生活に戻っていった。結局のところ、金持ちも永遠に生きられるわけではなかった。今でも、金持ちは死ぬことは死ぬのである。ただ、ある状況において、彼らには二度目のチャンスが与えられるということだ。しかし金持ちは、あらゆることにおいて二度目のチャンスが与えられてきた。と言うよりむしろ、金持ちが生き返ることができるという事実は大したことではなく、よく考えてみれば、びっくりするようなことでもなかった。

しかも。

しかも、いったん死者の復活が普通のことになり、復活者をちょっと見て、話をし、彼らに触れ、彼らと寝るようになると、概して、彼らが少し変であることは明らかだった。注意して見ていないと分からないかもしれないが、明らかにどこか変である。例えば、彼らは歩くときに少しふらふらする。不安定なのだ。腰の辺りが、タイプライターのプラテンのように行ったり来たりするように見えるのである。指を絶えず引きつらせていて、突然、拳を握ったりした。そして、何かを食べていようといまいと、牛がそうするように、円を描くように顎を動かしていた——何かを食べるときは好みにうるさく、いろいろな料理から一つだけを選ぶと、子どもがよくするように他のものを脇に寄せた。話すときは口の周りに唾液を溜め、目つきはぼんやりとしていた。しかし、他人の言ったことが一言でも耳に入ったのかどうか（ちょっといらっとして）訊ねると、その発言を無意味なほど几帳面に反芻することができた。そして、その沈思黙考している無表情な姿を見ていると、こちらの言ったことすべてが、馬鹿ばかしくて意味の無いものに思えてくるのだった。また彼らは、知的に物事を抽象化したり意見を表明したりするように、思考を掘り下げるということがほとんどなかった。どこで夕食を取るか、どの映画を観るかといったことについてさえ提案することがなかった。彼らの背筋はぴんと伸び、健康で丈夫そうだったが、その様子からは感情が感じられなかった——彼らが喜んで飛び上がったり、怒って大きな声を出したりすることは決してなかった。性的には、身体のどの部分も正常に反応するようだった。相手を気に入れば相手が望む行為をすることができ、少しよそよそしいが、オーガズムに達することもできるようだった。しかし、こちらが望むようなうめき声、叫び声、唸り声が漏れることはなかった。

また、彼らは匂いが違った。少しスパイシーなのだ。変な臭いということではない——むしろ、普通の人より良いくらいだ。しかし、違うことは違う。

そこで、町を歩いている見知らぬ人に、「ジョリーランチャー[2]を喉に詰まらせて死んだ場合、生き返らせて欲しいですか?」と訊けば、恐らく答えは「はい」だ。しかし、特に熱烈な「はい」ではなく、肩をすくめて「そうだね」くらいがおおよその反応である。一般に、命の復活というのは、処女膜成形手術をしたり、島を所有したりするのと同じように、ちょっと風変わりな金持ちがするものだと考えられていた。それは凄いことではあるが、よく考えたら、大して意味のあることではなかった。

——

私たちは、生き返った者たちを、生き返りと呼ぶべきではないことにした。差別用語を使うべきではないという社会からの要請だ。生き返った者たちについて話さなければならないのなら、命を取り戻した個人と呼ぶべきである。しかし、彼らには障害があるわけではないので、特定の用語を用いることは不適切だ。例えば、「ロナルドは命に関して新たなチャンスを得た」とか「フランシーヌは命に関わる心的外傷から回復した」と表現するべきであるなどと議論は続いた。さらに望ましいのは、何も言わないことだ——つまり、変わったところは何もないかのように振舞うことだ。実際、変わったところは何もないのだから。何もかもまったく普通である。誰かのことを生き返りと呼ぶのは虚偽だ――人はすべて単に人であるに過ぎない。それだけのことである。

何があっても絶対に、彼らのことをゾンビと呼んではいけない。しかし、人々の間で最も普通に用いられたのがこの呼び名だった。

「まあ、彼はゾンビそのものだわ」と、ダンのベッド脇で長い時間を最初に過ごしたクロエは言った。僕たち六人は、病院に一番近いバーのテーブルに座っていた。そこは、シダの葉の詰まった赤茶色の鉢で長椅子が間仕切りされていて、照明が過剰だった。長椅子は低過ぎて、テーブルの上の飲み物を取るためにぐっと手を伸ばさなければならなかった。しかし私たちは、飲まずにはいられなかった。

実は、ダンの母親の部屋で再会するまで、僕たちは何年も会っていなかった。僕たちのお互いに対する態度はよく分かっていて、みんなうんざりしていた。十代の頃、僕たちは切っても切れない関係にあったが、今はみんな大人になり、ばらばらになっていた。もちろん、完全にばらばらというわけではない。家庭の崩壊、頭のおかしい親戚、新しい自分との劇的な出会い、口にできないような秘密など、ばらばらになるには僕たちはお互いのことを知り過ぎていた。外の世界で作り上げた各々についての物語は、ここでは意味がなかった。ここにいる人たちは、僕たちの自己が形成されてきたその過程を目撃しているのである。僕たちの間で、誓いの言葉や絶縁の宣言が頻繁に繰り返されたが、誰も正確には覚えていなかった。クロエとマットは交際していたが、クロエとポールが交際しているときもあった。リックとジェインは生涯を誓い合った仲のように見えたが別れてしまい、現在、ジェインはマットと結婚している。ポールとリックは、郊外の小屋で酒と肉欲に溺れた一週間を過ごしたことがあったが、ポールは今、自分の年齢の倍くらいの、ロングアイランド出身の画家の男性と暮らしていて、リックはブルックリンでガールフレンドと一緒にいる。クロエには明らかにボーイフレンド――二人はニューヘイブンに住んでいた――がいたが、僕は長い間彼女のことが好きだったので、今日一日、お互いに思わせぶりな視線を何回か交わした。僕はクロエに対して良い印象を持っていたので、彼女がダンのことを「ゾンビ野郎」と呼んでいるのを聞くと、ぞぞっと背筋に快感が走った。彼女にはいつも下品なところがあった。

「君の言っていることが正しいと思う」とポールが低い声で言った。

マットは首を振りながらため息をついた。「何で俺たちはこんなことをするはめになったんだ?」

「私が悪いのよ」とジェインが言った。ジェインは何かあるといつも、それを自分のせいにするのだった。

「ダンの母親に『俺たちは関係ない』って言っちゃおうぜ」とリックが言った。

「そんなこと言えないよ」と僕は言った。

「そうよ、言えないわよ」と、目の片隅で意味ありげに目配せをしながらクロエが同意してくれた。

僕たちはそれぞれ地下鉄の駅で別れた。僕は住んでいるところが近くだったので、歩いて帰ることにした。クロエは、地下鉄に乗る人たちについていかずに、僕の手をつかんだ。「あなたのお部屋に行きましょ」

「ボーイフレンドがいるんじゃないのか？」と僕は言った。

彼女は「へっ」と言って肩をすくめた。僕たちは腕を組んで歩いて帰った。

――

日が経つにつれて、ダンはゆっくりと意識を取り戻しつつあった。顔色は悪く、蘇生液と電流を流し込んだ頭と首には包帯が巻かれていた。だが、目はしっかりとしていて、その目で、病院の部屋を動き回っている僕たちの姿を追っていた。クロエと僕は、お互いの担当時間を一緒に過ごすことにした。

「ねえ、やりましょうよ」と、ある朝彼女は言った。

「彼が見てるよ」

「それがどうしたの？」

開いた窓から吹き込んでくる汚れた冷たい空気を感じながら、僕は、膝の上に座った彼女と長い間キスをしていた。ダンをちらちら見ていると、彼は目をぱちぱちさせて、僕たちのことを熱心に観察し、声の出ない口をぱくぱくさせていた。何か固い物を口に入れたわけではないのに、彼のぶよぶよした顔つきが、にわかに、少し怯えたような彫りの深い顔に変わった。

「何か言おうとしている」

「誰?」とクロエが言った。

「ダンだよ」

彼女は、髪を片方の耳に振り上げるとダンにウインクをした。「ゾンビのダン、セックスのこと覚えてる?」

微かなうめき声が彼の口から漏れたような気がした。あるいはそれは、外の騒音かもしれない。

「おっぱいはどう? おっぱいは覚えてる?」

「もちろん、覚えていると思うよ」と、これ以上話がエスカレートしないように僕は言った。

「ほら」と明るくクロエは言って、僕の膝の上で身体を上下に動かした。僕は汗ばんだ手で、自分の身体をそれに合わせた。クロエは、ブラウスのボタンを外しながら、ベッド脇に立った。ダンはじっと見ていた。特に性的な感じではなかったが、興奮しているようだった。生きている頃は、女性の胸を見るとダンはいつも黙り込み、いやらしい目で見つめるのが常だった。その結果、ダンが女性と寝ることになると(大抵そうなるのだが)、僕はいつも腹を立てた。

しかし、彼が今感じている興奮は、純粋に経験に基づくものだった。それはまるで、コンピュータの画面をスクロールし、冷静な驚きでもって実験結果を眺めている科学者のようだった。クロエはブラジャーのホックを外し、少し踊って見せた。「ダン、覚えてる？　おっぱいよ」と言って、クロエはストリップの曲を口ずさんだ。

「よせよ。もう十分だろ」と僕は言った。

「これは治療なのよ。私たちは、彼のモーターを動かさなきゃいけないのよ」と彼女は言って、前屈みになり、ぼうっとしたダンの顔から六インチくらいのところまで胸を近づけた。「ほら、ダン。よく見て」

僕たちは二人とも、シーツの下からあんなに速くダンの手が飛び出してきて、クロエの胸をつかむとは思っていなかった。彼女は悲鳴を上げ、僕は慌てて椅子から立ち上がって彼女をダンから引き離そうとした。しかし彼女は僕を制止して言った。「いいの、いいの、大丈夫よ。こいつのやることをちょっと見てみましょうよ」。ダンは、研修中のマッサージ師のようにクロエの身体を触診していた。それはまるで、一定の速度で作動する練り機のようだった。彼は顔をしかめて唇を舐めた。彼の口から声がした。

「今のは単語だったのかしら？」とクロエが訊いた。

「おお」と僕は言った。

「おばい」とダンは言った。

「単語だわ！」

「いいおばい！」

「ねえ、聞いた？　彼しゃべってるわ！『きれいなおっぱい』って言ったのよ！」

それは事実だった。今や彼は明瞭に話していた。過去を思い出しつつあるのは明らかだった——彼はよく「きれいなおっぱいだ」と言っていた。

僕たちはラーセン夫人に連絡をした。夫人は、この計画が始まって以来、僕たちが思っていたよりはるかに長い時間を家で過ごしていた。ダンの仕事の色々なことに対応しているということだった。しかし、ゾンビに仕事があるはずはなかった。夫人が、家で酒を飲んでいることは明らかだ。クロエはラーセン家のゲストルームの一室に泊まり込んでいたので、夫人の様子がおかしいと断言した。人目を憚らずにゆっくりとうめき声を上げ、悪意のこもった独り言を大量に呟いていると言った。ある看護師が僕たちに語ったことによると、子どもに生き返った兆しが最初に見えたとき、夫人は泣きながら部屋から飛び出したということだった。それ以来、僕たちは夫人を病院では見かけていないが、毎晩、朝までダンのそばにいると夫人は言った。夫人が僕たちにそう言っていると聞くと、看護師たちはみな一様に呆れた様子だった。

「彼が何ですって？」。知らせを聞いてラーセン夫人は吠えるように言った。

「しゃべったんです」と僕は繰り返した。「窓の外を見て、『良い天気だね』って言ったんです」。これは、クロエと僕が話し合って決めた嘘だった。

「曇ってるわよ」

「たぶん、彼は良い天気だと思ったんです」

沈黙が二人を覆った。僕は咳払いをした。

「彼にお会いになりますか？　今、クロエと僕がいます」

「彼女は何をしているの？　今は彼女の担当ではないでしょう」

「僕たちは一緒に担当してるんです」と言った。

ラーセン夫人はため息をついて、「一時間後に伺うわ」と言った。

長い一時間だった。ダンは、周囲の状況に敏感に反応できるようになっていたので、一緒にいると気まずくなっていた。おまけに、もう一度クロエの身体を触りたそうだった。服で覆われたおっぱいを見つめて、目をぱちぱちさせ、ぼそぼそと短く意味不明な音を発していたが、時折それが、突然意味を持つような声に変わることがあった。彼は、「フラマフラッドムババアママ、ハコガメ。ガナナナナナヌ、フレンチフライズ。ホフォフォフォファガファカサラサララピーナツ、ピーナツ、ピーナツ」と言って唇を舐めたが、それは一時的な痙攣ではないことが分かった。

「ちょっと煙草を吸ってくるわ」とクロエが小さな声で言った。

「うん」と僕が答えた。

「ママファアマシガレット」とダンが言った。

「煙草が欲しいの?」

「アマシガレット」

彼女はハンドバッグの中から煙草を一箱取り出し、中から一本引っ張り出した。ダンが身体を前に突き出したので、彼女はそれを彼の口に挿した。

「向きが逆だよ」と僕は言った。

「彼には分からないわよ」

ダンは頭を枕に乗せてくつろいだ。枯れ枝がカエデの樹からぶら下がるように、唇から煙草をぶら下げていた。彼はほっとした様子で、目の瞬きもゆっくりになった。

クロエが戻ってきたとき、ラーセン夫人と一緒だったが、少しふらふらしていて、倒れないようにクロエの腕をつかんでいた。彼女の口から最初に出た言葉は「まあ、何てことを」だった。

「ラーセンさん、こんにちは」と僕は言った。

母親が部屋に入ってくると、ダンに変化が起こった。彼が再び身体を起こすと、口にくわえた煙草がすっと立った。そして、クロエがシャツを脱いだときのように両腕を持ち上げて、手探りするように指をぴくぴく動かし、顔をしかめた。

「彼に何をしたの？」とラーセン夫人が訊いた。

「自然にあんな風になったんです」と僕は力なく答えた。

「おどうざん、おどうざん！　プルンブムンシュ」

「ダニエル！　馬鹿なことはお止めなさい！」と、泣きそうな声で夫人が言った。

それに反応して、再び「おどうざん」と言うと、ベッドから飛び起きた。僕たちは全員、身体を後ろに引き、ラーセン夫人は小さな叫び声を上げた。

何週間か死んでいて、その後何日間か無意識状態で病院に横たわっていたダンが突然動き出したため、僕たちは全員驚いて口がきけなかった。彼は、テーブルや椅子につかまりながら、子どものようによちよちと部屋を歩き回った。彼の足取りはぎこちなく、不安定だったが、何とか窓にたどり着き、外を眺めた。彼が振り返ると、黄色い歯の間に煙草はしっかりと挟まっていた。「おどうざん！」と彼はうなるように言った。ラーセン夫人は驚いて縮み上がった。

「お母さまが驚いてるわよ、ダン」とクロエが叱った。

彼女はダンの注意を惹くべきではなかった。ダンが彼女の方を振り向いた。表情は落ち着いていて、目は霞がかったようだった。湿った煙草が口元から落ちた。「おっぱい」と彼はため息をついた。顎には煙草の葉がついていた。彼は突進してきてクロエを抱え上げた。クロエは「きゃっ」と声を上げたが、ダンは両手でクロエのお尻をつかむと全力で抱きかかえた。「まあ、何てことをするの」

とラーセン夫人が言った。

「ダン、頼むから彼女を下に降ろしてくれ」と僕は言った。

「おじり。いいおじり」

「ありがとう、ダン。もういいわよ」と、クロエは息が苦しそうに言った。その意味はダンにも分かったようで、彼はクロエを床に降ろした。彼女は優しく彼の身体を押し返した。

「ピーナッツ」と彼が言った。「おどうざん」

「彼に何をしたの?」と、彼の母親は再度僕たちに訊ねた。

「お母さま、私たち少し休ませていただきます。息子さんと二人だけの時間を持たれる方がいいと思います」とクロエが言った。彼女の顔は赤かった。

「私は・・・」

「お母さま、ダンはあなたを必要としています」とクロエは言って、細くて力のない指で僕に合図をした。息を切らしていた。

僕は彼女の後ろをついていった。彼女は僕のアパートに直行するとベッドに入り、目まいがするような激しさで行為を始めた。それが済むと、僕たちはシーツに包まり、落ち着いてゆっくりと息をしていた。一日中緊張と驚きが続いたので、二人だけでいるとほっとした。

「どれくらい仕事を休めるんだ?」と僕は彼女に訊ねた。

「今週だけよ」

「僕もなんだ」

少し間を置いて訊いた。「それからどうする？　つまり、僕たちのことだけど？」

彼女はすぐに返事をしなかった。僕は彼女が寝ているのだと思って、彼女の身体を軽く突いて質問を繰り返した。彼女はため息をついて言った。「聞いてるわよ」

「ごめん」

「ちょっと今はそのことを話さないでくれる？」

「分かったよ」

「ちょっと黙ってて」

「オーケー」

「ありがとう」

——

その週が明ける頃には、ダンはほとんど普通の人と変わらなかった。家に帰ることが許され、医師が往診することになった。ダンの回復力の速さに医師たちは驚き、その驚きを、感情を込めて自信たっぷりに表現してみせた。そしてそれを、短いながらも明確に「う～む」、「はあ」と繰り返し口にした。ダンは、身体の横で両手を握ったり開いたりしながら、火の点いていない煙草を逆向きに口からぶら下げて、彼らの様子を真似ていた。彼の話していることには首尾一貫性はあったが、翻訳ソフトに何回もかけたかのように奇妙だった。医師たちはダンに質問すると、回答をレコーダーに録音した。

「十歳の誕生日のことを話して下さい」

「はあ？」とダンが答えた。

「ダニエル、電車を覚えてない？　マジシャンは？」と、彼の母親が吐き捨てるように言った。

「う～ん、ああ、そうだ。おかあさん男のひとはらった。でんしゃセントラルパークとめた。なかでアイスクリームたべた、うん。ぼくともだちいっぱい。うん。マジシャンもってたウサギ。ああそうだ。おどうざん。それからクロエみみ二十五セントもってた」

クロエはくすくす笑っていた。それは本当だった。マジシャンがクロエの耳から二十五セント硬貨を取り出す手品をしたのだ。その誕生日パーティには僕たち全員が参加していた。そして今も、暖炉の周りに全員が集まっている。

「ピーナッツ。ジェインふんすいのうしろマットキスした。うん」

「そうだったかしら？」と突然ジェインが言った。

「覚えてないのかい？　忘れるはずないだろ？」とマットがジェインの方を振り向いて言った。

「あなた、ごめんなさい」と、ばつが悪そうにジェインが顔をしかめた。

「でも、なぜダンがそのことを知ってるんだよ？」

しかし、ダンは思い出に耽っていた。そして頷きながら「ぼぼぼぼくよおおおおくおぼえてる」と言った。口元で煙草が上下に揺れた。「おとうさんとおかあさんけんかした。おかあさんいったよくもあんなこと。おかあさんいったあんないんばいやろう。うん」

ラーセン夫人は大きく目を開いた。

「おとうさんかんがえたおかあさんねているあいだころす、うん。おどうざん、てじなみながらそうぞうした。おかあさんののどきりさく。うん」

ニルス・ラーセンは家にいなかった。ダンが家に戻ってくるなり、突然（そして賢明にも）、「仕事で出張」に出かけ、まだ帰ってきていなかった。しかし他の人はみんな恐怖に怯えてゾンビのダンを見つめていた。彼は何も分かっていないように見えた。暖炉のそばに立ち、マントルピースにもたれて顎をなでていた。時折、舌を突き出し唇を舐めた。唇から煙草がぶら下がっていたが、落ちることはなかった。

「もちろんリックも、おどうざんおどうざん、リックおかねぬすんだ。おてつだいさんから。うん。さいふからぬすんだ。くすりひとびんぬすんだ。いいきぶんなろうとした。うん。おてづだいさんいったリックのおかあさん。リックぬすんでいる。リックのおかあさんくびにしたおてつだいさん。おどうざんピーナッツ、うん」

「何だって!」と、突然立ち上がってリックは言った。

「ほんとう、ほんとう。パーティで、リック、とてもはんせいした。うん。おっぱい、うん。でもリックわすれた、みんなわすれた、きおくなにもない」

リックはゆっくりと椅子に座り直した。顔は古い新聞紙みたいにくしゃくしゃだった。ジェインはマットを守るかのように彼の身体に両腕を回した。考え事をしている医師の声が大きくなった。メモ帳に鉛筆で何か書いていた。その横で、何かを期待するかのようにポールがダンをじっと見つめていた。その表情はマゾヒスティックな興奮に満ちていた。

「ダニー、覚えてるかい? 僕が何を考えていたか覚えてるかい?」

ダンは歯ぎしりをして、臭いを嗅いでいるようだった。「うんちもらした。うんちもらした。パンツにうんちもらした」

ポールの表情は歓喜に溢れた。

「クロエねえクロエ」と、天井の片隅を調べるようにダンが言った。

クロエが背筋を伸ばした。

「クロエクロエ、いつもだいすきだった。ベッツィぼくのガールフレンドだった、うん、ジェニファーエイミーポーラナンシー、でもクロエ、おどうざんおどうざん、クロエひみつのこい。うん」

「まあ」とクロエが言った。

ダンは振り向いて彼女を見ると笑った。煙草が口元で跳ね上がって、一瞬、フランクリン・ルーズベルトを思わせた。

「ピーナッツ。おしりかたちいい」と彼が言った。

クロエの顔が赤くなった。「ありがとう、ダン」

ラーセン夫人が突然立ち上がって言った。「みんな、ここから出ていってちょうだい。全員です。今すぐ！」

ジェインはすぐにそれに従った。マットの手を引いて立たせると、彼をアパートの玄関へ引っぱっていこうとした。彼は、恐れ慄いている妻の後ろで足をつまずき、どうしていいのか分からないようだった。ポールは、その状況を楽しんでいるかのような笑みを唇に浮かべてその後に続いた。リックは、何とも言えない表情で、背中を丸めて後ろからついていった。

僕は、ダンに気づかれないように、出口をちらっと見た。クロエに合図すると、彼女は椅子から立ち上がった。しかし、彼女は廊下の方に進んで、自分が泊まっている部屋に向かった。僕が怪訝な顔つきをしても、彼女はウインクをするだけだった。ニューヘイブンにはまだ帰るつもりがないのだろうと僕は思った。その間、ラーセン夫人は医師たちを怒鳴り続けていた。「嘘つき！　嘘つき！　こんなことをするなんて言わなかったじゃないか！」

レンズの厚い眼鏡をかけた、リスに似た男性が頷いて、粘土のようなヤギ髭をさすっていた。「はい、いかにも。ええ、まさしく、我々はこの特異な・・・想定外の・・・えっと・・・思いがけない・・・」

「ああジャイルズせんせい。それほんとうにみてもらったほうがいい」と、煙草を振り回しながらダンが言った。

「何ですか？」

「あなたのせなかにあるやつです、うん、がんしょきしょうじょうかもしれません・・・」

その小柄な男性は目を丸くして、周りを垣根のように仲間に取り囲んでもらいながら、後ろ向きに部屋から出ていった。

「出ていきなさい!!　出ていきなさい!!」とラーセン夫人が叫んだ。

僕はクロエの後についていきたかったが、そうはせず、その場を立ち去った。

――――

仕事に戻った。僕は、天然成分由来の商品を扱っている会社のグラフィックデザイナーである。それは、特になりたかった職業——初めはそこの校閲担当者だった——ではなかったが、前任のグラフィックデザイナーがワイオミング州で養豚を始めるために会社を辞めたとき、一時的に仕事の穴を埋めた。その一時的が、給料はそのままで恒久的になった。上司のパティは、新製品であるハーブ入り洗浄液のラベルの、僕の八回目の案を却下し、九回目の修正を求めていた。部屋の片隅に押しやられた昼食の残骸の臭いが漂う会議室に僕たち二人はいた。彼女は、不愉快そうに鼻を曲げて原稿に目を凝らしていた。

「ちょっと女の子っぽ過ぎるわ」と彼女は言った。

「女の子のための商品ですよ」と僕は言った。

「女の子っぽい女子ではなく、大人の女性なのよ」

「もっと『女性っぽく』ということですか？」

「そう、『女性っぽく』」

いかなる理由でも、僕が職場で誰かと話すと、大抵こんな感じの会話になる。僕は、クロエの明け透けな率直さが恋しかった。実際、すぐにでもクロエに会いたかった。職場のトイレに行って、防犯カメラに映らないよう頭からカーディガンを被りマスターベーションをした。そしてもちろん、一日に何回もラーセン夫人の自宅に電話をした。電話には誰も出なかった。僕はニューヘイブンにいるクロエのボーイフレンドの電話番号まで調べて、彼に電話をし、クロエと話したか訊ねた。「あんな奴のことは知らないし知りたくもないね」と彼は答えた。マットとジェインも彼女には会っていなかった――「僕たちはもう永久にこのこととは関わりたくないんだ」と、深刻な面持ちでマットが言った。彼が話した他のことの中でも「このこと」とは「僕のこと」を指しているようだった――そして、リックのガールフレンドは彼を電話口に出さなかった。ポールはただ僕のことを笑って、「馬鹿なことはやめておけ。ろくなことにならないぜ」と言った。なぜろくなことにならないのか、僕は訊くことができなかった。

その日の午後は、エドワード朝の字体とデジタル化されたツタの枝を使って洗浄液のラベルを女性っぽくすることに費やした。帰宅したとき、留守番電話にメッセージが残されていた――女性の声で電話番号だけが残されていた。聞いたことのない番号だったが、電話をかけてみた。ラーセン夫人が電話に出た。どうやら外出中のようだった――車の音や人の話し声が聞こえた。

「バー・ホンブルクに来てちょうだい」と言って、夫人は町の中心街の住所を口にした。「ちょっと用件があるの」

「用件って何ですか？　クロエに会いましたか？」――

夫人は舌打ちをして、苛立ちを含んだため息をもらした。「そのときに話します」と夫人は言った。

ところで、魂とは何だ？

いや、真面目な話。もし、生き返るということが一つの問題提起をするとしたら、それはこの問題だ。魂や天国や地獄や永遠の生命といったものを信じるなら、生き返るとはどういう意味なのだろう？　表面的には大した意味を持たない。生き返った人は、死がもたらした心的外傷と死に至るまでの出来事をよく記憶しており、しかも、生き返ったことを思い出すことには大した困難を感じていないようだった。しかし、その途中の記憶がすっぽりと抜け落ちているのだ。その途中のことについては誰も何も覚えていない。時間の経過にさえ気づいていないようだった――死がやってきて、生き返った。その二つの出来事の間には、微かな夢のかけらさえ存在していなかった。

ある思想の一派は、蘇生人間は魂の存在に対する反証だと主張した。蘇生人間は何も記憶していない。なぜなら、記憶しておくべきことがないからだ、というのが彼らの主張だった。死んだ者は死んでいるのだ。命の復活なんて大したことではない――言ってみれば、車のエンジンをかけるようなものだ。首を振って魂の存在を否定する、ぼさぼさの髪をした神などどこにもいないのだ。そこには、人間と自然と永遠の忘却が存在するに過ぎない。

しかし、別の一派もあった。彼らは蘇生人間こそ魂の存在証明だと考えた。蘇った人間はどこか違っているというのがその根拠だ。蘇生人間には何かが欠けていると彼らは主張する。それこそが魂なのだ。蘇生人間はゾンビである。彼らの魂は天国か地獄にあり、この世でうろうろしているのは、抜け殻もしくは機械に過ぎない。

自分はまったく宗教的な人間ではないが、後者の一派が言うことに分があると思う。蘇生人間について、友人であれ近所の人であれ、この新種の人間の特徴を表す言葉は何だと思うかと訊ねると、ほとんどすべての人が同じ事を口にした。

魂がない。

——

ホンブルクは壁の中の穴倉のようだった。もう少し正確に言うと、地面に空いた穴のようだった。それは画廊が入った建物の地階にあり、セメントでできた床は、ロッカールームのシャワー室のように、中央の排水管に向かって傾斜していた。壁はタイル張りで、むき出しの照明が眩しかった。にもかかわらず、店内はうす暗く、店の隅は暗くて見えなかった。場違いなテーブルがあちこちでがたがた音を立てていて、洒落た人たちが退屈そうに座っていた。僕は、ラーセン夫人のような人が一体どうしてこんな場所を知っているのか不思議だった。

初めに、痩せた夫人の手が目に入ってきた——それは、奥のボックス席からこちらに向かって手招きしていた。そこは一部カーテンに隠れていた——次に、手と同じくらい痩せた夫人の顔が、カーテンの後ろからこちらを覗いているのが見えた。彼女の方に向かっていった。夫人は僕のために既に何か頼んでくれていた——ウイスキーだった。しかもストレート。

「すみません。僕、ウイスキーは飲まないんです」

「さっさと飲みなさい」。夫人の目は窪み充血していた。目の下は郵便局員の鞄のように弛み、壊れた傘のように前髪が垂れ下がっていた。僕は、夫人に言われるがまま一口でウイスキーを飲み干した。

「げえっ」

「ところで」と、カーテンの後ろからもう一度外を窺うと夫人がぼそっと言った。「さっそく本題に入りましょう」

「ちょっとすみません、ラーセンさん」と僕が言った。「クロエに会いませんでしたか？」

夫人は頷いた。「ええ、会いましたよ。彼女はまだ私の家にいます」と吐き捨てるように夫人が言った。「彼女は仕事を辞めて、毎日ダンとセックスをしてるよ」

「はあ。そうですか」と僕は言った。

「オープンカーを乗り回し、レストランで食事をし、パーティに行っては、彼の部屋で一晩中やってるわ」

「そうですか・・・」

「私の夫のお金でね」

「なるほど」

恐らくそんなことだろうと思っていた。でも、なぜ彼なんだ？　なぜゾンビのダンなんだ？　彼と寝ても救いがないじゃないか。僕はがっくりとうなだれた。グラスの底に少しウイスキーが残っているように見えた。僕はそれを口の上で逆さまに持ち上げてウイスキーが流れてくるのを長い間待っていた。

「あんたは、ダンにあって自分にないものは何なのか考えてるんだろ？　ダンは本物の人間じゃなくて、魂を持たないゾンビじゃないかって」

「そんなところです」と僕は認めた。

「怒りが爆発しそうだろ」

「かなり怒っています」

「激怒。激怒してるんだ。まあ、私も同じだとあんたに言うためにここにいるんだ」

「ラーセンさんもですか？」と僕は夫人に訊ねた。

「ああ、そうさ。なぜ怒ってるのか知りたいんだろ？　そりゃ、あれは私の息子じゃないからさ」そう言って、彼女は細長い指を僕の顔の間で振った。湿ったような微かな音がした。「あれは息子のダニエルじゃない。あれは怪物だ。終わりにしなけりゃいけない。あれは私の心が読めるのさ。それで、私が必死になって忘れようとしていることを覚えてるんだ。自然の理に対する反逆だ」

「さあ、そうとまでは・・・」と僕は言った。

「あの偉そうなやぶ医者どもめ！　あいつらは最初から分かってたんだ！　あいつらはただ新しい実験材料が欲しかっただけさ——全部、知識への情熱っていうクソみたいなもののためなんだ」。夫人はさらに身を前に乗り出した。かさかさに乾いた夫人の指が僕の手首を撫でた。「ゾンビの話は本当なのさ、分かるかい？　あいつらは人間の脳を食べるんだ」。そう考えることであたかも空腹になったかのように、夫人は唇を噛んだ。「奴らは魂を無くしちゃったのさ。だから、あんたのや私のが欲しいのさ。奴らは魂を盗むことができるんだ。まさにこの薄い空気を通してね」。

夫人はもう一度カーテンの後ろから外を窺い、ハンドバッグの中に手を入れ、「だから」と言って、銀製の小型銃を取り出してテーブルの上に置いた。「お前はあいつを殺すんだ」

僕は小さく悲鳴を上げた。「ええっ！　それは、それは無理です・・・」

夫人は僕の腕をつかんで黙らせた。「私はお金を払ってあの子を連れ戻したんだ。あちらに返すときもきちんと支払いはするよ」

「しかしそれは殺人です！」

夫人はゆっくりと首を振った。「そこが間違ってるのさ。人を殺せば殺人だ。でも、ゾンビを殺すのは公共への奉仕なのさ。特に、危険な力を持つ奴はね。私の息子は死んだのよ。しかし、彼の身体が怪物に乗っ取られたんだ。その怪物はあんたの彼女とやってるんだ」

「ダンを射殺してもクロエがもう一度僕のことを好きになってくれるとは思えないんですけど」

「馬鹿者、どっちにしても、クロエがもう一度お前のことを好きになるなんてことはないよ」と夫人は唸るように言った。「問題はそこじゃないんだ」

僕はその場を立ち去るべきだと強く感じたが、そうできない何かがあった。ラーセン夫人に強く腕を握られているだけではなかった。たぶんウイスキーのせいだ。頭がふらふらして、どんな提案にもかなり前向きな気持ちだった。

「飲み物に何か入れましたか?」と僕は訊ねた。

「ええ、入れたよ。お酒を」。夫人は少し落ち着いたようで、僕の腕を放した。夫人の指が僕の手首に残した白い縦縞模様の跡がずきずきと痛んだ。僕はゆっくりと引きずるように手首を膝の上に置いた。「あの・・・あの家にいる生き物を殺すことに何の意味があるのか訊きたいんだろ?」と夫人は言った。

「何の意味があるんですか?」と僕は応じた。

「お前は自分の仕事が好きかね?」と夫人が訊ねた。

「仕事は大嫌いです」

「お前は上司が好きか?」

「彼女には我慢ができません」

「二度と働かなくてもよければいいとは思わんかね？　彼女を呼んで、『消えちまえ！』と言いたくないかね？」

僕はその光景を頭に描いて、天然成分由来の婦人用浄水液の仕事を誰かが引き継いでいるところを想像してみた。「そうなればいいと思います」と僕は答えた。

夫人は銃を一インチ僕に近づけた。それは、棺の蓋を爪で引っ掻くような音を立てた。

「私たちがすべて片付けるよ。方法はあるのさ。私たちのような人間には常に二回目のチャンスが与えられるんだ。今はそれをお前にやろう」

僕は、注意深くゆっくりと手を伸ばし銃を手に取った。

帰りのタクシーの中で、頭の中をきちんと整理しようとした。生き返る人間の存在が神の不在を意味するなら、生き返った人間も他の人間と同じように普通の人間だ。ということは、生き返った人間を殺すことは間違っている。しかし、生き返った人間には魂がないとすると、それは神が存在するということを証明する。もしそうなら、生き返った人間を殺してもかまわない。なぜなら、彼らは人間で

はないからだ。しかしこの理屈だと、神が存在するにもかかわらず、殺人をしてもよいことになってしまう。逆に、神が不在だとすると殺人は罪だ。どこかで何かを見落としている。外の暗闇が建物の輪郭を浮き彫りにし始めていた。僕は、通りの建物がうねるように走り去るのを車の中から眺めていた。それと同時に、今から自分がしようとしていることが、ほとんどの人にとって何て無意味なことなんだろう、そして、世界は何て多くの奇妙なことを抱え込むことができるのだろうと考えていた。

ラーセン家の建物の前で車を降り、エレベーターの方に歩いていった。ドアマンは頷いて、僕のジャケットをちらっと見た。銃の意外な重さのせいでジャケットの片側がずり下がっていた。僕は何とかぎごちない笑みを浮かべることができた。

エレベーターの中には誰もいなかった。つまり、途中の階で停める人は誰もいなかったということだ。僕は壁の鏡に映った自分を見つめていた。殺し屋のようには見えなかった。僕は殺し屋ではない。僕はただ物事——自然のバランス——を元に戻そうとしているだけだ。つまり、当座預金の残高だ。何も言うことはなかったが、僕は咳払いをした。ゾンビ人間ダンに話しかけるつもりはなかった。ただ彼を、苦しみから解放してやりたかっただけだ。

僕が着く前に、彼が玄関を開けてくれた。予めドアマンが連絡していたのだ。当たり前だ。

「やあ、げんぎかい、はいっで、ながへながへ。ぼぐだぢはぢょうどぎみのごどをはなじでいだんだ」

「ああ、そうなの?」

彼は僕の腕をつかむと部屋の中に引っ張り込んだ。

「こんばんは」とクロエが言った。彼女はバスローブを着て、タオルで髪を拭きながら廊下に立っていた。彼女はダンの方を振り向いて言った。「あなた、大丈夫?」

ダンは頷いて言った。「いいおっぱい」。僕がポケットに手を入れると、そこにはダンの手があり、僕の手を待ち構えていた。彼のもう片方の手には既に銃が握られていた。彼の舌がゆっくりと上唇と下唇の表面を這った。しゃれた方法で顔の痙攣に対応する術を見つけたようだった。「おどうざんぎにじないでぐだざい」と彼は言った。「おがあざんはきのどぐなんでず。まいにぢまいばんがんがえでるんでず。ピーナッツ。ぼぐがじぬごどを」

「う〜ん」と僕は言った。

「ずでにだめじでみだんでず。マットジェイン。ぞじでリック。ポールはまだ。おどうざん、おがあざんはホモがごわいんでず」

「そうなの?」

彼は僕をリビングルームに通した。彼はピンク色の絨毯の上に銃を放り投げた。銃が床に当たる瞬間僕はびくっとした。

「だいじょうぶでず、おどうざん。たまはげざぬいでおぎまじだ。それで」。彼は僕に座り心地のよい椅子をすすめ、上着のポケットから煙草ケースを取り出し、一本引き抜くと、前後が逆のまま口にくわえた。「だぐざんあります。はなずごどが。いいおじり」

「話すこと?」

彼の目は虚ろなわけでも精気がないわけでもなかった。そこには何か、妙に前向きな何かがあった。それは今までにはなかったものだ。その目にじっと見つめられ、僕は、小石のように、というか一枚の紙切れのように気が抜けて弱々しい気持ちになった。ダンの笑みは歪み、思うようにならないようだった。火の点いていない煙草が唇の上でぴくぴくしていた。

「うん、はいだぐざんありまず」と言って目をぱちぱちさせた。そしてさらに瞬きした。「だどえばぎみのおどうざん。お父さん。だだだだだどえば」

「僕は自分の父親のことを知らないんだ」と僕は言った。ダンの後ろで、コットンのサンドレスとカーディガンを着たクロエが裸足でキッチンに入っていくのが見えた。僕と目が合ったので彼女は小さく手を振った。彼女も今までとは違って見えた。どこか自信あり気で、より穏やかになった感じがした。彼女が恋しかった。

「もぢろんぎみはじっでいまず」と、脚を組みながらゾンビのダンは言った。「つりにいっだ。ろぐざいのどぎ」

「父親と釣りにいったことなんてないさ。父は僕の記憶がある前に母を残して家を出ていったんだ。父は・・・暴力的で、それで母親が病んじゃったんだよ」。この話はもう何回も、セラピスト、ガールフレンドなど、大勢の人に話してきた。しかし初めて、話していてどこか正しくないような気がした。

「でもぎみがまぢがっでいるのはぞごなんだ」。口元で煙草がぴんと立ち、発言を否定するかのように左右に小刻みに揺れた。「おどうざんおどうざん。おがあざんだ、おどうざんをおいだじだのは。いいおじり。つりとおどうざんはいっだ。ぎみはじんじでいない。おどうざん」

「そんなことないさ！」と僕は言った。脇の下が汗でぬるぬるしていて、僕はトイレに行きたかった。さっきの電話での会話を思い出していた。上司との会話だ。タクシーを拾おうとしているとき。僕が彼女に向かって言った酷い言葉。婦人用浄水液のラベルに関する僕の提案。ゆったりとした肘掛椅子の上で、僕の身体は少し沈んだ。

あれはもちろん山小屋、丸太小屋でのことだった。アディロンダック山地でのことだ。毛足の長い絨毯が敷いてあり、スプレー式消臭剤の匂いがした。僕たちは、牛肉百パーセントのソーセージをビニールから出してそのまま食べていた。

「ちぇっ」と僕は言った。

「ねえ、ぎにじないでぐだざい」。ゾンビのダンはそう言うと、前屈みになって僕の膝の上に冷たい手を置いた。「おどうざん、ごのじんぜいなんでぶだいのまぐみだいなものでず。いじぎとだまじいのあいだにあるんでず。そう。ぞれをいまひっぱっだんでず。うしろのまぐを。だばごは？」

「吸わないんだ」と僕は言った。

強張った悲しそうな笑みを浮かべて彼は反応した。ポケットに手を入れ、煙草を一本取り出すと、僕の顔の近くに逆向きに差し出した。キッチンのドアからクロエが顔を覗かせた。

「さあ」と、彼女は明るく僕に言った。「とっても気持ちがいいわよ。彼の好きなようにさせてあげなさい」。彼女はウインクをするとドアの向こうに姿を消した。

今どこにいるんだろう、僕の父は？　どこか遠いところなのは間違いない。たぶん、新しい家族と一緒なのかもしれない。それで、僕の母は？　相変わらず最後に会った場所にいるさ。車で四時間くらい北にいった、崩れそうで陰気な自宅にね。腹が立つし、気分も悪いし、むしゃくしゃするから会いにいかないんだ、本当に。クリスマスカードも送るし、誕生日カードも送るさ。母がそんなに素晴らしい女性なら、なぜ僕は電話番号を非公開にしたんだ？　なぜ母のことを考えると身震いするんだ？　いま分かった気がする、僕の人生はずっと偽りの人生だったことが。恐らく、自分でも分かっていたんだと思う――そうでなければなぜ、その偽りの人生がずっと続くと信じ、深い喜びや悲しみを感じることもなく、鉛のような人生を生きているのだ？　まるで生をまったく生きていないかのように。

僕はダンの目を奥深くじっと覗き込んだ。彼の手はしっかりしており、口から舌が飛び出し唇を舐めた。僕は口を開けて、彼に煙草を置いてもらった。神からの恩寵のように。

訳注

［1］ フランス語の"petit four"「小さな窯」という意味に由来する一口サイズのケーキのこと。
［2］ アメリカで人気のあるキャンディの商品名。

バック・スノート・レストランの嵐の夜

バック・スノート・レストランに客は一人もいなかった。それはいつもの木曜の夜と同じだが、この日の夜は、普通に考えればこうなるのは当然だった。猛烈な嵐になっていて、この中をあえて外出しようとする人はほとんどいなかった。もう何十年も、ニュージャージー州のこの北西部地域には、この規模のハリケーンがやってくることはなかった。木は根こそぎ倒れ、それが家屋の屋根を圧し潰し、電線は地面に落ち、庭や裏通りに火花を散らしていた。いち早く情報を手に入れ、かつ移動手段を持った地域の人たちは既に避難していた。そういう人たちはたいてい裕福で、別の土地へ仕事に出かけていた。つまり、分別があり、責任感のある人たちということだ。しかし、郡のこの地域の人々は、連邦政府から土地を与えられた最初の移動農民——彼らは南北戦争の退役軍人である——が拠点を築いた百五十年前からずっと貧しかった——それは、粘土質な土地のせいでもあったが、彼ら自身の無能のせいでもあった。一番近い町はバナーと呼ばれていたが、バック・スノートがあるところは町ではなかった。道路沿いの居酒屋のような店だったが、酒類を提供する許可を取っていなかった。屋根の低い茶色の木造建築で、ひびが入ったアスファルトの駐車場に周囲を囲まれていた。店の存在を示す看板は、色を塗った木製の看板で、駐車場の端に立てた丸太の木枠に、錆びた二本のフックで吊り下げられていた。丸太の脚は、半分に割った二つの樽の中に埋め込まれ、樽はアスファルトに留めてあった。樽には土が詰めてあり、それが、枯れたイチイの木を何本か支えていた。看板は左右から、全天候型の照明器具に取り付けられた電球に照らされ、その照明器具は木枠に取り付けられていた。看板は、風の中で段ボールのように捩れてぱたぱたと揺れ、激しく雨に打ちつけられていた。

午後八時二十分、風が看板を捉えると、それを激しく木製の枠に叩きつけた。照明器具の一つが割れ、閃光が走り、ぽんという破裂音がした。残った一つの照明と店の中の照明が同期するように一瞬真っ暗になったが、その後すぐに明かりは戻った。

店の中にいる二人のうちの一人が窓の外をちらっと見て、低い声で何かつぶやいた。彼の名前はブルースといい、もう一人はヘザーといった。彼らは兄妹で、二人とも三十七歳だった。二人は、店内の両端の隅の離れたテーブルに黙って座っていた。この三時間、一言も話していなかった。ブルースの前にはスポーツカーのプラモデルがあり、その部品を注意深く接着することに彼は一日の大半を費やしていた。プラモデルの周囲には、こまごまとしたプラスチックの部品と、説明書から切り取った紙が配置してあった。そして、並べた部品の周囲には、四分の三が空になったバーボンの瓶、ひどく汚れた空のグラス、中身がほとんど残っていないスナック菓子のビニール袋四つが並んでいた。ヘザーは、積み上げた古い雑誌の束と、山積みになった八・五×十七インチの工作用紙と、木工用ボンドの大瓶の陰で、前屈みになって座っていた。彼女のそばにある椅子には、紙袋に入った「隠し食料」が置いてあり、そこには、果肉の入っていないオレンジジュースが一ガロン、プラスチックの容器に入ったガーリック風味のベーグルチップス、瓶詰のピクルスが幾つか入っていた。

ヘザーとブルースはまだ店内にいた。というのも、嵐が来ることを知らなかったからだ。彼らはテレビもパソコンも持っていなかった。亡くなった両親の家を火事で失くしてから、半年間、二人は店で生活をしていた。ヘザーは倉庫で寝て、ブルースはトラックで寝ていた。現金は無くなりつつあったが、二人はそのことに漠然としか気づいていなかった。

二人にはどこか妙なところがあったが、それが何なのかは郡に住む誰にも分からなかった。薬物かもしれない。彼らの両親も、酒の販売許可を取得し、店をフル稼働させていたにもかかわらず変わっていた。ブルースは毎朝九時に、窓に掲げてある「OPEN」のネオンサインのスイッチを入れ、毎晩十時に電気を消す。店に誰か入ってくると、彼はメニューを渡し立ち去る。もし注文するまで客が店にいると、注文したものをヘザーが調理する。大抵の客はそれを食べない。そして、大抵の客は支払いをせずに立ち去る。ときどき、支払いをして食べずに出ていく客もいる。注文したものを食べ、かつ支払いをする者はいなかった。

九時十五分前に、一台の車が駐車場に入ってきた。トヨタの最新型車で、五十代前半の小柄な夫婦が乗っていた。二人の表情から、激しい雨風にひどく怯えているものの、営業中のレストランが見つかって安心している様子が見て取れた。二人とも眼鏡をかけ、まだ新品に見えるアウトドア用の服を着ていた。二人はしばらくの間、身ぶり手ぶりを激しく使って話していたが、息を合わせて車のドアを開けると、車から飛び出し、後ろ手にドアを閉め、バック・スノートの入口に向かって走った。店の入口で、二人はお互いの様子を確認した。ほんの四、五秒風雨にさらされただけだったが、びしょ濡れだった。男性は、車のリモコンキーを取り出しボタンを押した。外で車のヘッドライトが二回点滅し、クラクションの音がした。二人は振り向いて入口の待合室に入った。

　彼らがそこで目にしたのは、クマやワシやシカの絵（と言うより、絵のポスター）に飾られた山小屋のような広い部屋と飾り気のない何組かの木製の椅子とテーブルだった。一人の男性と一人の女性がそれぞれのテーブルに座っていて、二人とも、何かよく分からない様々ながらくたに取り囲まれていた。男性は顎髭が濃く、年齢ははっきりしないが中年だった。女性の方は、長い髪が汚れていて、もちろんそんなはずはないのだが、顎髭を生やしているような印象があった。彼女も三十代の終わりか四十代の初めに見えた。

　その男性と女性はとてもよく似ていて、二人が小柄な夫婦を見たとき、同じように困惑した表情を浮かべた。

　その小柄な夫婦は、店内の悪臭——恐らくは、何種類もの臭いが混ざった悪臭——に気づいた。二人は顔を見合わせ、窓の外で雨風に打たれている車の方を見て、意を決したように店内に入った。

「こんばんは！」と、小柄な男性が明るく言った。眼鏡を外し、ズボンのポケットから取り出した布で眼鏡を拭いた。彼は名前をロイといった。女性の方も、よく似た布で眼鏡を拭いた。名前をファーンといった。

しばらく時間が経過した。ブルースとヘザーは何も言わなかったが、それでもじっとファーンとロイを見ていた。そこでロイはもう一度言った。「開いててよかったです。この嵐につかまっちゃって」。彼は、風の音に負けないよう大声を出さなければならなかった。というのも、彼の声は、静かな部屋でさえよく聞こえなかったからだ。彼の母親は彼にこう教えた。「ロイ！　あなたは大きな声を出さなきゃだめよ。あなたのように小柄な男性は、気づいてもらうために努力をしなきゃいけないの」。母親は正しかった——小さな身体から発せられるロイの大声は、学生たちの間でいつも笑いものにされていたが、彼らは、ロイに対して相応の敬意は払っていた。彼は獣医学の教授だった。

ファーンは根がおしゃべりなので、二人でいるとき話をするのは大抵ファーンだ。しかし今夜は違った。彼女は警戒していた。もし外が嵐でなければ、ヘザーとブルースを見た瞬間、彼女は踵を返して店から出ていっただろう。ファーンは手芸店を営んでいて、そのことが、人間に対する深い洞察力を彼女にもたらしたと信じていた。彼女は正しかった。

ファーンとロイはこのバナー地区で釣りをしていた。彼らはペンシルベニア州に住んでいる。彼らはよく釣りに出かけ、心からそれを楽しんだ。釣りは、彼らがセックスをする唯一の機会だった。今回の旅行では、嵐が来る前にたくさんのバスを釣り、何回かセックスもした。彼らは自分たちの楽しみにとても没頭していたので、天気予報を聞き逃してしまった。それで彼らは、ここでブルースとヘザーにつかまってしまったのだ。

ブルースが立ち上がった。

彼は、ファーンとロイが立っているすぐそばの配膳カウンターに歩いていった。ファーンとロイは後ずさりした。ブルースは、木製のホルダーからメニューを二つ取り出し、彼とヘザーのそれぞれのテーブルから等距離で、最も遠いところにあるテーブルへ歩いていった。メニューを置くと彼は自分の席に戻り、プラモデルのスポーツカーの後ろに、オフホワイト色のナンバープレイトを接着剤で正確に取り付けた。数秒後、ファーンとロイの存在を彼は完全に忘れてしまった。

ヘザーはそうではなかった。ファーンとロイの目には、ヘザーが彼らの方を熱心に見つめているように見えた。

ファーンとロイは、ブルースがメニューを置いたテーブルに歩いていき、二人並んで腰かけた。レストランで席に着くときは彼らはいつもそうした。それを見てチャーミングだと思う人もいれば、苛立つ人もいた。このことについて人が何らかの判断をすることがロイは気に入らなかった。ファーンは気にしなかった。堕落した魔女のような母親と十八間住んだ経験から、ファーンは、他人の意見などそれを口にする本人以外にはまったく意味がないことを学んでいた。彼女が信じられるのはロイだけだし、それはこれからもそうだ。ファーンにはこのレストランが信用できなかった。メニューは、インクジェットのプリンターで印刷しただけの紙切れで、ラミネート加工さえされていなかった。食べ物や飲み物の染みのせいでメニューの文字があちこち読めなくなっていたので、注文するために、お互いのメニューを突き合わせて読まなければならなかった。頭を動かしてあちこち眺めている二人の姿は、ヘザー以外の人には滑稽に見えただろうが、それを見ているのはヘザーだけだった。メニューにはファーンとロイが食べたいと思うものは何もなかった。

「この店はやめた方がいいんじゃないか」とロイは言った。

「外は嵐よ」

「ドアをロックして車の中にいればいいじゃないか」

「それもそうね」

「あの人たちは危険だと思うかい?」

ファーンは目を細めた。「そんなことないと思うわ」

「やっぱりここを出るべきだと思う」とロイは言った。

「そうね。そうするべきかもね」

しかし、彼らが店を出る前に、ヘザーは立ち上がって、急いで二人のもとにやってきた。滑ってきたと言う方が正確かもしれない。ヘザーは、ずっしりとしたドレスを膨らませて二人のテーブルに滑るようにやってきた。それは茶色の麻袋のようなムームーで、何か入っているのか大きなポケットが出っ張っていた。恐らく、何が入っているのか訊ねても、彼女自身にも答えられないと思う。ヘザーの服は、彼女が母親から受け継いだものに違いないとファーンは想像した。ファーンは正しかった。

ヘザーは、ファーンとロイを順番にじっと見つめ、そして言った。「それで？」

「ええっと・・・」とロイが言った。

「私たち、お腹は空いてないんです」とファーンが答え、メニューをヘザーに差し出した。ヘザーはそれを受け取らなかった。

「コーヒーでもいただこうかな」とロイは言った。

「コーヒーはないよ」とヘザーが言った。

ファーンはまだメニューを持ったままだったが、ヘザーはまだそれを受け取っていなかった。「それでは、紅茶はどうかしら」とファーンは訊ねた。

ヘザーの顎が動いた。紅茶という概念を噛みしめているように見えた。すると彼女は何かぶつぶつと呟いたが、それはまるで、彼女の中で何かが弾けたような、唸り声と言っていいような声だった。ヘザーは滑るようにブルースのテーブルに向かうと、彼の上に身を屈め、二人は低い声で何か話し合った。

ファーンはまだ腕を降ろさず、メニューをつかんだ手をヘザーが立っていた場所に向けて真っ直ぐ突き出したままだった。

「双子だと思うかい？」とロイは静かに言った。

「ええ」
ヘザーが戻ってきた。「分かったわ」と言って、ファーンの手からメニューを取り、ロイの前のメニューをテーブルから下げた。そして、店の中の暗くなった場所――キッチンに違いないとファーンは思った――へ向かった。ロイは、ヘザーが滑るように移動するのは服のせいだと考えた。それはもうちょっとで床に届きそうで、彼女が歩くと風を含んで膨らんだ。まるでホバークラフトのようだった。彼女が暗くなった場所に消えてしまう前、彼女がメニューをくしゃくしゃに丸めて床の上に投げ捨てるのをロイは見ていた。

キッチンでは、ヘザーが懐中電灯を探し出して振り回していた。その光が、使い古したブリキ缶や汚れたままの調理器具、ネズミの糞が付着した不潔な調理台を断続的に照らし出していた。彼女は何か誓いのような言葉を小さな声でつぶやいていた。注意深く聞けば、それが、たった今彼女がファーンとロイと交わした会話であることが分かったはずだ。**ふん、お腹は空いてないんです。コーヒーでもいただこうかな。コーヒーなんてありゃしない。紅茶はどうかしら。紅茶がいいわ。ふん、紅茶がいいだと？　紅茶なんて糞くらえ。ほら、紅茶を出してやるよ。**揺らめく懐中電灯の光がガラスの容器を照らしていた。その容器には、油に付着した埃がまとわりついていた。紅茶のティーバッグはその中に入っていた。容器のどこかからか湿気が入り込み、中身の染みがティーバッグに浮き出ていたが、少なくとも乾燥しているようには見えた。ヘザーはその中から二袋取り出し、それを汚れた一組のマグカップに入れ、蛇口の水でカップを一杯にすると、電子レンジの中に入れた。カップが温まってくると、紅茶のラベルを糸に固定しているホッチキスの針から火花が散った。一方のラベルには火がつき燃え尽きてしまった。もう片方のラベルはちょっと焦げただけだった。

数分後、ファーンとロイの前に、陶器製のシュガーポットと二つのマグカップが置かれた。シュガーポットの中にはアリの死骸が大量に入っていた。ヘザーは、雑誌が置いてある自分のテーブルに戻っていった。

しばらくしてファーンは、アリの入ったシュガーポットをテーブルの隅に置き、前屈みになってマグカップの香りを嗅いだ。

「カモミールだと思う」

ロイも自分のマグカップを嗅いだ。

「私のは、たぶん、普通の紅茶だ。でもちょっと焦げ臭い」。彼はマグカップを回して、ホッチキスで留めたラベルの糸が黒くなっているのを確かめた。「ほら、ここで何かが焦げたんだ」

「私のも焦げてるわ。少しだけど」

「飲めると思うかい？」

「いいえ」

「すぐ店を出た方がいいかな？」

「ええ、私もそう思い始めてるわ」

レストランの外では、初めのうちは微かだったが、今でははっきりと、引きずるような自信無さ気な音が響いていた。それは鈍くて低い音にすればいいのか、けたたましく甲高い音にすればいいのか決めかねているような音だった。恐らく、その両方なのだろう。それは風の音だった。どんどん勢力を増してきていた。レストランの灯りは、駐車場を十フィートほど照らすだけで、ファーンとロイの車の輪郭がぼんやりと分かる程度だった。車は、さらに勢力を強めつつある風の中で、揺れ動くと言うより小刻みに震えているようだった。外の音は大きくなり、店内で静かに会話することさえ難しくなってきた。さらに、木が激しく何かに当たる音がしたが、ファーンとロイには、それが何の音なのか分からなかった——近くで鳴っている音のような気もするし、遠くで発生した大きな音が、長い距離を運ばれてくる音のような気もした。

ブルースとヘザーにはそれが何の音か分かっていた。丸太で組んだ枠の中でどうにもならずにぱたぱたしている「バック・スノート」の木製看板だった。しかし二人は、その看板を、次に起こったこととと結びつけて考えられなかった。ぽん！という音がしたと思うと青い閃光が走り、店内の蛍光灯が暗くなり、ちかちかし始めて、最後に消えてしまった。そして一秒後、一つずつ蛍光灯に明かりが戻り始めた。

ブルースは、目の細かい耐水性紙やすりで、車のプラモデルの角と継ぎ目を擦っていた。心地よい紙やすりの音は、激しい風雨の音のために聞こえなかったが、彼にはプラモデルを通してそれを感じ取ることができた。それは彼に、すべてが上手くいくという感じをもたらした。両親についての彼の記憶は混乱していたが、彼の父親は毎晩寝る前に母親の顔を擦っていた。それは、美へと至る過程だった。母親は、周囲が色つきの電球に縁取られた鏡台の前に座り、メイクを落とし、鬘を外した。それから父親は、母親の顔が滑らかになり、ぼんやりと輝き始めるまで顔の縁を擦るのだった。そのあと母親は、寝るために再度メイクをした。鬘の代わりに頭をスカーフで覆った。父親は、ズボン、ベスト、ジャケットの揃ったスリーピースのフランネルのパジャマを着た。

ブルースの片方の耳に新しい音が聞こえた（もう片方の耳は、何年か前に患った風邪のせいで何かが詰まって、正常に機能しなくなっていた）。それは、嘆き悲しむようなか細い泣き声だった。ブルースにはそれが何の音かよく分かっていた。妹の泣き声だ。

この音にはブルースを刺激する効果があった。彼が突然立ち上がると、椅子が床を擦って後方に移動し、横向きに倒れた。店内の向こう側で、ファーンとロイが動物的な本能で反応し、お互いに両腕でしっかりと抱き合った。二人の姿はブルースの目には入らず、彼は妹だけを見ていた。彼女は自分で自分の身体を抱きしめ、雑誌、紙、切り抜きの山の前で震えていた。

ブルースは大柄だった。太った腹部とがっしりとした上半身が、力強くて長い両足と対照的だった。彼はオーバーオールを着ており、身体を起こすと店内を猿のように移動した。ファーンとロイには、ぼさぼさの髪の頭を妹の頭に近づけたその姿は、二人が囁き声で何か会話をしているように見えた。

ファーンとロイも囁き声で会話を始めた。

「何か紅茶のことが気に障ったのかしら？」

「分からないな」

「店を出た方がいいわ」

「でも風が」

「そんなことを気にしている場合じゃないわ」

ヘザーは、紅茶のことを何か気にしているわけではなかった。実のところ、ファーンとロイがここにいることを、兄と同じように、彼女も忘れてしまっていた。彼女は単に、疲労と無意味さ、そして、何か――恐らく、多くの事――をやり遂げることができなかったという感覚に打ちのめされていただけなのだ。彼女は肩を抱えてくれる兄の腕を感じ、耳に兄の息遣いを感じた。そして、少しのあいだ気持ちが鎮まった。彼女には外の世界についての記憶があり、彼女を今の彼女にしたものから逃げ出せるかもしれないと考えた時期があった。（彼女にはときどき、自分たちのここでの存在の仕方が奇妙な、恐らくは、危険なものであることを認識できることがあった。たぶん、手をつけずに放置されているものとはこのことだろう。）彼女はニューヨーク市に行ったことがあったが、それはヒッチハイクをしながらだった。二十年近く前のことだ。ステットソン[1]を被って、口髭を生やした、彼女の年齢の二倍くらいの男が彼女を車に乗せた。町に到着すると、彼は彼女にいろんなものを食べさせ、いろんなものを吸わせた。そして、誰かのアパートで一週間セックスをして過ごした。それを彼女も楽しんだ。彼女は煙草を買いに外に出たとき道に迷い、泣きながら警察署に駆け込んだ。結局、両親が帰りのバス代を警察に送金することになった。彼女が妊娠していたので、病院に行って中絶をし、二度と妊娠しないように処置を施した。しかし、結局そのことに大した意味はなかった。というのも、彼女は二度とセックスをしなかったからだ。トラックで寝るのが余りにも寒いとき、ヘザーとブルースは倉庫のマットレスで一緒に寝た。今ブルースは、「大丈夫だ。心配するな」と声をかけているが、ヘザーはなぜ自分が泣いているのか思い出せなかった。

　ファーンとロイは、ブルースが今にも振り向いて彼らを襲ってくると確信していた。ブルースは身体が大きいので、ファーンとロイにはどうすることもできないだろう。彼らは店を出なければならなかった。そうしなければならない。二人はゆっくりと身体を離し、身体を捩ってテーブルの後ろから立ち去った。ロイはテーブルの上に五ドル紙幣を置いた。二人は少しずつ店の入口へと移動した。風は轟音を響かせ、何かが叩きつけられる音はその強度を増していた。ファーンは、お祈りの言葉を忘れたときに罰として母が使った物差しのことを思い出していた。それは、黒い目盛りが刻まれた木製の赤い物差しだった。彼女のお尻には、真っ直ぐで細い、筋状の小さな傷が何本も残っていた。セックスが済むと、ロイは親指で傷の跡をなぞった。自分たちのコテージで、また湖で。彼らはコテージに留まっているべきだったのだ。車のトランクはバスで一杯だった。嵐の中を家に帰ることができたら、ファーンは、明日の朝食にバスを揚げるつもりだ。彼らの釣り道具の中には、魚をおろすための包丁があった。ファーンは、もしあの顎髭を生やした男が彼らの後をついてきたら、その包丁を取り出すつもりだった。彼女の母親が亡くなる寸前、ベッドのそばで姉は言った。「お母さん、お母さんのことはもう許してあげるわ」。しかし、ファーンは決して許さなかった。ロイとファーンはほとんど扉のところまでやってきた。

ブルースは、二人の影が窓に映っていることに気づいた。彼は振り向いた。彼は腕を持ち上げ、二人の方に身体を傾けたが、一つ一つの動作は微かに認識できる程度だった。

ファーンとロイは、入口の待合室に向かって突進した。そこでは反響室のように音が響き、何かが叩きつけられている音や風の音が耳をつんざくようだった。ファーンが外側の扉を開くと、扉が彼女の手から引き離されて外壁にぶつかり、ガラスが粉々に割れた。彼女が大声を上げると、ロイも大声を上げた。ロイは店の中に戻ることを考えたが、無理だった。ファーンが階段まで足を引きずって進み、玄関のセメント製階段に設置された鉄製の手すりにしがみついていた。彼女は階段を降りようとしていた。彼女は振り向いて、懇願するように彼を見た。彼は彼女の後をついていった。

すると、二人の周囲の音に変化があった。何かが叩きつけられるような音がしなくなっていた。音がしなくなった方をロイが見ると、バック・スノートの木製の看板が店内の灯りに照らされていた。その看板の一角だけが一本の鎖に繋ぎ留められ、旗のように風に煽られていた。

ロイは覚えていた。十一歳のとき、南オンタリオにある両親の家の玄関のぶらんこの上で、黴臭いでこぼこのクッションを下に敷き、両手で『生物大図鑑』を抱えて横になっていた。夏の熱さが毛布のように彼の上に覆いかぶさり、自分の身体全体が世界に包まれ、あやされ、抱きしめられているのを感じた。そして、見えないところの自分の筋肉を、正確な間隔と適確な順序で捻ると、ぶらんこが旋回し、振り子のように揺れ始めるのだった。そのとき、ぶらんこを吊っている鎖がぎーっぎーっと――実際はもっと唸るような深い――音を立てた。また別の日は、ペーパーバックを開いて顔の上に乗せ、頁と頁の隙間から香る匂いを嗅いでいるうちに眠ってしまうこともあった。階段を降りていく妻の後を追い、車までの六フィートのアスファルトを横切っている間に、彼はそんなことを考えていた。そのとき、後頭部の突出した部分のちょうど下の辺りに、押し潰されるような力を感じた。それは、風の力によってついに自由になったバック・スノートの木製の看板が彼の後頭部に当たった衝撃だった。

その間に、ファーンは車までたどり着き、必死にドアを開けたが、ドアは彼女の手から振り払われそうになった。そして彼女が振り向くと、何かが見えた。何か黒くて大きなものが夫の頭の近くから飛んできて、くるりと向きを変え暗闇の中に消えていった。そして、夫の身体がそのままの姿勢で傾き、車の反対側の地面に倒れるのが見えた。顎髭を生やした男が階段の上に立っているのが見えた。彼の髭と服は、あの忌々しいジョン・ブラウン[3]の髭のように、激しい風の中で今にも吹き飛んでいきそうになっていた。

全員びしょ濡れで、寒さに震えていた。雨粒が身体を打つ度に痛みを感じ、それはまるで砂利が降ってくるようだった。ブルースは、命の危険があるので、そこにいる人たちに中に入るよう伝えるつもりだった。しかしそのとき、看板が男性を直撃し、男性はそこに倒れた。ブルースが丸太で組んだ枠を見上げると、それは捩れてきーっきーっと音を立てていた。半分に割った樽が木枠を支えていたが、そのうちの一つが地面から浮き上がっていて、突然、全体がばらばらに壊れて地面に落下した。彼はそこにいる女性に、戻って店の中に入るよう大声で伝えようとしたが、言葉が喉から発せられると同時に、風に掻き消されてしまった。

ブルースは何年か振りかに意識が集中し、自分の力を感じた。店の客を何とかして店内に連れ戻さなければならない。倒れた男性を抱え上げ、店の中に運び入れ、意識のない身体をテーブルの上に俯せに寝かせて、身体を温めるためにテーブルクロスを掛けるのだ。それが善い行いであることに疑問の余地はなかった。彼は階段を降り、男性が地面に倒れている運転席側へと向かった。

しかしファーンは、助手席側のドアを閉め、車の後ろに回り、バッグの中のキーホルダーでトランクを開けた。すると、トランクの蓋が船の帆のように風の中でぱっと開き、車が揺れた。ファーンは自分が何を探しているのか分かっていた。釣り道具の箱だ。そして留め金を外す。釣り針、ルアー、浮きが入ったトレイを脇に寄せる。包丁はその下にある。それを手に取り、しっかりと握る。

風で持ち上がり上下に跳ねているトランクの蓋の端からちらっと目をやり、こちらに向かってくる髭の男を見ていた。彼はロイを殺すためにやってきたのだ。今だ！　彼女の喉から唸り声が飛び出した。さあ！　さあ！　夫を助けるのだ！　敵を殺せ！　私の母が信じていた神では夫を救えない。やってしまえ。

しかし、吹きすさぶ風の音、打ちつける雨の音、トランクの蓋が揺れて軋む音の中で、ファーンの叫び声が人の耳に届くにはあまりにも細く弱々しかった。包丁に気づいたのはヘザーだけだった。彼女は身体を窓に押しつけて、窓のそばに立っていた。窓ガラスに押しつけた彼女の掌は白く、それはまるで、捕獲された二匹の海洋生物が水槽ガラスに吸着しているように見えた。それが、ブルースがちらっと見たときに彼が目にしたものだ。両手は白い魚、包丁は暗闇の中の白い閃光——鬼火——のようだった。

そのどれもが、ヘザーには現実のようには思えなかった。バック・スノートを取り巻く他のものと同じように、現実のものとは感じられなかった。ファーンは考えた。「身体の真ん中を刺すんだ。急所はそこだ。手脚を刺したって死にやしない。手脚は再び伸びてくる。胴体だ、胴体を刺すんだ」ブルースは考えた。「何かが動いた。何だ？」。彼はロイから三歩離れたところにいた。強風に向かってもう一歩進む。そのとき、倒れた男の上から何かがやってきて、その一部が彼の胸に突き刺さった。ファーンは思った。「やった。私は彼を守ったのよ。どんなお祈りの言葉にもこれを成し遂げる力はないわ。どんなお祈りも二本の肋骨の間に包丁を滑り込ませ、心臓を突き刺すことはできないわ。お母さん、私はあなたを許さない。今も、これからも。赦しなど臆病者のすることよ。私からの赦しを得ることなくあなたが亡くなって私は嬉しい。皆さん、地獄で会いましょう」

訳注

［1］カウボーイハット、ウエスタンハットで有名なアメリカの老舗メーカー。
［2］日本のスズキに似た魚。
［3］アメリカの奴隷制度廃止運動家。

ロリーンと結婚したとき、カール・ブラントには彼女が不幸な女性であることはよく分かっていて、そんな彼女が変わる可能性について、彼はまったく幻想を抱いていなかった。二人が出会ったとき、彼女が言ったのはそういうことだった。二回目のデートのとき、食後に湖の畔を散歩しながら彼女は言った。「私、幸せじゃないの。しかも、これからも決して幸せになれないの」。そのとき彼は、それを受け入れ、黙って頷いただけだった。後になって彼女は、このときの彼のこの態度で「あなたと結婚しようと思ったの」と言った。それまでに彼女が会った男性の中で、彼だけが、「幸せになれない」と言う彼女を否定しなかったのだそうだ。今も彼はそうしようとはしていない。彼の仕事は、彼女の不幸を認め、受け入れ、彼女には不幸になる権利があるということを否定せず、その苦しみの中にいる彼女を慰めることだった。

カールは六フィートを超える大男で、胴回りも太かったが、彼はそういう自分の体形が気に入っていた。自分の身体的な大きさを、個人の持つ総合的な人格の一面だと彼は考えていた。それ以外にも、あらゆる種類の実際的な仕事（洗浄機に食器を入れたり、いろんなものの高さを揃えたり、地図を読んだり）をする地味な能力や、細部を見逃さない精神的な慎重さ、ひどく限定され、あまり正統的とは言えない芸術的嗜好、そして、押しつけがましくなく友好的で落ち着いた態度が、彼の主な人格的特徴だった。彼は、ロリーンの細い腰、大きな胸、広い顔、前屈みな歩き方、悲観的な世界観に惹かれた。彼女と結婚して十年になるが、そのいかなる魅力も衰えていなかった。もし何か変わったことがあるとすれば、彼女は以前にもまして彼女らしくなったということだ。腰はより細くなり、顔はより広くなり、胸はより大きくなった。前屈みの姿勢が以前よりひどくなったというわけではないが、そうなったような印象を人に与えた。それは、何年にも及ぶ不幸が彼女の表情にもたらしたものだった。彼女は今でも可愛い顔をしているし、皮膚の弛みや皺もなかったが、顔の筋肉が醸し出す重苦しさは、明るい気持ちが入り込む余地のないものだった。結婚したとき二人は、子どもを産まないことに同意し、二人がその約束を守っていることに彼は満足していた。子どもができても、上手くいかないことは分かっていたからだ。二人とも自分のことに関心があり過ぎたし、そのことを了解している自分たちのことを誇らしくも思っていた。

カールは三十三歳で、ロリーンは三十一歳だった。

彼がロリーンと結婚したときに予期していなかった一つの不確定要素があった。それは政治だ。ロリーンは、ジョージ・W・ブッシュ[1]を嫌っていた、というか、ひどく嫌悪していた。あれは二〇〇五年だった。彼女はブッシュの顔を見ると叫んだ。文字通り叫ぶのである。しかし幸運にも、それはそんなに頻繁には起こらなかった。というのも、二〇〇〇年の大統領選挙のあと、二人はテレビのニュースを見るのを止め、カールは毎朝、ロリーンより先に新聞を手に入れ、ブッシュの写真を破って捨てていたからだ。それでも彼女は、ブッシュの顔が掲載されていた場所を睨んではよく唸り声を上げていた。

二人とも、そして二人が知る誰も、特に政治に関心があるわけではなかった。九十年代はそういう時代だった。ときどき、二人のうちどちらかが、クリントン[2]のしたことで何となく容認できないことがあったことや、一九九八年の弾劾公聴会[3]には二人ともとても不愉快になったことを覚えているが、だからと言って、何か重大な結果がもたらされたということはなかった。世界は、それなりにそうあるべき形で機能しており、二人は収入を得、結婚生活を維持し、さまざまな関心事を追求することに集中できた。つまり、満足していたということだ。

しかしブッシュによって、そんなものが存在するとはカールが思いもしなかった何かがロリーンの中で目覚めた。最高裁判所が票の数え直し[4]を決定したとき、ロリーンは、カールの叔父が四年前に結婚祝いに買ってくれたラジオをつかみ、それをキッチンの壁に投げつけた。ラジオは二つに割れ、電子部品が床に散らばった。二〇〇一年九月十一日のテロ[5]が発生し、アフガニスタンへの侵攻[6]が始まってからは、そのようなことが日常茶飯事になった。ロリーンは、テロを防げなかった責任はブッシュにあると非難し、アフガニスタン侵攻についてはまったく納得しなかった。本棚から本を払い落とし、椅子をひっくり返して、アパートの壁を蹴ってへこませ、通り過ぎる車に悪態をついていた。ブッシュがイラクに侵攻[7]したとき、彼女はカールとセックスすることを止め、それからは、彼女が膝をついて前屈みになり、怒りに満ちた顔を枕に埋めることができるときだけ、セックスを再開することに同意した。そうでないときにセックスをしたければ、この酷い世の中が彼女を捉える朝日の昇る前、つまり、彼女がまだ完全に目を覚ます前に彼女を捕まえなければならなかった。

アブグレイブ刑務所[8]のことで彼女は食べたものを吐くようになった。そしてケリー[9]が負けたとき、彼女はコンロの上で故意に自分の手を焼いた。

カールもブッシュは好きではなかった。事実、ブッシュや、共和党の嘘つきたち、独裁者たちをひどく嫌っていた。しかし、彼は不満を言わなかった。なぜなら、それについて彼は何かをするつもりがなかったからだ。デモや抗議運動に参加するわけでも、ブログに意見を書くわけでも、有権者登録運動を組織するわけでも、コールセンターの要員になるわけでもなかった。彼の唯一の抵抗は投票することだったが、四年に一回は誰でも投票するわけだから、それを何らかの意見表明行為とは考えなかった。そこで、自分の意見は自分の中だけに留めておいた。

しかし、ハリケーン・カトリーナ[10]、ヴァレリー・プレイム[11]、ジャック・エイブラモフ[12]、令状のない通信傍受[13]が世間を賑わせていたある時点で、ロリーンの不幸は新しい不吉な局面を迎えた。彼女はまさしく、揺るぎない生きる屍だった。残虐な行為の最新ニュースは、海に投げ込まれた石のような力で彼女を打ちのめし、力なく撥ねる水しぶきの痕を残しては、繰り返し連打する波の下に消えていった。朝食時のカールと彼女の会話は以下のように進んだ。

「六時前に会議を抜け出せたら、夕食はジェイソンにしよう」

「・・・」

「コーヒーのお代わりは？」

「ええ」

「今朝は一段と綺麗だよ」

「・・・」

実のところ、その日の朝、彼女は特段綺麗だったわけではない。むしろ病的だった。髪は痩せ細り、顔は灰色だった。両目はカルデラのように窪み、周囲の筋肉には艶がなく弛んでいた。服と体型がずれていて、服が身体からぶら下がっているように見えた。一日のうち何回か、大した意味のないポーズのまま動かなくなっている彼女の姿を目にした。口は開いたままで、唇が引きつり、腐った魚の切り身のように腕がキッチンカウンターの上やベッドの端に放り出されていた。すると、電極に刺激されたかのように痙攣が起き、咳をして再び動き出したかと思うと、彼女は、その日の残された時間を猛烈に動き回って過ごすのだった。

ある夜、そのことについてカールはロリーンに話してみることにした。

「最近、少し様子が変だけど」とカールは、自分の手を彼女の痩せた膝の上でそわそわさせながら、優しく口にした。

彼女は肩をすくませ、雑誌の頁をめくった。

「ひょっとして・・・」

「それ以上言わないで、カール」

「・・・思って・・・」

「止めて」

彼は手を離して黙り、自分のお気に入りのクッションに身体を任せた。鬱という言葉は使わなかった。その言葉と、その言葉から連想される症状を口にすることは彼らの家では許されていなかった。その言葉は、不幸を、解決できるもしくは解決すべき問題にしてしまう。鬱は脆弱性の問題であるのに対して、不幸は生き方の問題である。ロリーンはその違いにこだわり、自分は断固として不幸の側に居座り続けた。話し合い終了。

しかし問題は終了しない。なぜなら彼女は日毎に悪くなっていったからだ。泣きながら歩き回り、病気で仕事を休み始めた。彼自身に対してだけでなく、彼のくだらない盆栽や、一九二〇年代のジャズや、キバナスズシロに対する恨みはくすぶり続け、彼を呪うか、少なくとも彼が滑って転んで何かを壊すのを望むかのように、彼の通り道に唾を吐くようになった。

その後、二月中旬の季節外れに暖かい日の朝――正確に言うと、毎年二人が意図的に祝わない祝日であるバレンタインデーの三日前――ロリーンの不幸の底が抜け、彼女は、壊滅的な苦悩の奥底に落ち込んでしまった。彼女が倒れる音が聞こえた。彼女は仕事用のスカートと白のブラウスを着て、コーヒーにミルクを注ぐためにキッチンのカウンターに立っていた。膝が折れたかと思うと、両手でカウンターをつかみ、彼女の口から苦しそうな軋み音が響いた。それはまるで、長いあいだ閉まっていた墓場の錆びた門扉が突然開くような音だった。そして一旦それが開くと、怒りが噴出し、まるで死ぬ前の動物が発するような声で号泣し、ブラウスを引き裂き、胸元と首を引っ掻いた。そこには、赤い二本の引っ掻き傷が残った。

カールは、紙面の裏側にブッシュの写真が載っていたので、そこを破り捨ててできた穴の周りの第三世界の債務免除についての記事を読もうとしていたが、新聞を投げ捨て、飛び上がるように立ち上がり、走って部屋を横切り、妻が倒れるところをつかまえた。

「放して」と彼女は泣き叫んだが、彼を押し返そうとはしなかった。彼女が彼の腕の中に倒れ込むと、彼はバランスを崩した。掌を置いていたテーブルが一気に離れて、それがリノリウムの床を擦って大きな音を立てた。

「おい、ロリーン」と彼は言った。

彼女は何とかこらえ、両手を彼の胸に当てて真っ直ぐ立った。

「放して」

「放さない」

「馬鹿、放して」

「いや、放さない」

しかし結局彼は手を放した。彼は身体のバランスを取り戻し、ロリーンも息ができるようになったので、彼女が彼の身体から離れるのをそのままにしておいた。一瞬、二人は向かい合わせになった。足元がふらつき、息が荒かった。

「横になった方がいいと思う」

「そうするわ、カール。そうする」

「言うだけじゃだめだ」

「私、もう死ぬつもりなの」と彼女は言った。彼の方を見上げた彼女の顔は震えていて、粉々になって飛び散り、彼をずたずたに引き裂くかのようだった。こんなことは初めてだった。こんな彼女を今までに見たことがなかった。

「そんなことしなくていい。しなくていい」

彼女はため息をついただけだった。

「疲れてるんだ。少し休んだほうがいい」

彼女は、それを否定するように首を振った。

「横になって。僕はそばにいるから、横になるといい」

彼女は再度ため息をつき、寝室へ向かった。

「そう、それでいいんだ。職場には僕が電話をしておくから」

彼女は身体を引きずるようにして廊下へ出て姿を消した。

彼女の姿が見えなくなるとすぐ、壁に掛かっている電話に向かってばたばたと素早く足を二歩進めた。受話器を取ると九のボタンを押し、それからしばらくして一を押した。寝室からベッドのスプリングが軋む音が聞こえたので、はっと息を止めた。新聞が置いてある方をじっと見つめると、マスクメロンが乗った皿を覆っている部分が丸く盛り上がり、濃い灰色の染みが滲み出ているのが見えた。

彼の指は電話の一のボタンの上を彷徨っていた。

それから、彼の視線はロリーンが倒れたカウンターの方に向かった。そこには、彼の乱雑な朝食の食べ残しに覆われたまな板がそのままになっていた。何かが変だった。彼はじっと見つめた。寝室からは、息が漏れるような声ですすり泣くロリーンの甲高い声が聞こえてきた。背筋に冷たいものが走った。

果物ナイフがない。

はっと息を飲んだ彼は受話器を手から放した。それが壁に当たり、古い骨のような鈍い音を立てた。彼はくるりと振り向くと廊下に向かって突進した。

彼女はそこにいた。

一瞬彼は、それを別人だと思った。彼女は頭を高くして、両肩を後ろに引き、真っ直ぐに立っていた。染み一つない首から胸元にかけてブラウスのボタンを留め直していた。目が輝き、表情がいつもと違っていた。

笑っていたのだ。

「ロリーン？」

「まあ」と、少し笑って彼女は言った。「心配させてごめんなさい！」

彼はじっと見つめていた。彼女は、首を振って彼の方に進むとキスをした。そのキスは、冷たい彼の唇に温かくて柔らかい感触を残した。

「何が起こったのか自分でも分からないの」と彼女は言った。顔には涙が流れていたが、まるでそれが外から飛んできて顔に付着したものであるかのように、素早く指先で明るく拭き取った。「でも、もう大丈夫よ」

彼女は、彼のそばを通ってコート掛けに向かい、重いジャケットを肩に羽織った。

「もしかしたら・・・」と、彼は口ごもった。

「私もよ！」。彼女は長い間ぽかんと彼を見つめると、馬のように大きな笑い声を上げた。「一瞬、死にたいと思ったの」

「そう言ってたよ」

「本当にごめんなさい」。彼女はポケットからウールの帽子を取り出すと、ぽんと頭の上に乗せた。髪が両頬に押しつけられ、一瞬にして五歳は若くなった。「びっくりさせて、ごめんなさい」

「気にすることないさ」。彼はぐったりと椅子に腰を下ろした。

「何て言うのかしら。突然、何もかもが一度に不意に襲ってきた感じなの」。彼女はバッグと鍵を持ち、ドアの取っ手に手をかけていた。

「ナイフを持っていったと思うんだけど」

彼女の顔が赤くなった。顔が赤くなる！　カールが記憶している限り、ロリーンが顔を赤くしたことなど今までに一度もなかった。「ええ」と彼女は言った。そしてすぐに、取り澄ますように手を口に当てた。そして指の間から唇を突き出し、さっきと同じように言った。「自分でも何をするつもりだったのか分からないのよ。何かが弾けちゃったの。でももう大丈夫よ」。そう言って肩をすくめた。「もう行かなきゃ。ごめんね、あなた」

（あなた？）

彼女は彼に投げキッス（投げキッス？）をしてドアから歩いて出ていった。彼女の軽やかな足音が階段に響き、しばらくすると、半分走って半分スキップするように通りを横切り、地下鉄の駅へと降りていく彼女の姿が窓から見えた。

―

彼はしばらく、暖房のラジエーターがかたかた鳴る音と流し台に水滴が落ちる音を聞きながら、完全な静寂の中に座っていた。汗が顔から吹き出し、シャツの襟へと流れ落ちた。彼の呼吸はゆっくりだった。

　カールの仕事は様々なウェブサイトの管理・運営をすることだったので、彼は在宅で仕事をしていた。彼が扱っているウェブサイトには、実際にウェブホスティングやウェブデザインのサービスを販売している所もあった。彼の生活全体に現実感が欠如していた。銀行口座に振り込まれる支払いは、幾重にも重なったヴァーチャルの風に乗って漂ってくる。毎日彼は、本当に自分はその日仕事をするのか実感が持てなくなる――本当に今日、再びここに座って仕事をするのだろうか？　どう考えてもそれは現実のものとは思えなかった。それでも結局、彼は意を決して毎日仕事をする。すると不思議なことに銀行口座に金が振り込まれるのだ。そしてその金を、音楽のダウンロードやソフトウェアといった実体の無いものに使う。ときどき、彼の労働に関して実体の伴ったもの――納税の申告用紙や請求明細書など――が郵便受けに届くと、彼は常にショックを受ける。

　特に今日は、この現実感の無さが自宅に蔓延していた。記憶のある限り初めて、彼はもう一度ベッドに戻って眠ることを考えた。嫌なことは忘れて、気分を変えて一日を再スタートさせるのだ。彼はため息をついた。書斎のコンピュータは、彼が電源を入れるのを待っている。新聞紙の染みが広がっていた。彼は立ち上がり、今にも何か――この嫌な気分を追い払うためには何でもよかった――しようとしていた。そのとき、ベッドスプリングの軋む音が聞こえた。

彼はたっぷり三十秒間じっとしていたと思う。それから、間抜けなようだが、「ロリーン？」と言ってみた。

もちろん返事はなかった。ベッドの軋む音が聞こえたのは一度だけだった。それでも、彼はもう一度彼女の名前を呼ばずにはいられなかった。今回は、彼の想像力が隣の部屋にもたらした何らかの幽霊に呼びかけると言うよりは、より静かに、むしろ自分自身に対して呼びかけてみた。

「ロリーン？」

何も起こらなかったので、彼は気まずくなって赤面し、倍の量の汗をかいた。そして低く静かな声でくすっと笑った。

仕事をする時間だった。シャワーを浴びて、服を着替え、ロリーンが無事かどうか職場に電話をしてみよう。もちろん――計画はあった。彼は意を決して立ち上がると、廊下を歩いていった。寝室に到着するまでの間に、頭からTシャツを半分脱ぎかけた。部屋に入ってTシャツを脱ぐと、ベッドの上に投げ捨てた。シャツはベッドの上の裸の女性の背中に当たった。

彼は叫び声を上げげた。シャツは束になったベッドシーツの上に滑り落ちたが、裸の女性は動かなかった。

顔は部屋の反対側の壁を向き、頭は両手に抱えられていた。そばには、赤黒い血に染まった果物ナイフがあり、シーツには血の痕がついていた。

冷静さを取り戻すまでの一瞬、彼はそれをなぜかロリーンだと信じていた。脊椎の形、首や肩の曲がり具合など、彼女の体型を彼はよく把握していた。そしてそれは彼女のものだった。しかし、呼吸を落ち着かせ、カーテンを通して射し込んでくるぼんやりとした光に目が慣れてくると、その身体が妻のものではないことが分かった。それは穴が開いていて、切り傷や擦傷がついていた。まるで、使い古されて灰色になった活気のない歩道のようだった。背中には、氷河の堆石から引き上げられた石のような筋がついていて、まるで生涯にわたる湿疹や腫れが完治せず、その痕が残っているかのようだった。またそれは、呼吸に合わせて上下することもなかった。そもそも呼吸をしていなかった。彼の呼吸だけが、部屋の中で静かに落ち着いていった。

しかし彼は、もう一度次のように話しかけた。「ロリーン?」

それは立ち上がって振り向いた。

いま彼の方を向いているそれは彫像のようだった。妻の彫像だ。コンクリートで固められ、風雨に晒されたまま、どこか人の住まない町の広場に放置された彫像だった。その彫像には、高齢になって力強くなった妻の印象があった。その凹凸のない暗い灰色の目は、瞬きせず彼を見つめていた。それはロリーンではなかったが、ロリーンのつもりであるように見えた。

「君は誰だい?」と、彼は何とか訊くことができた。

それは彼を見つめていた。そのじっとした姿が薄気味悪かった。足を少し広げて立ち、胴体の四分の一を捻って彼の方を向いていた。広い顔、大きな胸、痩せた腰骨は、妻の完璧な複製で、まるで打ち固められた古い石から切り出してきたかのようだった。

よく見ると、彼がよく知っている傷の痕もあった。ロリーンには、顎が深く割れたところに、ほとんど目につかない傷があった。また、骨盤の形に沿って長い傷跡が残っていた。そこは以前、良性の腫瘍を切り取ったところだ。さらに、今は薄くピンク色になっているが、ロリーンの太腿には、三年前にヨーロッパ旅行にいったときの自転車事故でできたざらざらした傷跡が何本か残っていた。

そして最後に、左手の手首の内側には、静脈に沿って三インチくらいの裂傷があった。しかしその傷は、今まで彼が見たどの傷とも一致していなかった。

カールとそれは、長い間お互いを見つめ合っていた。怯えながらも好奇心に満ちた彼の視線は、この奇妙な身体をくまなく観察し、彼女の視線は彼の視線に固定されていた。それは何も言わず、微動だにしなかったが、とうとう、彼が最初にそれを見たときと同じように、何かを思いつめたような苦しそうな姿勢になって座った。

シャツも着ず、今までに経験がないほど大量の汗をかいて、廊下に出て彼は電話機に向かった。電話機からぶら下がっている受話器を取り上げ、ダイアル音が聞こえるまで電話のボタンを叩き、ロリーンの携帯電話に電話をかけた。

「あら！　今あなたのことを考えていたのよ」

彼女の声から陽気な響きがした。甲高いおどけた声だ。

「う〜ん・・・」

「あまりこういうことを言わないのは分かってるけど」と彼女は囁いた。「あなたのこと愛してるわ。本当に愛してるの」

「ありがとう」

彼女は笑った。「『ありがとう』？　何てロマンチックなのかしら！」

「僕も愛してる。本当さ、愛してる。でも・・・」

「でも、何！」

「ロリーン？」と、優しくゆっくりと彼は言った。「ロリーン、話してくれないか、正直に」

「もちろんよ？」

「今日の朝、自分を切ったかい？」

ジョークの落ちを言うときのような長い間があった。「まさか！」

彼は何も言わなかった。寝室からは何も聞こえない。

「でも」と、彼女は明るく続けた。「でも変だわ。私も今朝、電車の中で同じことを考えていたの。自分を切ったんじゃないかって。とてもびっくりしたわ。自分を切ったことをほとんど確信したのよ。でも今は、あれは夢の中の出来事だったんだって思うの」

そこで彼女は黙ったが、話が終わったようには聞こえなかった。

彼女は続けた。「つまり、切らなかったのよ。切ったはずがないの。何もないのよ・・・まったく・・・切り傷が。手首には何もないのよ」

「何もない」と彼は繰り返した。

「ええ」。しかし、彼女は今少し確信が持てないようだった。「だって――ところで――あなたはなぜそんなことを訊くの？」

彼が答えるまでに数秒かかった。そしてもう一度。「何もない」

――

あのことについて彼女に話してもよかった。しかし彼は話さなかった。何て言えばいいんだ？　それだけではなく、機嫌の良さそうな彼女の気分に水を差したくなかった。結局のところ、彼女はそれを手に入れたのだから。

カールはその日、一日中仕事をしなかった。上司に「インフルエンザに罹った」とメールを送った。メールで嘘を言うのは、電話で嘘を言うよりはるかに簡単だ——体調が悪そうな声を偽る必要さえなかった。それらしく見せるために、メールには少し誤字を混ぜておいたけれど。

その後、彼は自宅を飛び出した。コートを着て前屈みになり、手袋をしていない手をポケットに奥深く突っ込み、歩いて公園を通り抜けた。家の近くのピザ屋で昼食を済ませ、ドラッグストアで下着とアスピリンを購入し、映画を観にいった。自宅に戻ると、まだ四時過ぎだった。コートを掛け、Ｅｃｋｅｒｄ[14]のロゴの入ったバッグを置き、廊下の先の寝室へ行く前に大きく息をした。

彼女はそこにいたが、位置が違っていた。頭を枕の中に埋め、ベッドの上で俯せになっていた。彼女がまるで鉛でできているかのように、枕は妙な形に膨らんでいた。ベッドのマットは中央部分がへこんでいた。

彼は勇気を出して、できるだけ壁から離れないようにして部屋の中に入った。鏡台と椅子の端に沿って移動し、クローゼットの扉に身体を押しつけ、精一杯身体を前に倒してベッドの上から果物ナイフをつまみ上げた。乾いた血の塊からナイフが離れるとき、少し粘っとした感じの音がした。その肉体はベットの上でじっとしていた。カールは、親指と人差し指の間にナイフをぶら下げ、慌てて部屋から飛び出した。

彼はキッチンでそれを洗ったあと、水切りかごに入れて、テーブルに座ってロリーンが帰ってくるのを待った。

三十分後、彼女が歩いてドアから入ってきた。ブリーフケースを床に置くと、コートを掛け、バレリーナのようにくるっと一回転すると、カールの方へやってきて「ただいま」のキスをした。間近で見ると、彼女がいつもと違って見えた。初め彼は、単にそれは、寝室にいる彼女と比べるからだと思った。しかしそうではない。彼女は明らかに変化していた。肌は赤ん坊のように透明で柔らかく、髪も豊かで、目が明るかった。それは年齢の問題ではなかった。小さな皺が相変わらず目じりから広がっていたし、将来、頬の筋肉が下がってくる兆しが微かに見られた。以前はそれが悩みの種だった。しかし、いま彼女の表情から悩みは感じられなかった。それは、今までに侮蔑の言葉を投げかけられたことも引っ叩かれたこともなく、フードを被って腕に電極をつけた男も見たことがない女性の顔だった。顎の傷はなくなっていた。彼女はまったく、びっくりするくらい、生きることに迷いの無い存在だった。

「今日はどうだった?」と彼女が言った。

「まあね」

「まあね?」。彼女は流し台までスキップで移動し、グラスに水を入れた。

「何もできなかった」

「どうしたの?」。彼女はグラスからすするように水を飲み、首をかしげて、にこりと微笑んだ。

彼は何も言わなかった。

「ねえ、あなたが何もできなかったのは、私が何もできなかったのと同じ理由じゃないかしら」

「何だい、それは？」と彼は訊いた。

「気が散ったのよ」と言って、彼女はウインクをした。

「なるほど・・・」

「私は別のことを考えていたの」と彼女は歌うように言った。

「うん」

彼女はグラスを置いて、彼のところへやってきてキスをした。彼の手を膝から持ち上げるとそれを自分の胸に押しつけた。「セクシータイム！」

「ええっと・・・」

「さあ、やぼなこと言わないで」。そう言うと、彼女は彼を引っ張って立たせ、シャツを両手の拳でつかみ、自分の方に引き寄せると、身体を彼の方に押しつけた。「さあ、行きましょう」

「まず、君が一人で先に行った方がいいと思う」

「私に準備して待ってて欲しいのね？」

「そうじゃないんだ」と彼は言った。「つまり――そこに何かあるんだ」

彼の声が、悪い予感のために暗く響いたように感じた。しかし、彼女がそれに気づいた様子はなく、テレビの登場人物のように呑気で明るかった。まるで彼が、ジョークの落ちに彼女を担ごうとしているようだった。

本物の彼女も、ベッドの上の彼女と同じくらい変ではないかと彼はふと思った。

「何か特別なもの?」と、彼女は甘い声で訊いた。

「いや、そうじゃないんだ、本当に、ロリーン」と彼は息を飲んだ。「ちょっと恐ろしいものなんだ。君が今朝そこに置いていったんだけど」

彼のシャツを手から放すと、背伸びしていた足を床に降ろし、彼女は口を尖らせた。「私の楽しみを台無しにするつもり?」

「ロリーン」と彼は言った。「君は今朝、自分を切ったんだ、ナイフで。そして・・・何かを残していった、寝室に」

とうとう彼女の顔に苛立ちのようなものが浮かび上がった。そして恐らく、一瞬の恐怖心も含まれていた。

「見て」と彼女は言った。彼女は片手を持ち上げるとブラウスのカフのボタンを外した。「何もないわ。傷跡なんてないでしょ」

「部屋には血が流れている」

彼女は顔をしかめた。

「それだけじゃない」と彼は言った。

「ナイフ?」

「いいや」

彼女は、戦闘機のパイロットのように熱のこもった態度で彼を見つめた。

とうとう、「分かったわ、お馬鹿さん」と元気よく言うと、美しい手で彼の胸を叩いた。「どっちにしてもシャワーを浴びなきゃいけないでしょ。私も浴びなきゃいけないし。私が部屋に行って、とにかくそこにあるものを片付けて、お風呂で私が待つっていうのはどう?」

彼は唾を飲み込み頷いた。

彼女は身体をくるっと回転させて立ち去った。カールは耳を澄ませてキッチンに立っていた。彼女は、底の固いオフィス用のパンプスを履いたまま大きな音を響かせて廊下を進み、寝室のカーペットの上に進むと、そこで立ち止まった。彼は前屈みになって耳を澄ませた。叫び声を上げるだろうか?走って飛び出してくるだろうか?

何の気配もなく、何も起こらなかった。完全な沈黙が少なくとも一分は続いた。カールは汗をかき続け、壁の時計から秒針の音がかちかちと響いた。

そしてついに、再び彼女の足音がした。今度はゆっくりと優しく、三歩、四歩、五歩と歩き、再び立ち止まった。今回の沈黙は長かった。二分、三分と続いた。その後、ベッドが軋む音がしたかと思うと、喉から出たような小さな悲鳴が聞こえた。それは擦れた息が漏れる音だった。

「ロリーン?」

彼は廊下の入口まで行き、廊下の先で小さく見えるドアの隙間から寝室の様子をじっと見つめた。

「ねえ?」

ベッドの上で何かがうめき動いた。そして、ロリーンの靴が床に触れた。まず片足、次にもう片方の足。うめき声、足音。一秒、二秒、三秒、四秒、そして五秒。彼女が現れた。

傷のある手首の周りが何かで覆われていて、血が染み出していた。肩が落ち、背中は曲がり、顔つきは不幸な人のそれだった。「カール」と彼女は言った。「包帯を持ってきて」。そう言って息を飲むと膝をついた。

それからの一週間毎朝、着替えるために彼女は寝室へと姿を消し、出てきたときは明るく元気一杯だった。彼女は毎朝、もう一人の彼女とカールを一緒に自宅に置いていった。彼は何とかそれと一緒に仕事ができるようになった——しなければならなかった。彼にはときどき、それが立ち上がって動き回っている音が聞こえた。彼はインターネットで生霊という言葉を見つけた。まだ生きている人の幽霊という意味だ。あれが具体的にそれに当たるのかどうかは分からなかったが、適切な名前をつけることは大して重要なことではなかった。間違ってそれを「ロリーン」と呼ばないようにするための便宜上のあだ名に過ぎない。生霊。ときどきそれが、彼が出てくるのを待って廊下に立っているのを彼は確信することができた。しかし彼は、食べ物を取りに急いでキッチンに行くか、手洗いに行くとき以外は、決して書斎から出なかった。それに話しかけることもしなかった。それを刺激しないように、できるだけ静かにしていた。

毎日ロリーンが帰宅すると、彼女は彼をバスルームに誘い、シャワーを浴びるとそこでセックスをした。今までは、普通の状況で、彼女の方から率先してその気になるということはなかった。そのことを考えて楽しくなるということさえなかった。そこで、今まではいつも彼が要求（と言うより――「お願い」）し、彼女がそれに従うという形だった。しかし今、彼は驚き、困惑していた。彼女の情熱的な欲望に戸惑い、突然で抑え難い自らの身体的反応に戸惑っていた。彼女の身体はとても軽く、肉体が持つ物質性から自由だった。身体の動き一つ一つが自然で無駄がなかった。そして、彼の身体から性的情熱が去ってしまう前に彼女は立ち上がり――バスルームを離れ、黙って身体を拭き、生霊に戻っていくのだった。そうする必要を感じるの、と彼女は言った。あそこに戻って行かなければならないのよ、そうしないと、あれが私のところにやってくるの。

ある日の午後、それはバスルームのドアの外で待っていた。

次の日、それはバスルームの中――カーテンを開けたとき、その後ろ立っていた。

その翌日、彼らはドアの鍵をかけた。

その週の週末とその翌週、ロリーンはロリーンのままで、生霊については何も言わなかった。そこで、カールも何も言わなかった。しかし月曜日の朝、彼女が朝食のテーブルから立ち上がったとき、彼は、「自分も見れるだろうか?」と彼女に訊ねた。

「見れる」と、まるで彼が何を言おうとしているのか分からないかのように彼女は繰り返した。

「それが起こるところを」

彼女の厳しい顔つきがさらに厳しくなり、目が細くなった。

「知りたいんだ。どのようにしてあれが起こるのか。どうやって出てくるのか」

一瞬、彼女が彼を殴るのではないかと彼は思った。しかし実際は、彼女の目から涙が溢れた。「できると思わないわ」と彼女は囁いた。「上手くいくと思わないの。あなたが一緒にいると」

彼は立ち上がって、彼女を抱きしめた。この奇妙な日々が始まって以来、彼は自分の妻――本物の妻――とセックスをしていたわけではなかった。彼は本物の妻を恋しく思った。この妻――陽気な妻――とは上手くいき過ぎる。彼の愛はしっかりと手応えのあるものを必要とするのだ。「泣かないで。泣かないで」と彼は言った。

「こんな風にはやっていけないわ」と彼女が言った。

「やっていけるよ。やっていけるよ」と彼は言ったが、彼女の言っていることが正しいのは分かっていた。

二人はしばらくのあいだ何も言わず立っていた。

お互いの身体をしっかりと抱きしめ、しばらく二人は何も言わずに立っていた。その手にあまりに力が入っていたため、息ができないほどだった。それから彼女は彼の身体を引き離し、廊下を歩いていった。彼女は新しい女性になっていた。

——

その日の午後、昼食時のころ、点滅した文字から火花が飛び出るようなデザインを思い留まるよう顧客を説得するために、彼はコンピュータテキストのフォーマットに取り組んでいた。そのとき、生霊がベッドから起き上がる音が聞こえた。それはどすんという足音を床に響かせ、まるで一組のサンドバッグが部屋を横切るような乾いた足音をたてた。

生霊がうろうろすることにはもう慣れていたので、無視しようとした。しかしその後、足音が廊下へと進み、彼の書斎の真ん前で止まった。彼は指をキーボードの上で止め、息をひそめた。ドアの鍵はかかっていない。生霊は、ロリーンがいなければ、彼に大した興味はなさそうだった。

「何か用?」と彼は甲高い声を上げた。

ドアが勢いよく開いて壁にぶつかり、ドアの取っ手が長年打ち続けて出来た壁のへこみをさらに深くした。それはじっと彼を見つめていた。その目はこれまで見ていたものよりも暗くて黒く、生気がなかった。

彼は椅子から飛び上がった。「うわぁ・・・」と彼は言った。

それは大股で三歩あるいて彼の方にやってきた。そして、長い灰色の指で彼のシャツをつかんだ。それは彼の真ん前、顔の間近で彼をつかんでいた。彼は、まだ怯えてはいなかった。しかし、自分がどうすることもできない状態にいることは理解していた。生霊には匂いがあった。悪臭ではない。日射しの中で石が乾いていくような匂いだった。少しのオゾン臭と少しの腐食臭。

「何・・・何のつもり?」と、彼は何とか声に出した。

生霊がシャツの前を引っ張った。ボタンが音を立てて床に散らばった。それ——彼女——は、彼の肩から腕を通してシャツを脱がし、それを自分の頭越しに投げ捨てた。もの凄い力だった。彼女は彼のベルトに手を伸ばした。

「わぉ、わぉ!」と彼が声を上げると、彼女は手を止めた。しかし諦めたわけではない。彼女は彼をじっと見つめた。彼は息を飲み、残りの衣服を彼女の手を借りずに独りで脱いだ。

生霊は彼を寝室に押し込み、ベッドの上に押し倒して、土砂崩れのように彼の上に覆い被さった。肌はざらざらしてもなければ、冷たくもなかったが、生きている人の肉体ほど温かくはなかった。そしてもちろん、ロリーンの肌のように柔らかくもなかった。その肌には、柔らかくてざらざらした瘡蓋のような張りがあり、破れることがなく、永遠に存在し続けるような感じがした。

しかも、彼はその気になった! まさに驚くべきことだった。彼は、腰、腹部、胸に触れた。その間、彼は息もできないほど夢中になり、欲望が喚起され、貪欲になったが、それは今までに経験したことがないほど強烈なものだった。彼は自分自身に驚き、息が喉につかえて苦しかった。こんなことが起こり得るのだろうか？　しかし起こったのだ。生霊は、彼に何をすべきか正確に理解していた。そして、それを躊躇せず実行した。彼の身体の上を動き回り、驚異的な重さを移動させ、快感の衝撃を彼の身体中にもたらした。まったく馬鹿みたいなことだが、それは一瞬にして彼の息の根を止めることもできただろうし、彼を圧し潰すこともできたはずだ。しかし彼は、恐怖心を感じると言うよりは、守られているという安心と落ち着きを感じた。本物の妻のときとは違って、彼はコンドームを使わなかった。挿入するときも痛みを感じたし、射精のときも感じた。

行為が終わるまで、相手の目は開いたままで、唇も閉じたままだった。それから、彼の上から自分の身体を持ち上げると、どさりと横に転がり、枕の上に顔を俯せにした。

すべてが終了したとカールが気づくまでしばらく時間がかかった。心臓の鼓動が正常に戻ったとき、彼は起き上がって、つま先立ちでそっと書斎に向かった。シャツを着ると、ボタンが無いことに気づきごみ箱に投げ捨てた。新しいシャツを取りにいくためには、生霊のそばを通らなければならなかった。しかし生霊は身動きしなかった。何とか彼は仕事に戻ることができた。

ロリーンが帰宅し、二人はバスルームでもう一度同じ行為をした。生霊のことは気にならなかった。彼は何とか事を済ませることができた。その後、ロリーンがまったくいつもの様子でバスルームから出てきたとき、彼女は彼に視線を向けた。しかしそれ以上は何もしなかった。何があったにしろ、そのことについて彼女は知りたくなかったのだ。

――

そんな風にして数週間が過ぎ、それが日常化した。彼は、どれだけ深い邪悪な行為に陥っても、それに自分が慣れてしまうことに驚いた。令状のない盗聴が続き、副大統領が人の顔面を銃で撃ち、[15]くすくす笑う偽りの妻と、土でできた不器用な怪物と毎日楽しく暮らしていた。新しい日常だ! 仕事の生産性は大きく向上し、あの奇妙な出来事で生まれた亀裂はいつの間にか塞ぎ、表面的には何事もなかったかのようになった。こうなる――性的に積極的な一組の女性と結婚する――ことが自分の運命だったのかもしれないと彼は思い始めた。しかし、もっと悲惨な人生を送ることだってあり得たのだと考え直した。

しかしある日の朝、ロリーンが、だらしなく俯き加減で、まったくの本来の彼女の姿で寝室から出てきた。彼は口をぽかんと開けて彼女を見つめた。そうする必要はなかったのだが、彼は訊ねてみた。

「どうしたんだい?」

「できないの」

「ええと――もう一度――できないの？　やってみた？」

厳しい目で見られた。「もちろん、やってみたわよ、馬鹿！」

彼はひるんで、椅子の中で少しのけ反った。「ごめんよ！」

彼女は、自分が見落とした明白な解答を探すかのように部屋を見回した。「もういいわ！」と言って、コートを着て帽子を被った。

「仕事に行くつもりなの？」と彼は訊いた。

「それより何かいい考えがあるの？」

彼は首を横に振った。

その日は、誰もいないことが不自然になってしまった自宅で、一日中漠然とした不安を感じながら独りで過ごした。何度か、自分が勘違いをしているだけで、生霊はそこにいるのではないかと思い、寝室を覗きにいった。しかし、ベッドの上には誰も横になっていなかった。彼は掌に汗をかき、何度もシャツを着替えなければならなかった。彼はいろんなことを間違ってきたが、さらに間違いを繰り返している。

そのことについて一晩じっくり考えてみると、朝にはすべて納得がいった。しかし、次の日も同じだった。そしてまた次の日も。それが週末まで繰り返された。するとある晩、何か恐ろしいことが閃いた様子で、ロリーンがバスルームからよろよろと出てきた。

「なぜできないのか分かったわ」と彼女は言った。「私、妊娠しているの」

この発言に対して「そんなはずはない」という言葉で反応する男性集団に、彼自身もうっかり加わってしまった。ロリーンは、それに付き合うつもりはなかった。

彼はもう一度抗議した。「気をつけていたはずだ」

彼女は肩をすくめて、ソファの上の彼のそばに腰を下ろした。二人は黙ったまま、この新しい事実が落ち着くところに落ち着くのを待っていた。テレビの音がやけに大きく聞こえた。カールはテレビのスイッチを切った。

「カール」と彼女は言った。

彼は彼女の方を見た。

「あなた、やったでしょ」

彼女を見たとき、彼の見せた表情は、完全に見捨てられた者のそれだったに違いない。そして彼は、自分がどれだけ弱虫だったかということに気づいた。自分には意志というものがなく、他人から言われたことだけを行い、耐えられないという理由で世界のさまざまな問題を無視する習慣を身につけ、彼女の不幸を受け入れることが正しいからではなく、そうすることで自分自身の不幸から解放されるという理由で彼女の不幸を受け入れ、そして、「そうせざるを得なかったんだ。そうするほか仕方なかったんだ」と言うことで、自分が弱虫であるということを自分に納得させてきた。彼女の平手打ちは、予想できないことではなかったし、不当なことだとも思わなかったが、前例のないことだった。板が裂けるような音とともに彼の顔面は張り倒された。痛みはそれほど感じなかったが、その言葉の裏に、重さ一トンの石の力を感じた。

彼女がソファから立ち上がったとき、彼はまだうなだれていた。そして彼女が、かつての鋼のような決意——もし彼が注意して彼女を見ていればそう感じたはずだ——とともにキッチンに歩いていったときもまだ、彼は下を向いたままだった。しかしそのとき、包丁立てから果物ナイフが抜き取られる金属音に彼は気づいた。

彼は何とか彼女を止めることができた。彼女は最初から彼にそうさせるつもりだったのだ。彼女の手は宙に浮き、ナイフを握った手は白く、目は、彼がよろめきながら入ってきたキッチンの入口に向けられていた。彼は彼女の手首をつかみ、彼女は彼に抵抗するふりをした。かたんという音を立ててナイフが床に落ち、彼女の身体から力が抜けた。彼は両腕で彼女を抱きかかえてソファまで連れていった。

「取り出したいのよ」と、噛み締めた歯の間から彼女は言った。彼の両腕を払い除けると、彼女は身体を前後に揺らした。唇は上下の歯の間に挟まれていた。

「中絶・・・しても」と言って、彼はすぐに後悔した。しかし彼女は首を振った。

「そっちじゃないわよ！」と彼女は叫んだ。「あっちの方よ！」

彼女の表情は怒りに満ち、顔は涙で濡れ、唇は震えていた。彼は、自分でも驚いたのだが、あえぎながらめそめそと泣き声を上げていた。その声はとても大きくて、まるで、二つに引き裂かれるベッドシーツのような音だった。彼はソファの背中にもたれかかった。しばらくの間、悲しみを感じなかった。我に返ったとき、今度は、自分がロリーンの腕の中にいることに気づいて驚いた。彼女は、彼の額、彼の耳、彼の髪にキスをし、かさかさした小さな両手で彼の頬を撫で、涙を拭っていた。「ああ、あなた」と彼女が言ったとき、その声は低てく悲しそうで、紛れもない彼女の声だった。「大丈夫よ。上手くいくわ」

それは美しい嘘だ！　彼女は今までそんなことを口にしたことがなかった。彼は彼女の温かい彼女の首に自分の顔を埋め、そして首の静脈に唇を押しつけた。そこには血液が脈打ち、飛び跳ねるような動きをしていた。二人は長い間そのままの姿勢でいた。外の世界ではあちこちに爆弾が落とされ、世論調査が実施され、予算が配分され、金が使われていた。二人に生まれてくる子どもには、世界のこういった出来事は何一つリアリティを持たないだろう。テロや拷問やスキャンダルなど、こういったことすべては、神話のように中身のないぼんやりとした意味しか持たないに違いない。本当の真実は、手の届くほんの少し先にあり、それはまるで、キャンプファイアのときに、親友の従兄のルームメイトに起こった「神に誓って本当の話」として語られる怖い話のようなものだった。本当に起こったことでも、出来事はフィクションのように感じられ、登場人物には乱暴な輪郭が与えられるだけで、具体的な深みや奥行きが無く、それぞれがそれぞれのパロディのように感じられた。

カールとロリーンの言葉を借りれば、悲劇とは、常に真実が忘れ去られ、歴史が事実に似ても似つかないほどぼんやりと単純化されることだと言うだろう。しかし、人々が何とか前に進むことができるのは、忘れることができるからだということも彼らには分かっていた。彼ら自身もいつかは忘れ去られる。そしてそうなったとき、彼らの子どもは、物語で語られているような、世界が混沌としていた時代に生きた自分たちの両親は、本当はどんな人たちだったのだろうと考えるのだ。そして、固い信念を持った厳しい人物としてロリーンを、節度を持った内気な人物としてカールを思い出すだろう。そして、信じられないような高齢で、我慢強く、加齢による重い負担にも耐え、息を吹き返しつつある彫像として二人のことを思い出すのである。

訳注

［1］アメリカ第四十三代大統領。在任期間は二〇〇一年一月二十日から二〇〇九年一月二十日。アメリカ第四十一代大統領ジョージ・H・W・ブッシュの息子。

［2］アメリカ第四十二代大統領。在任期間は一九九三年一月二十日から二〇〇一年一月二十日。アメ

リカ第四十二代大統領ヒラリー・クリントンの夫。

［3］ビル・クリントンが大統領だったとき、ケン・スター独立検察官から大統領の疑惑について報告を受けた下院司法委員会は、一九九八年十一月十九日、クリントン大統領弾劾の可能性について公聴会を開始した。

［4］二〇〇〇年のジョージ・W・ブッシュとアルバート・ゴアのアメリカ大統領を巡る選挙戦では、ジョージ・W・ブッシュが勝利したが、フロリダ州では、それぞれの候補の得票数の差が僅差であったため、州法にもとづいて票の数え直しが行われた。

［5］二〇〇一年九月十一日に起こったイスラム過激派によるアメリカへのテロ攻撃。

［6］二〇〇一年九月十一日の同時多発テロで自国民を失ったアメリカのジョージ・W・ブッシュ大統領は、アルカイダへの反撃を決定。アルカイダの指導者ビン・ラディンを匿っていたアフガニスタンのタリバン政権が、アメリカへの犯人の引き渡しを拒否したため、二〇〇一年十月七日、アメリカとイギリスは、アフガニスタンへの侵攻を開始した。

［7］二〇〇三年、アメリカに、イギリス、オーストラリア、ポーランド等が加わった有志連合が、大量破壊兵器保持に関する進展義務違反を理由にイラクに侵攻した。第二次湾岸戦争とも呼ばれる。

［8］イラクの首都バグダードの西に位置する施設。イラク戦争時、この施設を監督していたアメリカ軍関係者が、戦犯として収容されたイラク人兵士に対し非人道的行為を行っている写真が報道機

関によって公表された。現在の「バグダード中央刑務所」。

［9］ジョン・フォーブズ・ケリー。アメリカの政治家。二〇〇四年のアメリカ大統領選挙における民主党の大統領候補。

［10］二〇〇五年八月にアメリカ南東部を襲った大型の台風。

［11］アメリカの元外交官ジョゼフ・ウィルソンの妻の旧姓。彼女が米中央情報局（ＣＩＡ）の工作員であることが報道機関に漏洩・暴露された。プレイムゲート、ＣＩＡリーク事件とも呼ばれる。

［12］二〇〇六年時にブッシュ政権を支えていた共和党のロビイスト。カジノ利権を巡る詐欺事件で広く知られるようになった。

［13］ブッシュ大統領が極秘に承認した「テロリスト監視プログラム」にもとづき、アメリカ政府が、アル・ハラマイン・イスラム財団と関係していたアメリカ人弁護士に対して、捜査令状なしに通信傍受を行った。

［14］Eckered College。アメリカフロリダ州、セント・ピーターズバーグにある私立大学。

［15］二〇〇六年二月、テキサス州で狩猟に参加していたチェイニー副大統領が、散弾銃を誤射し知人男性を負傷させた。誤って発射された散弾の一部が男性の顔と胸を直撃した。

呪われた断章

今もそこに住んでいればと思う町の図書館カード。

──

堅信礼[1]でもらった聖書(学生版)の赤いプラスチック製ブックカバーが、暖房器具のそばで溶けていた。

──

連邦政府職員による麻薬の強制捜査は失敗に終わったが、そのときに押収されたラブレターは、コカインの痕跡を調べるための研究所で、売人に関する何らかの記述がないか念入りに読まれることになった。その後ラブレターは、ラベルの貼られたビニール袋に入れられ、プラスチックのハートを抱えたクマのぬいぐるみと一緒に何の印もないダンボール箱の中に保管された。そのダンボール箱は、警察本部が移転する際に、何百もの同じようなダンボール箱と一緒にトラックに積み込まれ、今ではどこに保管されているのか誰にも分からない。

——

洗車用の石鹸水の泡が舗道で蒸発している。

——

装飾の施された置物の卵は、家政婦が壊したと疑われていたが、決定的な証拠がないために、安物のプラスチック製コップに放り込まれていた。その後、その卵とセットになった他の置物と一緒に、うっかりチャリティの寄附に出された。

——

落ち葉に覆われた傷のついた石は、家の以前の持ち主の猫が埋められた場所を示している。

家に持ち帰って洗濯機で洗い、幼い息子にプレゼントするつもりだったミニーマウスの人形は道路脇で拾ったものだが、洗った後も、洗う前と同様くたびれて見えたので地下室の棚に放置されていた。しかし八年後、息子が偶然それを見つけ、その人形を、かつて自分が置き忘れてしまった玩具だと勘違いした。そしてその出来事は、彼の人生において、恥ずべき行為と罪悪感の最初の経験となった。

―

従妹の女の子が十三歳のときの裸のポラロイド写真。

―

その白い手袋は、肘掛椅子の真鍮製の飾り鋲を結婚指輪で何年間も叩き続けたために、薬指の第二関節の少し下が薄くなっていた。

悪戯で、車のボンネットに酷い言葉が落書きされていたが、その部分は塗装し直されていなかった。

――

一九六五年に豪邸が火事に見舞われた際、有名な絵画の精巧な贋作の行方が分からなくなっていたが、現在それは、アメリカにある大手美術館の一番広い部屋に飾られている。

――

最後の血痕が擦り取れずに付着したままの金属製バケツ。

――

子どもが冷凍庫の中に入れておいた小さな氷のつららが数か月後に見つかり、それが、冷凍庫が壊れている証拠だと考えられた。そこで修理に来てもらったのだが、その費用は高くつき、冷凍庫が壊れている原因も特定できなかった。

――

車の窓から野球場に投げ捨てられたゲイのポルノ雑誌を、両チームの思春期のメンバーが熱心に読んだ。数週間後、そのうちの二人が森の中で会い、雑誌で見た場面を二人で再現した。それがきっかけで、徐々に二人は自分たちがゲイであることを理解し始めた。そのうちの一人は、大人になった今、仕事も精神的にも性生活の面でも上手くいかなくなっていた。彼は、結果的に不採用となる仕事の面接に行く途中、子どもたちが遊んでいる野球場のそばを通りかかり、車の窓からゲイのポルノ雑誌を投げ捨てた。

――

ある仕事に応募してきた女性の履歴書を見ると、その女性は、その仕事に必要な能力をまったく持ち合わせていないことが分かった。しかし、インターネットを使った小売企業の中間管理職の男性は、異性との交際経験が未熟で、その履歴書があまりにも良い香りを放っているので、その女性を面接に呼ぶことにした。彼女には、仕事に対する適性がまったく無いことは明らかだったが、履歴書が放っていた香りを補うかのように、強い身体的な印象を中間管理職の男性に与えた。その印象があまりにも強烈だったので、彼は彼女を補助アシスタントとして採用することにした。そのことが、現在いる秘書の怒りを買い、彼女を大いに困惑させ、最後には、彼女に強い嫌悪感をもたらすことになった。その秘書は、彼が昼休みを取っている間に、新しいアシスタントの履歴書をファイルから抜き取り、黙ってそれをCEO（経営最高責任者）に送りつけた。CEOとその秘書が、中間管理職の男性のオフィスを突然訪れたとき、その新しいアシスタントが彼のそばに立ち、黙って涙を流していた。彼女の着衣は乱れていた。一方男性は、威嚇するようにプラスチック製のペーパーナイフを持ち、背もたれが倒せるようになったオフィス用の椅子に座り、大量の汗をかいていた。

―――

高級ソファのゴム状の細長いプラスチック片の上に、煉瓦職人がこぼしたモルタルが固まっていた。

―――

木から吹き飛ばされた鳥の巣が、雪溜まりの上にひっくり返っている。

ひっくり返った塗料缶が何か月も放置されていた。誰かがそれを見つけて丸ごと引き上げた。すると、中の塗料が水溜まりのような形に固まり、それがたまたま、どこのギフトショップやいたずら品専門店にでも売っている、こぼれた液体を模した玩具の形に似ていた。

――

――

寝室が八部屋ある家で共同生活をしているうちの誰かが、まな板の上に肉片を置いたままにしていた。そこに住む誰もが、肉片を放置したのは自分ではないと言い張り、誰もそれを片付けようとしなかった。次の日、肉片は臭い始め、三日後にはハエが集まるようになった。そして、一週間も経たないうちにウジ虫が湧いてきた。その頃には既に、肉片は、共同生活をしている住人に対する不信感の象徴となり、進行する腐敗は意地の張り合いを示すものとなった。そこで住人たちは、肉片に群がった虫がそれを食べ尽くすまで、自分の部屋か家の外で食事をするようになった。学期末の頃には、家中にハエが飛び回り、肉片は、数本の干からびた筋を残してほとんど消滅していた。家主がまな板を漂白しようとしても黒い染みは取れず、彼は、まな板を交換するための費用に充てるため、保証金を返さなかった。

—

彼女の母親は、それがあれば素敵だったドレスの肩パッドを取り外してごみ箱に捨てた。娘はその肩パッドをごみ箱から取り出し、ブラジャーに詰め、流行りの音楽に合わせて鏡の前で踊った。

—

直径が十フィートで長さが二十フィートのセメント製の土管が農地に放置されている。その周囲はきれいに耕されていて、数か月もすれば、大きく成長したトウモロコシの葉に覆われ、土管はほとんど見えなくなるだろう。

—

決して許されない言葉が、閉じた口の中で、あなたの舌によって生まれつつある。

――――

今では彼は、最新のケーブル式ボディビルディングマシンを使っていて、それを使う度に、彼がまだ貧弱で、父親の言いなりになっていた頃を思い出すのだが、子ども用のバーベルセットを捨てる気にはなれなかった。プラスチック製の重りは劣化して、継ぎ目が割れ、そこから砂が漏れ出していた。子ども用バーベルセットは、もともと父親が彼に買い与えたものだったが、彼が情け容赦なく父親に復讐できるほど強くなったとき、すぐに彼はそれを実行した。父親は、毛足の長いカーペットの上で俯せになって倒れ、顔はへこみ血を流していた。唇は切れ、顔には満足気な歪んだ笑みを浮かべていた。その表情からは、自分への復讐を肯定し、それを可能にしたものに対する誇りさえ感じ取れた。

――――

棚の上には、ビニール袋に入った「洗浄三回　ミックス野菜」が、別のビニール袋に入った同じ商品の横に置かれている。

容疑者の車のタイヤで固くなった砂粒は、犯罪地質学研究所における綿密な調査の結果、容疑者が行ったことがないと主張するオレゴン州の海岸のものであることが分かった。

――

子どもが寝ているときに調べた背中の傷が、父親のベルトの形にぴったり一致した。その傷は、「シャツ組 vs はだか組」でキックベースをやっているときに、学校の運動場のフェンスに当たってできた怪我だと子どもは言い張った。

――

「ケンタッキーフライドチキン」の駐車場の泥雪の中でぺしゃんこになったビスケット。

――

彼女は、オレンジ色のそりに乗って遊んでいて亡くなった。

会社の外の歩道に設置された折り畳み式ビュッフェテーブルの上でカセットデッキが売られていた。そのカセットデッキの中にたまたまテープが残っていた。そのカセットデッキは車から盗まれた盗品で、そのカセットデッキを三十ドルで買ったときも、テープはデッキに残されたままだった。カセットデッキを車に設置してスイッチを入れると、彼女を捨てた男性に、泣きながら必死にやり直しを求める女性の声が録音されていた。それを聞いたとき、気の毒に思う気持ちと小躍りするような気持ちの両方を感じた。気の毒に思ったのは、悲しみに満ちた声と、不明瞭で不気味な感じがする録音のせいだった。一方、小躍りするような気持ちになったのは、その不愉快な男性のカセットデッキが盗まれたという事実のせいだった。

女性用トイレの扉の内側に貼られたバンパーステッカーには、レイプ被害者支援センターの名称と電

話番号が記されていたが、そのセンターは資金不足で既に閉鎖されていた。

――

小さな白い線のために目がはっきりと見えなくなったパスポートの写真。

――

チューブの端の中身のなくなった部分がしっかり巻かれ、中の塗り薬がバッグの中で何日間も漏れ出していたことに、まさに今、彼女が気づくところだ。

――

手が震えて、遺伝子情報を調べた検査結果の入った封筒が開けられない。

――

彼女が亡くなって数か月が経ち、彼が彼女の自転車のタイヤに空気を入れたとき、自転車と地下室の壁をつないでいたクモの巣が切れた。彼には少し小さかったが、彼女のヘルメットを被り、ストラップを締め、自転車に乗り、彼女の名前を大声で叫びながら暗くなった町の通りを猛スピードで走り抜けた。そしてとうとう、世間を騒がせたせいで、その夜は留置所で過ごすことになった。後になって気づいたのだが、そこはまさしく、彼がその夜を過ごしたかった場所だった。恐らくそれが、自転車に乗って大声を出し、警察署に自転車を置き忘れてきた理由だ。彼がその自転車を目にすることは二度となかった。

韓国人交換留学生が、灰色のきらきらしたナイロン製ダウンベストを「キリスト教会館」の外で紛失した。その背中部分には意味不明の英文が印刷されていた。

その新しい地図には、彼が生まれ育った土地の名は記されていない。なぜなら、その町は既に存在し

ないからだ。というのも、住民が住む町の上に新しい貯水池が建設されるので、住民は州から強制的に自宅を売却させられたのだ。その貯水池の周りにはカジノが建設され、近辺の土地の価格は急上昇した。その土地の多くは、貯水池開発の承認を働きかけた上院議員が所有している。

――

出張に持ってきた鎮痛剤が一番必要なとき、瓶に入っているのが鎮痛剤ではなくボタンであることが判明する。

――

その室内用観葉植物は枯れない。

――

費用は高くついたが、古着屋で見つけた中古のブルージーンズ五十着を東ヨーロッパと旧ソビエト共和国への旅行に持っていった。そこでは、中古のブルージーンズが高く売れるという噂だった。しかし、これまで多くの旅行者が同じ噂を聞き、同じ事をしたときと同様、それはもはや事実ではなかった。その結果、中古ジーンズは供給過剰になり、その地域では、もはやジーンズは洒落たアイテムではなくなっていた。他人のジーンズが詰まった大きなスーツケース――まるで、ジーンズの所有者が今もそれを穿いているかのような妙な臭いを放っていた――を引きずり回さなければならないために、旅行のすべてが台無しになった。

――

化学倉庫で大きな破壊音がしたあと、しばらくすると、鼻を突く臭いを放つ霧状の気体が、閉じた扉の下から流れ出てくる。

――

かつて、仔牛の出産や牛を屠る際に日常的に使用していた畜産家の作業用手袋が、血や粘液が付着したために、畜産家の手の形をそのまま残して固まっていた。畜産家の死後何年も経ってから、納屋にぶら下がっているその手袋を息子が発見した。彼は試しに手袋をはめてみた。比較的裕福で、机に座って自由な仕事をしている彼の手は柔らかかったが、その手はぴったりその手袋に収まった。

――

その女性は、外の様子を見るために窓際へ行くとき、夫の部分が切り取られて、彼女と子どもたちだけが写った写真を『哀愁の花びら』[2]の栞に使う。

――

彼の子どもは、そうした方が面白いので、父親のトランプにエースとキングを余分に加えた。父親は知らずにそのトランプをゲームに使ったが、その際、いかさまをしたと言われて散々殴られた。金曜の夜は、ギャンブルではなく遅くまで働いていると妻に言っていたので、殴られたことについて嘘の説明を妻にしなければならなかった。妻は、夫は以前ギャンブル依存症だったが、「ギャンブル依存症支援団体」の力を借りて今では依存症を克服したと信じていた。しかし、彼が口にしていたこととは違って、彼は「ギャンブル依存症支援団体」の活動に参加したことはなかった。

電線からスニーカーがぶら下がっている。一人の少年の壊れた眼鏡のレンズが片方ずつ、スニーカーのつま先に押し込まれていた。

検査のために尿を採取してあったが、医師との診断予約がキャンセルされ、それは冷蔵庫の奥に忘れ去られている。

不揃いな生け垣。

雹。

――

ピードモントにある「退職婦人の会」が七つ子のために帽子を七つ編んだ。七人のうちの二人は出産後間もなく亡くなった。一人は大人になって、中西部の小さな都市で毎日夜のニュース番組を担当した。しかしある晩、スタジオの外でナイフを振り回したストーカーに襲われ、生涯治ることのない傷を顔に負い、次のシーズンは契約を更新してもらえなかった。雇用主によると、「あらゆる部門で人員を削減している」ということだった。その後の訴訟で大金持ちになった彼女は、亡くなった姉妹の名前で、ジャーナリズムのための奨学金を寄附した。残りのうちの二人は、双子や三つ子を持つ親のためのさまざまな玩具、家具、マルチメディア娯楽商品を開発し販売した。その中には、「ＢＡＢＹ」というロゴのついたＴシャツに、好きな数だけ矢印をアイロンで付けたり剥がしたりできるキットもあった。彼らは、出産後亡くなった姉妹など最初から存在しないと主張した。別の一人は、被害妄想を抱えて成長し、自分の兄弟姉妹が大量殺戮されると思い込んでいた。彼は、いわゆる「ピードモントの五つ子」としての成長過程を綴った手記のおかげで、しばらくのあいだ有名になった。その手記の中で、自分が他の兄弟姉妹から酷い虐待を受けたと主張し、亡くなった二人の姉妹が守護天使となって彼の辛い時期を見守ってくれたが、ほとんど何の救いにもならなかったという妄想を語っていた。最後の一人は、視聴者参加型深夜ラジオ番組の性問題専門の精神科医になった。彼女は、母親が亡くなったとき、両親の家の屋根裏で帽子を発見し、そこには、亡くなった姉妹が短い間だったが被っていた帽子もあった。彼女は、亡くなった姉妹のことを伝える新聞の切り抜きを今でも持っていたが、どの帽子が亡くなった姉妹のものか分からず、すべての帽子の匂いを嗅いだうえ、一つ一つの帽子を胸に抱きしめた。

―

眼鏡のレンズには、埃が分厚くこびりついているが、私はそれに慣れてしまって気づかなくなっているようだ。しかしいつもの癖でレンズの埃を拭き取ると、新しい世界が明確に出現し、その世界は詳細で具体的な事物に溢れていた。しかしその新奇さと明瞭さは、五分も経たないうちに完全に忘れ去られる。

―

署名された文字は、病のせいで判読できないほど乱れていた。

訳注

［1］プロテスタントの諸教会で、幼児洗礼を受けた者が、自己の信仰告白をして教会の正会員となる儀式。信仰告白式。

［2］原文は“*Valley of the Dolls*”。一九六七年のアメリカの映画。監督はマーク・ロブンソン。

ウェバーの頭部

僕が出した広告に最初に連絡してきたのはジョン・ウェバーだった。彼はなで肩で背が高く、丸顔で、巻き毛が後退し始めた、のんびりした感じの落ち着いた雰囲気の男性だった。僕が部屋を案内している間、彼は、残りの人生は世界中のあらゆることを喜んで受け入れ同意するかのように絶え間なく頷いていた。そのときは、そういった姿勢が良い前兆のように思われた。そこで、他のルームメイトを探すのも面倒だったし、別の人と交渉するのも気が進まなかったので、気に入ってもらえたのなら決めてもらって構わないと言って、小切手を受け取った。

翌日、十月後半で気温は四度くらいであるにもかかわらず、髪がくしゃくしゃで、ハイキング用の半ズボンを穿いた顔色のよくない女性に手伝ってもらって、彼が引っ越してきた。女性は笑うこともなく、段ボール箱を慣れた手つきで玄関に運び、ウェバーは、自分の部屋で箱の中身を出していた。僕は女性に「手伝おうか？」と訊ねた。

「結構よ」と彼女は言った。

「本当に？」。僕は、正午にやってくるバスを待つこと以外することがなかった。

彼女は、髪が顔にかかって、激しく首を振るだけで、僕の問いには答えなかった。僕は自分のコーヒーと雑誌に集中することにして、彼女のことはそっとしておいた。

その夜、僕が仕事から帰ってくると、ジョン・ウェバーがエプロンを腰に巻いてキッチンに一人で立っていた。コンロの上では、様々なものがしゅーしゅーと音を立て泡を噴き出していた。彼は、フライ返しを使って、こちらに来るよう合図をした。テーブルには、ランチョンマットが二枚——彼のものに違いない。というのも、僕はランチョンマットを所有していたことがないからだ——と、水とワイン用のグラスがそれぞれ用意してあった。きちんと折り畳まれた布ナプキンの上には、見覚えのないナイフやフォーク類が並べられていた。それらはきらきら光っていてずしりと重かった。

「お客さんでも来るのかい?」。僕は、その日の朝見かけた女性のことを考えていた。

「いいや。ルームメイトだけだよ!」

彼はにっこり笑って、僕の反応を待った。

「ルームメイトって、僕のこと?」

「君は唯一のルームメイトじゃないか!」と言って、彼は笑った。「さあ、楽にしてくれよ!」

彼は忙しそうに動き回っていた。僕のために椅子を引き、僕の手からブリーフケースを取り上げると、後ろの床の上に置いた。そして、「赤それとも白?」と言った。

僕はテーブルを見て、それから彼をもう一度見た。「えっ?」

「赤それとも白?」

「ええっと・・・」

彼は、少し飛び出た大きな灰色の目をおどけてくりくり回し、カウンターの方をジェスチャーで示した。そこには、コルクの抜かれていない二本のワインが置いてあった。そのうちの一本――白ワイン――は、石でできた円筒形のボトルクーラーに入っていた。冷凍庫に保存しておくタイプのものだ。僕は、料理の必需品カタログ以外でそれを見たのは初めてだし、誰かがそれを現実に所有しているとは考えたこともなかった。

「じゃあ・・・赤で」と僕は言った。

「本当に白でなくて？」

「うん」

「でも、白は一度開けるとダメになるのが速いんだ」

「申し訳ない。でも、白ワインを飲むと頭が痛くなるんだ」と僕は言った。

彼はまた目をくりくり回したが、今度はおどけてはいなかった。そして、カウンターからそれをつかみ取ると、かちゃんという音とともに冷蔵庫にしまい、ボトルクーラーは冷凍庫にしまった。彼は、不必要に急いで僕に赤ワインを注いだ。テーブルクロスの上に少しワインがこぼれた。テーブルクロスも彼のものに違いない。

一分ほどして彼は、「今日はどうだった？」と声をかけてきた。腕は、鍋やフライパンの上を忙しく動き回っていたので、背中をこちらに向けたままだった。

「まああだね」と言って、僕はワインを一口飲んだ。それは、自分がいつも飲む妙な臭いのする安物ではなかった。「君の方はどうだった？」

「最高さ！　ここに越してきて良かったよ」

「部屋は片付いたかい？」

「もちろん！」。彼はコンロの火を一つずつ消し、陶器の皿に一組ずつ料理を盛りつけた。「僕は、あまり物を持ってないんだ」と彼は続けた。「所有することにあまり関心がないって言うのかな」

「でも、ナプキンやランチョンマットやテーブルクロスなんかはどうなんだ？」

「ああ、あれは人からもらったものなんだ」

彼は大げさな身振りでエプロンを外すと、壁に取り付けたフックに引っ掛けた。壁のフックは、この目的のために、明らかにそこに取り付けられたものに違いなかった。これに対して家主は、いつか必ず二十ドルを保証金から差し引くに違いない。ジョン・ウェバーは、皿二枚を高く持ち上げると、軽やかにそれをランチョンマットの上に置いた。そして、同じような動きで席につくと、僕に向かってにこりとし、僕の反応を待った。

目の前には、角切りトマトにオニオン、そしてローズマリーを使った手作りのソースが全面にかかった素晴らしいラムチョップに、炙った少しの新ジャガイモにアスパラガスの芽が何本か添えられたものが用意されていた。見事な料理だった。しかしテーブルの向かいから、料理を切り裂き、口元をぴちゃぴちゃさせる音が聞こえてくると、料理を見ながらがっかりした気持ちになった。ジョン・ウェバーが料理をがつがつ口にする姿はちょっとしたものだった。ラムチョップの肉片を歯で引き剥がし、アスパラガスの芽は折り畳んで丸ごと口の中に放り込んでいた。顎がかちかちと音を立て、その度にその部分が盛り上がった。彼はがさつな人物ではなかった――それどころか、口元の周辺を絶えずナプキンで拭っていた――しかし、熱心に食事を口にする彼の姿は、まだぴくぴく動いているシマウマに覆いかぶさって、やっと手に入れたご馳走に噛みついているハイエナを思い起こさせた。僕は落ち着かない気持ちになって、できるだけ音を立てないようにした。

「ねえ」と彼は言った。瞳孔が開き、肩が微かに上下に動いていた。「どうかしたのかい？」

「ジョン」と僕は言った。「申し訳ないんだけど、僕はもう食事を済ませたんだ」

フォークがゆっくりと皿の上に下ろされた。

「なぜ言わなかったんだ？」と彼は理由を知りたがった。

「君が既に料理をし始めていたから」

「電話することだってできただろ？」

「ジョン」と、傷つき怒った彼の目を見て僕は言った。「僕は君のことをまだよく知らないんだ。今朝引っ越してきたばかりなんだぜ。君が僕のために食事を作ってるなんてどうして分かるんだ？」

彼は顔の前で手を振って質問を無視した。「僕たちはルームメイトだ。お互いに多少の敬意は示さなきゃ」

僕はその場で彼を追い出すべきだった。でも、しなかった。そんなことできるはずがない。人は、夕食を作ってくれた人を追い出したりはしない。しかも、僕は小切手を既に現金に換えてしまったのだ。

「分かった。すまなかった」と言い、僕はナイフとフォークを使って残りの作業に取り掛かった。

——

僕たちのアパートは、山の麓に立って——というか、横たわって——いた。六部屋が隣接する平屋だった。そのうちの四部屋は一列に並んでいたが、残りの二部屋は、山から突き出た岩を避けるために向きが違っていた。僕たちの部屋は、その向きが違う二部屋のうちの一つだった。後ろの窓は山から突き出た岩に面していた。そのため、真夏でも、午後三時頃にならないとまったく陽が射さなかった。

山は「マウント・ピーク」と呼ばれていた——山の名前としては最低だ。頂上と言えるものさえなく、頂上付近は丸くなっていた。それは、ロッキー山脈西側の丘陵地帯の一部にあった。これだけを聞くととても良い所のように聞こえるが、実際は、あらゆる意味でマウント・ピークは最低の山だった。南側の三分の一は高速道路建設のために完全に切り崩され、西側は木が伐採されて山肌が見え雑草が生えていた。北側には、途中で建設が放置された公営住宅が突き出していた。さらに、僕たちのアパートのうえ百フィート付近に、地元の高校生が、白く塗った石に「B－E－A－V－E－R－S」とマスコット名を書いて並べていたのだが、そのうちの幾つかが毎週転げ落ちてきて、家の裏の壁にぶつかった。時には、そのうちの一つが木の切り株にはね返って窓ガラスを割ることもあった。

野生動物は痩せていて、何かの病気に罹っているようだった。ヘラジカが、当惑した表情で朝、駐車場に立っているのをよく見かけた。幸運にももし車を所有していたら、クラクションを鳴らしてヘラジカを追い払うことになる。僕たちは一度、玄関の入口でオオツノヒツジが死んでいるのを見つけたことがある。またある時は、様子のおかしい痩せこけたマウントライオンが唸り声を上げて入口の外に立っていたので、食事のデートを取り止めなければならないことがあった。

「僕たち」というのは、ジョン・ウェバーと僕のことではなく、ルパータと僕のことだ。ルパータは僕の彼女だったが、僕たちにはセックス上の問題――具体的には、それをしないという問題――があり、彼女は僕のもとを去った。悪いのは僕だった。もうセックスはしたくなかった。僕がしたかったのは、電車関係について集めた本を読み、気に入ればそれらを再読することだった。ルパータと一緒に五年前にこの場所を借りることになったのは、僕の電車への関心からだった。山の南端に歩いていけば、素晴らしい線路の光景を眼下に見ることができた。しかし、僕たちが引っ越してきて数か月すると、その線路を使っていた唯一の運輸会社が廃業し、線路は荒れ果てた。

正直なところ、自分でもどうなってしまったのかよく分からない。少しゆっくりしたかったのだと思う。土地利用の法律と環境について大学院で学ぶためにこの町に引っ越してきたのだが、その気持ちを失ってしまったようだ。確かに、そのテーマは自分でもあまり面白いとは思わなかった。分厚い退屈な本を大量に読み、様々な牧場が小川の流れをどのように変えたかを調べるために現地調査にも行った。そしてある日、夏のインターンシップの一環として有刺鉄線の網を調べているとき、谷底に落ちて腕の骨を折った。退院したとき、大学院に戻る気持ちを完全に失っていた。そして、ルパータがセックスを望んでも、僕はそれを断り始めた。彼女は長い間それに耐えてくれた。そして、その物分かりの良さのために、彼女への敬意を完全に失うことになった。しかし、彼女が去った瞬間、彼女への敬意が戻ってきて、彼女のことがとても恋しくなった。

大学院を退学してから、狩猟や環境保護活動用の装備を紹介するニューズレターの編集に時給八ドルで携わっていた。仕事には一週間に三時間くらいしか必要としなかったので、それ以外の時間は仕事をしている振りをしながら、いろんな名前を使ってインターネットの掲示板に投稿していた。編み物や菜食主義、サッカーやスクラップブック製作、犬のグルーミングについて一日中チャットをしていた。それらの話題について自分は何も知らなかったし、関心もなかった。自分が最低の人間になったように感じ、三十二歳で既に、自分が長年老人であったかのように感じた。山が崩れて自分を押し潰す以外に、自分で作り上げた人生から抜け出す道が見えなくなっていた。

――

ウェバーも恐らく三十歳前後だと思う。ガールフレンドのサンディは四十歳近くに見えた。「正確に」と言われれば四十二歳というところだろう。彼女は週に二回、ウェバーの部屋で夜を過ごした。部屋の中ではニューエイジ系のハープのＣＤが用意されていて、一晩中繰り返し再生されていた。「深夜零時を過ぎたら音楽を止めてくれないか」と僕がウェバーに頼むと、彼は笑って「もちろん無理だよ！」と言った。

「なぜ無理なんだ？　眠れないんだよ」

「でも、サンディはその音楽を聴かないと眠れないんだ」

「でも、サンディはここに住んでいるのではなく、ここに住んでいるのは僕だ」

「サンディは客なんだぜ」と彼は言って首を振った。「君にはがっかりしたよ。客をどうもてなすかも分かってないんだね。少しは恥を知るといい」

実のところ、僕はかなりの時間をサンディと二人で過ごすことになった。というのも、彼女が泊まった翌朝は、ウェバーが遅くまで寝ていたからだ――何を勉強しているのか知らないけれど、ウェバーは実はまだ学生だった——そしてサンディは、僕と同じように、朝早く起きる人だった。僕と彼女はテーブルに向かい合って座り、巨大なマグカップから二人でコーヒーを飲んでいた。僕の前には新聞が置いてあったが、彼女の前には何もなかった。彼女は、疲れて嗄れた声で謎めいた発言をした。

「ジョンはコーヒーが好きじゃないのよ」

「この近くに核ミサイルがあるのよ。知らなかったと思うけど」

「ジョンは以前、自転車の競技選手だったの」

「魚を食べるとある種の病気になるのよ」

秋も深まったある朝、彼女は信じられないようなことを言った。「ジョンは天才よ」

僕は訊かずにはいられなかった。「天才?」

干し草のスカートのような髪型の奥で、彼女の顎が微かに頷いたように見えた。

「何の天才なんだい?」

「芸術よ」と彼女は答えた。

「芸術?」

「彫刻。彼は彫刻家なの」

「思いもしなかった」

髪の奥で彼女がどういう目つきをしているのかはよく見えなかったが、こちらを睨んでいるような気がした。二人でしばらくコーヒーを飲んでいた。

「そんなことも分からないの」とサンディは言った。


ウェバーが自分の部屋でどういうタイプの彫刻に取り組んでいるのか正確に分かるまで一週間かかった。彼は、何度か部屋に招待してくれたのだが、大抵それは、彼が大層気に入っている酷い歌を僕に聞かせるためだった。

「ねえ、こっちに来てこれを聴いてくれよ！」

「ここからでも聴こえるよ」と、僕はリビングから答えた。

「いや、それじゃ駄目なんだ。全音域を聴く必要があるんだ」

「ジョン、ここにいても十分、そっちでもっとよく聴きたいと思わないことが分かるくらい聴こえるよ」

深く傷ついたことを示す一瞬の沈黙のあと、彼は苦痛の表情を浮かべて部屋から出てきた。「君は、これが気に入らないと言うのか？」

「うん」

「どうすればこれを好きになれないという気持ちになれるんだ？」と言って、彼は自分の部屋の方を示した。

「まずそれを聴く、そしてそれについての自分の気持ちを考える、そして『好きではない』と判断するんだ」

あるとき、こういう状況で彼が言った。「ねえ。君が僕の音楽を聴こうとしないとき、僕は本当に傷つくんだ」

そのとき僕は、『アメリカ北東部狭軌道路線』の読みかけの頁に定期購読用はがきを注意深く挟み、雑誌を置いて言った。「一、ジョン、それは君の曲じゃない。君はそれを作曲もしていないし、演奏もしていない。それは、たまたま君が気に入った他人の曲だ。二、僕たちは同じものを好きになる必要はない。僕が、君に電車の写真を見るよう誘い続けているか？」

「いいや。でも君はたぶんそうするべきなんだ」。そう言って彼は痩せた胸の前でそばかすのある腕を組んだ。「電車は素晴らしいよ。僕は電車が好きだ。君の持っているものをもっと見せてくれよ」

「見せたくないんだ」

「そうだろ！　そこが問題なんだよ！　僕たちはカウンセリングか何かを受けるべきだと思うんだ」

「ルームメイトカウンセラーか？」

「人間関係カウンセラーだよ」

「僕たちは特別な人間関係じゃないよ」

「僕たちはルームメイト関係じゃないか」

このような感じで話が進むので、僕は、ウェバー個人の心の闇におびき寄せられないように注意した。それは既に、注目と承認を絶え間なく要求する形で、アパートの他の領域に十分に侵食し始めていた。しかし、彼の提案を拒否したことが気に入らないらしく、彼は僕の本を借り始めた。ある日の夜、仕事から帰って食事を済まし（ウェバーに食事の準備をすることを止めさせることには成功したが、僕に食事を作ると言って食材費を請求することは止められなかった）、シャワーを浴び、パジャマに着替えて電車の大型本を持ってベッドに横になると、ジョン・ウェバーが入ってきた。

「やあ」

「何だよ、ジョン」

彼は部屋に入ってくると僕の布団の端に座った。それは、ルパータがベッドを持って出ていって以来、部屋の隅の床の上に敷いたままになっていた。僕は急いで脚を引っ込め、ベッドカバーを胸まで引き上げた。

「本を返しにきたんだ」と言って、『鉄道旅行における新革命――一九八二年から一九九二年』を差し出した。

「これをどこで手に入れたんだ？」

「借りたんだよ」

「どこから？」

「そこに決まってるだろ」と言って、彼は、部屋の壁全面を覆っている手作りの本棚の一つを指した。本棚は大きく下に撓んでいた。

「部屋に入って僕の本を持っていったのか？」

「持っていったんじゃなくて、借りたんだよ。その二つは違うだろ」

僕は、持っていくことと借りることの違いについて正確に議論し、彼が行ったのはどちらであったかをはっきりさせたい気持ちに強く駆られたが、それと同時に、彼にはすぐに部屋から出ていってもらいたかった。僕は一瞬、矛盾するこの二つの衝動の間で宙ぶらりんになり、その無重力状態の中で、恐ろしい可能性の存在を感じていた。それは、ジョン・ウェバーのある種の屈折した無頓着性と頑迷性は実に根深いということだった。彼にとってはそれは実質を伴うものだったが、僕には永遠に手に入れることができないものであった。僕は胸が締めつけられ、諦めざるを得なかった。僕は「どうも」と言って、彼が部屋を出ていくまで、彼をじっと強く睨みつづけた。

しかし次の日の夜、ウェバーがサンディのところへ出かけているとき、ある放浪口述史の本を探したが見つからなかった。ウェバーが自室に持っていったに違いない。そこで彼の部屋のドアを勢いよく開け、中に入って、妙なところに設置された――ドアから二フィート離れていて、約九インチ高過ぎる――照明のスイッチを慣れた手つきでオンにした。ルパータがその部屋をオフィスとして使っていたので、スイッチの場所ははっきりと覚えていた。ところがそのとき、ウェバーはサンディのところにいたのではなかった――彼はまさに、自分の部屋にいたのだ。但し、顔色は濃淡の無い均一な灰色で、首から下が無かった。

言うまでもなく僕は叫び声を上げた。恐らく皆さんも同じことをされるのではないかと思う。今思い出しても叫びたくなる。ウェバーの頭部が、部屋の隅にある小型の箪笥の上に置かれていたのだ。それはまさに、そこから首が伸びているように見えた。頭部は工作用粘土でできていた。ジョン・ウェバーは彫刻家なのだ。頭部は実物サイズで、がっしりとした首の上に乗っかっていた。そしてその首は、本来なら肩になる部分に向かって太くなるはずだったが、実際にはそれは、箪笥の上に大きく広がった粘土が固まったものだった。そしてそれが、箪笥の両側から部分的に垂れ下がっていた。その頭部は本物そっくりで、恐怖を感じるほどだった。広がった鼻の穴、僅かに非対称な耳、形のはっきりしない顎――すべてが完璧だった。その頭部は見事な出来ばえで、本物のジョン・ウェバーにあることは知っていたが、気づいてはいなかった細部――目の周りの皺、額のぶつぶつ、歯並びの悪さ――まで再現されていた。それは本物が持つあの微妙な笑み――無邪気さと狡猾さ、聡明さと愚劣さ、余裕と切迫感を併せ持つ――あの不快な薄ら笑いさえ正確に再現されていた。

どのようにしてジョン・ウェバーは、自分のことをあれほど明瞭に理解することができたのだろう？　彼は僕が今までに出会った中で洞察力というものから最も遠い人物だった。もちろん、彼には自己陶酔的に壮大に自分を英雄視するところがあり、恐らくはそれが、先に抱いた疑問の答えなのかもしれない。頭部の片側の壁には一フィート四方の正方形の鏡が取り付けてあり、明らかに彼は、それを見ながら創作に励んでいるのだ。彼が僕を部屋に誘う本当の理由はこれに違いないと思った。音楽は単なる言い訳に過ぎない。彼は僕にこの頭部を見て——つまり称賛して——欲しかったのだ。

次の日の朝遅く彼が帰ってきたとき、彼の隠れた才能を見落としたのはどうしてなのかを知るために、いつもより注意深く彼を観察した。彼は、いつも以上に僕が彼に関心を持っていることに気づいたのか、饒舌だった。

「昨夜は楽しかったかい？」と彼が訊いた。

それを聞いて僕は少しびっくりした。ひょっとして彼は僕が彼の部屋に入ったことを知っているのではないだろうか？　彼の部屋に入ったことを僕は反省していた。というのも、探していた放浪口述史の本を自分の布団の隅で見つけたからだ。「まあね」と僕は注意深く答えた。「君は？」

「う～ん」。少し悲しそうな振りをして彼は答えた。「まあまあだね」

「何かあったのかい？」

答える前に何か考えている振りをして、彼は大きく息を吐いた。「一つ訊いていいかな？」

「いいよ・・・」

「サンディのことをどう思う?」

「う~ん・・・とてもいい子・・・だと思うよ」

「そりゃ、もちろんいい子だよ。とてもいい子さ。訊きたかったのは・・・僕たちはあまり相性が良くないんじゃないかって思うんだ」

「どう悪いんだ?」

僕はソファに一人で座っていたが、ウェバーが横にやってきてどっかりと腰を下ろすと、片方の脚をもう片方の脚の上に振り上げた。彼はファスナーの付いた分厚いフリースを着て、サンディと同様、ポケットのたくさん付いたカーキ色の季節外れな半ズボンを穿いていた。

「まあ、一つは年齢だね」

僕は肩をすくめた。「彼女はそんなに年上じゃないさ」

「年下だろ。君が言いたいのは、僕はそんなに年上じゃないってことだろ。でも、実はそうなんだ。つまり、彼女は僕のことを相談相手か何かだと思ってるんだ。分かるだろ? 僕は彼女より何倍も才能があって大人なんだ。まるで彼女の父親みたいに。もしかしたら、彼女の父親にはまったく似ていなくて、彼女にとってのもう一人の父親なのかもしれない」

「それで、実際彼女は幾つなんだ?」

「十九歳」

僕は呆然と見つめるしかなかった。

「分かるよ。まるで幼児性愛だって言うんだろ？」。今では彼は立ち上がり、目の前を行ったり来たりしていた。「彼女の両親は本当に僕のことを嫌ってるのさ。僕が彼女を堕落させてるとか何とか思ってるのさ。そんなのまったくおかしいんだよ。だって、僕は婚前セックスさえするべきではないと思ってるんだよ」

「本当か？」と僕は言った。

ウェバーは笑った。「もちろん本当さ。気は確かかい？　あれこそ破滅に至る第一歩なんだよ。これはまったくプライベートな秘密だから、僕がこれをしゃべったって彼女に言わないで欲しいんだけど、サンディはまったく処女なんかじゃないんだ。それで、明らかに彼女の両親はそのことを知らないんだけど、そこがまったくおかしいんだよ。僕は彼女を真っ当な道から外れないようにしてるんだ。それを堕落せてるだなんて！」

「そりゃ」

「でも僕は気にならないんだ。過去にセックスの経験があるとか。それでも彼女のことを立派だと思っているし。何て言ったらいいのかな・・・彼女はキスやセックスなんかをしたがるんだけど・・・たぶんそういうのに慣れてるんだと思うんだけど、今それをすると、この父娘的関係のために、まるで自分の娘にそんなことをしている気になるだろ。実際の父親という意味ではなくて、もう一人の父親っていう意味だけど」と、彼は自分で自分を訂正した。

「キスもしてないのか？」

「頬だけなら」。彼は顔を赤くした。「首付近にも」

それ以上はなしを聞きたくなかったので、僕は立ち上がった。「仕事に行かなきゃ」と言った。

「まだいいじゃないか。まだ十時半だよ」

「ちょっと用事を済まさなきゃいけないんだ」

「次のバスまでまだ三十分もあるぜ」

「町まで歩いていくんだ」

彼は眉をつり上げた。「歩いていく？　それはいい。僕も一緒にいくよ」。彼はコート掛けに行ってジャケットを着た。「新鮮な空気を吸って、頭の中から余計なものを払い除けなきゃ」

彼が「頭」と言ったとき、彼はそこに微かに特別な意味を込めたのだろうか？　そうに違いないと僕は思った。町までの二マイルを歩きたいわけではなかった。ましてや、ジョン・ウェバーと一緒になんて論外だった。しかし、結局のところそうしないわけにはいかなかった。でも今考えると、結果的にはそれでよかった。なぜなら、ルパータにばったり出会ったからだ。ウェバーからできるだけ早く逃れるために、用事がある振りをして、通りで最初に見つけた小売店に入った。それは町の外れにある「釣り・狩猟用具店」だった。

「ここに何の用があるんだ？」と彼は知りたがった。

「丈夫な糸が要るんだ、釣り用の。いろんなものを吊っとくために」

ウェバーはたじろいだようだった。「それじゃあ、僕は中に入るのをやめとくよ」

「オーケー」と、僕は少しばかり嬉しそうに言ってしまった。

「動物を殺すのは良くないと思うんだ」と彼は言った。「だからここは、動物殺傷用具店だよね、言ってみれば」

僕は思わず次のように言わずにいられなかった。「でも・・・君は肉を食べないのか？」

彼は鼻で笑って言った。「ええ、まあ、でもそれは別だろ。あれは食肉用の動物で、こっちは野生の動物じゃないか」

彼のことを羨ましく思わないと言えばそれは恐らく嘘だ。僕も彼の持つ能力が欲しかった。自分の都合に合わせて世界を作り変える能力だ。あるいは、僕が本当に羨ましく思っているのは、彼の理念なのかもしれない。つまり、彼には原理原則があるということだ。とにかく、僕は彼を憎んだ。

僕は、「じゃあ、ここで」と言って、彼の状況認識不全をそのまま放置してその場を去った。そして店の中に入り、町に向かって俯きかげんでとぼとぼ歩いていく彼の後ろ姿を店の窓から眺めていた。振り返ると、カウンターの後ろにルパータがいた。

「あなた、ここで何してるの？」

「君ここで何をしてるんだい？」

彼女は肩をすくめて、「バーニースに首にされたのよ」。バーニースは彼女の前の上司だ。ルパータが切り盛りしていた仕出し会社のオーナーである。「理由も無しによ！　夜中に私が窓から彼女のことを密かに監視してるって言うのよ。もちろん、そんなことしてないわよ。彼女は従業員の半分を首にしたの。年が明けるまでには会社は倒産し、聖燭祭[1]までには精神病院行きだわ。あの大きな人は誰？」

僕は全力でウェバーのことを説明し、例の頭部のことを彼女に話した。彼女は顔を引きつらせて笑いながら頷いた。僕は彼女のことを愛していた。その点については、僕はかなり前進したのではないかと思う。

「まだあの電車の本、読んでるの？」

「いいや。なんだか興味がなくなったんだ」と僕は答えた。

「ふうん。じゃあ、またね」

店を出るつもりはなかったが、彼女に「じゃあ」と言って、町まで歩いていった。

——

それから二週間、僕は、痩せ細ったふしだらな十代のセックス依存症の家でウェバーが夜を過ごしてくれないかと毎日願った。そうすれば、彼の部屋をじっくり物色できるからだ。その夜がやってくると、僕は彼の持ち物を部屋の隅々まで漁った。最初は注意深くしていたが、最後の方はやけくそになった。部屋からは興味を引くもの――思春期の様々な女の子から送られたラブレター（うんざりするが、それらはウェバー自身も十代の頃に書かれたものらしかった）、ウェバーと数人が一緒に写ったパーティの写真（ウェバーだけが素面のようだった）、彫刻技術に関する書籍が数冊（不思議なことに、それらは一度も開けられたことがないように見えた）が予想以上に出てきた。まだら模様のビロード地が内側に貼られたネイティブアメリカン調の木彫りの箱には、半年前に使用期限が過ぎたゼリー剤付き精子殺傷コンドームのアルミ袋が一つ入っていた。それを見たとき、ちょっと大笑いをせずにはいられなかった。しかしすぐに、ガールフレンドがいるのはウェバーであって自分ではないことを思い出した。苦い屈辱感を味わって僕は唇を舐めた。

一方、頭部の方には進展があった。それはさらに不気味さを増していた。まさに・・・生きているかのように、生命力を宿していた。ウェバーが頭部の向きを変えていたので、今それはマウント・ピークの方を向いていた。そこにはまるで、頭部と山が協定を結んだかのように、山に対する敬意と称賛、そして少なくない皮肉が込められていた。本物のジョン・ウェバーの顔にある染みやそばかすが、彫刻の表面を微かに盛り上げたりへこませたりして再現されていた。その単色の起伏には見事なリアリティがあり、僕は触らずにはいられなかった。ウェバーが使っている変光性ランプの強い光の中で、自分の指紋が頭部の表面に微かに跡を残し、ウェバーのそれと混ざったのが分かった。僕はルパータのことを想い、めそめそと泣き声を立てた。

ルパータのことは話しただろうか？　まだ話してないと思う。ルパータは、魅力的な丸を巧みに配置したような女性だった。丸い大きな眼鏡を通して見える丸い大きな目、そして、丸括弧のような黒い髪に丸々としたメロンのような顔が囲まれていた。言わば、ボールとボールがくっついたような身体をしているのだ。雪だるまのような体型をイメージしてもらうといいと思う。彼女は僕のタイプだった――まさに、完璧な理想の具象化だった。今では、動物殺傷用具店の前を通るために、僕は毎日町まで歩いていっていた。そうすれば、毎日店内で彼女と短い話ができるし、そうすることで、自分が魅力的で立派な人生を送っているという手の込んだ幻想を構築できるからだ。彼女はライフルの撃ち方とマス釣りの毛針の付け方を学び、そういったことが大好きだと言い、「あなたはどう？」と訊いた。僕は「僕も大好きだよ」と答えたが、そう言ったとき、それが本当のことになった。僕は人生のやり直しと和解の可能性を感じた。職場への残りの道を、涙を流しながら歩く日もあった。

一方、ジョン・ウェバーの様子がおかしかった。僕の存在にまったく気づかないような時もあった。ある日の朝彼は、キッチンテーブルに座って窓の外の山をじっと眺めていた。そのとき、隣の部屋で、彼の頭部がまったく同じことをしているのを思い出した。

「どうしたんだ、ジョン？」と僕は声をかけた。

「何もないよ」と彼は答えた。

僕はどうしていいか分からず、そこに立ったままでいた。ジョンは、話をする機会を拒否したのだろうか？　彼はひどく浮かない顔をしていた。それとも・・・深刻な何かが。

「ねえ、どうしたんだ？」と僕は再び訊ねた。

彼はゆっくりと僕の方を振り向き、僕がどんな人物なのか、これから彼が話すことをしゃべっても大丈夫な相手なのか見定めるように僕を見つめた。しばらくして、彼は結論を出した。

「実は、本当のことを言うと、君について確信が持てなかったんだ。君はちょっと自己陶酔的なところがあるだろ。でも、僕たちは本当の友人だよね？」

「もちろん」。小さな秘密の箱に入れられたコンドームのことを考えて、僕は少し罪悪感に駆られた。

「サンディに結婚の約束をしてもらうことに決めたんだ」

僕は口にしないように努力したが失敗した。「本当か？」

「うん。そして彼女が同意してくれたら、彼女と寝ようと思うんだ」

後悔の波が僕を襲った——彼が次に言うことを聞かないで済むチャンスを永遠に逃してしまったのだ！

ウェバーは明るい表情で言った。「計画を立てたんだ。まず、彼女をハイキングに誘うだろ、マウント・ピークの頂上に。それから、あのビーバー看板のところまでずっと歩いていくんだ。そしてそこで彼女にプロポーズして、彼女がイエスと言ってくれたら、僕たちの家の屋根を指して言うんだ。『あれが見えるかい？　下に降りたらすぐ、あそこで情熱的に愛を確かめるんだ』」

「う〜ん・・・ということは、僕にその場にいないようにしておいて欲しいということかい？」

彼は手を振って答えた。「いや、それは別にいいんだ。その方がよければ家にいてくれ。とにかく、それから僕たちはビーバー看板のところから白い石を拾ってきて、家に持ち帰って、愛を確かめている間、それをベッドの横に置いておくんだ。それが僕の立てた計画だよ」

「石なら家の裏に山積みになってるよ」と僕は指摘した。

「君、大切なのは石じゃないんだ。石を手に入れるために出かけていくことが大切なんだ」と彼は言った。

「なるほど」

「彼女のためにもう一つ用意しているものがあるんだ。とても特別なものを作ってるんだよ」と、暗い気持ちはどこかに飛んでいってしまったかのように彼は言った。

「それは凄い」

「見てみたいかい？」

「それは、君と彼女の二人だけのものじゃないのかい？」

「それはその通りだ。それを君に見せるわけにはいかない。何を考えていたんだろう？　それは純粋でなければいけないんだ。今までにそれを見たのは僕だけだし、それを創作した者を除けば、それを最初に見るのは彼女であるべきなんだ」

「とてもロマンチックだ」と僕は言った。

今や彼は陶酔状態にあった。「本当か？　そう思うかい？」。彼は立ち上がった。「ああ、何て素晴らしい。僕は彼女にプロポーズするぞ」。そして、僕が止める前に僕のところにやってきて、両手で僕の身体を抱えた。「ありがとう。君は素晴らしい。君のことを本当に誤解していたよ」

「どういたしまして」と、僕は自信無げに言って、彼の両手から身体を離した。ウェバーは急いでコートを着ると、恐らくは記念すべき日の準備のために、颯爽と部屋から出ていった。

その日はすぐにやってきた。次の土曜日の朝、二人は夜明けとともにハイキングに行くための装備を準備し、数時間後、登山をする恰好で現れた。フリースのジャケット、ファスナー付きポケットがたくさん付いた茶色の半ズボン（それは以前のものよりたくさんポケットの付いた新しいものだった）、合成繊維でできた迷彩色の洒落たブーツ、それとお揃いのリュック——パッドの入った斜め掛け用のストラップが一本付いていた——という出で立ちだった。ウェバーは気分が高揚しているように見え、サンディはどこか懐疑的に見えた。リュックのストラップの幅がとても広く、サンディの小さな乳房のどちらか一方を押しつけるので、彼女は三十秒毎にその位置を調整していた。

「いろいろ用意したんだ」とウェバーが言った。

「そのようだね」と僕は答えた。

「すべては僕たちの特別な日のためなんだ」

サンディが言った。「何がそんなに特別なのか分からないわ」

「すべてだよ」と、彼女の手を取りながらウェバーが言った。「これのすべてが特別なんだ」。サンディが呆れたように目を回すのがちらっと見えた。

彼らはくるっと向きを変え、ドアから出て、山に向かった。しばらくすると、ウェバーが戻ってきた。彼は急いで僕のもとに来ると、両手を私の肩に置いた。オックスフォード地のシャツを通しても、彼の手が湿っているのが分かった。

「帰ってきたときは、僕はもう以前の僕じゃないんだ。そのことを理解しておいて欲しい」

「うん・・・」

「以前のジョン・ウェバーはもう存在しない」。彼の顔は至福に満ちていた。あるいは単に、赤くなっていただけかもしれない。「もう君は僕のアドバイスに頼ることはできないんだ——新しいジョン・ウェバーは今までの自分のすべてを超えた存在になるかもしれない。だから、いま君に言っておきたい——君も変わる必要がある」

「僕が？」

「すべて忘れるんだ。電車やそういったものを。インターネット上の知り合いとか。人生の目的を見つけるんだ。以上」。彼は両手を持ち上げて、それをもう一度僕の肩の上に置いた。今回はちょっと熱が入り過ぎていた。

「君は僕のコンピュータを覗いたのか？」と僕は彼に訊ねた。

しかし彼は頭を横に振るだけだった。本物の頭、つまり、知的に劣る方の頭だ。「じゃあな」と言って彼は出ていった。

前日の夜のことだ。僕は閉店直前に「釣り・狩猟用具店」にぶらっと立ち寄り、ルパータを夕食に誘った。彼女が応じてくれたので、僕たちは彼女の車に乗り、マウント・ピークの東側に向かった。それから、マウント・ピークの双子山の片方であるマウント・クラークの南側を走った。マウント・クラークはマウント・ピークよりはるかに美しかった。目的地は、丸太造りの大きな建物で、そこには「パピーズ・ベストステーキ・グリル」が入っていた。そこでは、金と（もっと重要な）食欲があれば、店の裏に歩いていって、その夜お腹一杯食べたい、オスの放し飼いの仔牛を牧草地から選ぶことができた。その店ではその場で仔牛を屠り、食事が終わると、残りの部分を食用サイズにカットし、白い紙に包んでダンボール箱に入れ、トラックの荷台に積んでくれるのだ。

しかし、その夜僕たちはその選択をしなかった。ルパータは特上リブロース、僕はチキンバーベキューを注文した。

「あなた、私にヒッピー風菜食主義を勧めるつもりじゃないわよね?」と彼女は言った。

「チキンは野菜じゃないよ」と僕は言い返した。

「同じようなものよ」

食事中はあまり話さなかった。食事のあと、終夜営業の射撃場へ行って、アーク灯の照明のもと、ルパータが熱い鉛の弾で人型の標的を穴だらけにするのを見ていた。僕は驚いた——彼女の腕はとても良かった。彼女が撃ち終わったあと、僕たちは車に戻り抱き合った。彼女は太った小さな手を私の股間に置いた。

「これ本物なの?」と彼女はからかった。

「はは!」

「私は上司と何回か寝たのよ」

「そうなのか」と僕は言った。当然僕は、彼女が恋愛関係を求めるだろうとは思っていたけれど、それが現実に起こるとは想像できなかった。自分が情けなかった。

彼女は顔をしかめて、手を戻した。「ああ、前と同じね」

以上が、山を登っていくウェバーとサンディの姿を窓から見ながら、キッチンに座って僕が考えたことだ。僕は啓示や何かスピリチュアルなもののファンではないが、ひと塊になって見分けがつかなくなった毛深いふくらはぎが窓のフレームから消えると、自分の魂の床に底無しの穴が開くのを感じた。そして、もしこの場所をすぐに去らなければ、僕はここで死ぬであろうことを、気分が悪くなるほど強く確信した。そしてジョンは、あの老いた少女と結婚し、この恐ろしい小さな板張りの牢屋に、まるで涎を垂らしたペットか息子のように僕を飼うつもりなのだ。さらに酷い可能性は、サンディが結婚を拒否し、ウェバーと僕の二人だけになることだ。いずれにせよ、僕はウェバーから逃れることができなくなる。彼の執着心は僕の嫌悪感より強力なのだ。彼には生命力があった——彼には生きる悦びがあるのだ。僕にあるのは、列車関連の本のコレクションと威圧的な元ガールフレンドだけだ。

僕についての彼の発言は正しいのかもしれない。

僕はウェバーの部屋に行き、再度彼の所持品を撫で回した。もちろん、そこには僕のものもあった。大したことのない過去の思い出の品が、ダンボールの箱や木箱に詰められて、クローゼットにしまってあった。しかし、僕はそれらのものには何の関心もなかった。というのも、僕は自分の所持品についてよりも、ウェバーの所持品についての方が詳しかったからだ。彼の頭部はまだ台の上に立ってじっと陳腐な山肌を見つめていた。自分にそう見えただけなのかもしれないが、最近それは、今までになく不遜で、嘲笑的で、軽薄に見えた。何が自分に次のような行動を取らせたのか分からないが——自分には珍しいことだが、人格の噴出なのか——手に持っていた州別ポストカードの束を床に捨て、部屋の中を三歩移動し、ウェバーの鼻を親指で潰した。僕は、第三者がそれをするところを目撃したかのようにはっと息を飲んだ。もちろん、ウェバーの顔は台無しになった。顔の中心に指紋の渦巻き模様が残ると、ウェバーの表情に密かに隠されていた陽気なサルの顔が見事に現れた。

やってしまった以上、もうどうでもよくなった。ぜんぶ忘れてしまおう。僕は寝室に走っていき、財布と予備の眼鏡と一足残っていた清潔な靴下をつかんで、コートを羽織りながら玄関に突進した。

しかし、砂利を敷いた駐車場の中央に出る頃には気が変わった。空気は冷たいし、太陽はどこにも見えなかった。そして、気力はすっかり失われていて、その場を去ることもできなかった。やり直すことなんてできる訳がなかった。何を考えていたんだろう？　自分はそういうタイプの人間ではないじゃないか。どちらかと言うと、いろんなことを気にせず、我慢をし、自分の行為の結果を受け入れるタイプの人間のはずだ。もしかしたら、鼻の形を直すことができるかもしれない。僕は振り向き、大きく息を吸い込んで、玄関に向かって一歩を踏み出した。

ごろごろと音がした。雷の――もしくは、大型トレーラーが高速道路を走り抜ける音かなと思った。胃や腸でその音を感じたので、それは雷やトレーラーではない何か別の音だと分かった。低音で経験したことのない恐ろしい音だ。

その瞬間、まばらになった毛を逆立てて、何十頭もの動物――リス、シカ、エルク、ライチョウ、イワシャコ、そして、全速で駆けるヘラジカとアンデスネコが一匹ずつ――が、僕たちの家の両側にわっと押し寄せ、まるで僕が木か岩であるかのようにそばを走り抜けた。僕は自分が何を見ているのか理解できなかった。動物たちが逃げ出し、ごろごろという音がその激しさを増していった。上を見ると雪崩が発生し、山を洗い流すかのように白い雪煙が急速に迫ってくるのが分かった。まるで、シシュポス少年[2]の何十年もの野心が、ようやくテクストの横暴から解き放たれたかのように、大量の岩が転げ落ちてきた。ビーバーの看板は壊れ、激しく転げ落ちていた。

音を立てて岩が山の岩肌を転げ落ち、小さくてみすぼらしい僕たちのアパートを埋めたこの恐ろしい瞬間に、百回もの人生が——とにかく、僕の百回の人生は、他人に行ったすべての善行にもかかわらず一秒で生きられたようなものだ——過ぎ去ったのかもしれない。恐らく、「埋めた」と言うのは正しくない。「壊滅させた」と言うのがより事実に近いと思う。僕たちの部屋——と言うより、すべての部屋——が押し潰された。雪崩は僕の足元で止まり、信じ難いことだが、磁力の反作用でできたような半円形のスペースに足が囲まれていた。僕は、埃まみれの廃墟に目をぱちぱちさせながら、そこに立ちつくしていた。

もちろん、訴訟が起きるだろう、大量の。辞職や釈明があり、選挙が行われ、勧告が出され、家主は逃げ、「遊休土地活用委員会」が発足し、高校はスクールマスコットの名前を変えるに違いない。そしてしばらくすると、瓦礫の中からウェバーとガールフレンドの遺体が見つかるのだ。そして、彼女の折れた指には婚約指輪がはめられている。言うまでもなく、最後のこの小さな事実が最も人々の記憶に残る。愛の力はあまりにも大きく、山をもさえ崩してしまうほどだった。

しかし僕の人生は、ロマンチックなものとはまったくかけ離れていた。僕はルパータの家に転がり込み、性的能力を取り戻し、安全を確保された一人の男性としての人生に喜んで身を捧げた。恋に悩んでいたルパータの雇用主が心臓発作で亡くなったあと、ルパータは会社を安く買い取り、さらに三店舗を州内にオープンさせた。誘惑するような目つきでオジロジカをおびき寄せる愉快なテレビコマーシャルのおかげで、彼女はその地域ではちょっとした有名人になった。そして滅多にないことだが、僕から行動を起こして彼女に結婚を申し込んだとき、彼女の回答は、僕を車に乗せて役所に行き、手続きを済ませることだった。

マウント・ピークはまだ立っていたが、ウェバーの婚約者の両親の熱心な陳情行動のおかげで、マウント・サンデイと改名された。（ウェバー家の人たちは、すべてを忘れてしまいたがっていた。）自然は再び山を取り戻すことができた――伐採のための道路は閉鎖され、宅地開発事業は撤退し、森が再生された。町の反対側にある私たちの家――剝製が大量に飾られている――からは、新しい苗木が山を覆うように見えた。その新しい緑の靄がかかった山は、いないいないばあをするクマのぬいぐるみに抱かれた少女のようだった。僕たちが年老いた頃には、戦争の傷を負った屈強な身体の老人のように、山は分厚いコートを纏っているだろう。

僕は、家の裏のデッキに置いたピクニックテーブルからそれを見るのを楽しみにしている。そこで僕は、今の自分の上司――つまり妻のことだ――のために毛針の結び方を覚える。それは、永遠に終わることがないよう工夫された気晴らしだ。なぜなら、ちょっとした変化を加えることによって無限の変異形が存在するからだ。ウェバーは正しかった。僕は、何か目的を持った方がいいのだ。僕は人間ではない。本当だ。灰色でじめっとした、人間の影のようなものだ。もちろん、時にはびっくりするほど現実的なところもある。しかし僕は、他人の手による創作物なのだ。マウント・サンディの用心深い監視のもと、座って、万力の上に屈み、今と同じことをしながら、このまま静かに老衰で息を引き取る日を待ち望んでいる。

訳注

［1］ローマ・カトリック教での二月二日に行なわれる祝祭。キリスト降誕後四十日目に、聖母マリアが産後の汚れの清めの式を受け、キリストを神殿にささげた日で、ミサの前に蝋燭の行列が行なわれることから名づけられた。

［2］原文は“Sisyphean teenage”。Sisyphean は、ギリシャ神話に登場するコリントスの王 Sisyphus（シシュポス）の形容詞形。ギリシャ神話に登場するシシュポスは、ゼウスの怒りに触れ、死後、地獄で巨大な石を山頂まで押し上げる罰を受ける。しかしその石は、頂上に近づくたびに転げ落ちてしまう。

エクスタシー

玄関で足音がしたとき、ベビーシッターは居眠りをし、夢を見ていた。心がざわつくような夢だった。季節は春で、学期末試験が迫っていた。今まで彼女は試験のことを気にしたことがなかったが、今回は、化学を専攻すると決めており、大学二年生の半ばということもあって、初めて、試験の成績が彼女にとって重要な意味を持つものになっていた。そこで、詰め込んだ知識で既に一杯になっていた頭に、さらに必要な知識を詰め込もうと、子どもを寝かしつけたあと、残った時間を化学の教科書をもう一度読むことに使っていた。しかし足音で目が覚めた。ソファの上で起き上がると、夢がゆっくりと消えていった。何の夢だったかしら? もういいわ。子どもたちの両親が帰ってきたんだわ。腕時計をみると、夜中の十二時だった。いま帰れば、まだ一時間くらい勉強できる。

子どもたちの両親は、寝ているところを見つかってベビーシッターが気まずい思いをしないように、家に入る前に玄関で故意に足音を立てるような礼儀正しい人たちだった。彼らは彼女が寝ていることを気にせず、むしろ、「もっと睡眠を取るべきだ」としばしば彼女に言っていた。しかし彼女は、不意を突かれるような状況が好きではなかった。子どもたちの両親は、それを感じ取っていたに違いないので、彼女に時間的余裕を与えた。彼女は目をこすり、頭を振った。今にも彼らはドアを開けるに違いない。

彼らは入ってこず、代わりにノックの音がした。彼女はドアを見て、鍵が閉まっていることを確認した。真夜中にノック？　この地域で？　ドアのカーテンが男の影で暗くなった。代わる代わる両足に体重をかけながら彼は待っていた。

彼女はドアに行き、その前に立った。誰かしら？　犯罪者ならノックはしないだろうと彼女は考えた。この思考が論理的ではないと気づく前に、彼女はカーテンの後ろから外を窺がっていた。そこには制服を着た若い男性がいた。警察官だ。彼は自分の左側を向いて、玄関を取り囲む鉄製の柵一面に咲いたセンニンソウを見つめていた。センニンソウの下には、三輪車やスコップやシャベルがそのままになっていた。警察官は片足でこつこつ音を立てていた。

彼女が鍵を外しドアを開けると、警察官は両手を後ろに回し、堅苦しい様子で立っていた。腰には、ケースに入った銃と無線機が掛かっており、その無線機から肩に向かってコードが伸び、小さなマイクがピンで留めてあった。彼は彼女の目を見ると、「すみません。入ってもいいですか？」と言った。

彼女が後ろに下がると、ドアを後ろ手に閉め、彼が入ってきた。まるで後から思いついたように、彼は帽子を取った。二人は顔を見合わせた。彼女は、この警官を以前どこかで見たことがあるような気がした。彼女が参加していたパーティを止めさせにきた警察官かもしれない。そのパーティではビールを飲んでいた。彼女はそういう種類のパーティは好きではなかったが、友だちに誘われて参加したのだった。彼女は、音楽を聴きながらステレオの近くに座り、プラスチックの巨大なカップからビールを飲んでいた。実際は、警官が来るまで彼女はとても楽しい時間を過ごしていた。彼は顔が細長く、髪は黒いくせ毛で、茶色い目をぱちぱちさせていた。話をするために、彼は咳払いをした。恐ろしい考えが彼女を襲った。

彼は言った。「ゲアリー夫妻のベビーシッターですね？」

「はい」

「子どもたちは寝ているのですか？」

「はい」と彼女は言った。

「お座りになった方がいいかもしれません」

彼女はソファの方へは行かなかった。さっきまで寝ていたソファカバーのすべすべした場所のへこんだ部分が目に入った。彼女は訊ねた。「何かあったのですか？　事故ですか？」

「はい」と警官は言った。

ショックが彼女を襲った――まるで、彼女が想像することでそれが起きたかのような気がした。

「二人は大丈夫なのですか？」と、彼女は無意識に訊ねていた。

警官は自分の足元を見た。彼は、彼女よりそんなに年上ではないはずだ。二十五歳くらいだろう。三十歳には絶対届いていない。彼は言った。「お亡くなりになりました」

「何てこと」と彼女は言った。それだけで十分ではないように思えた。彼女はもう一度、今度はより小さな声で、同じことを言った。

「奥さんは赤ん坊の写真を持ってらっしゃいました。それで私たち・・・私はベビーシッターがいるのではないかと思ったのです」。彼の身体が、ドアの前でしていたように前後に揺れていた。「宅配業者のバンが夫妻の車に正面衝突し、二人は病院に運ばれたのですが、助かりませんでした。お気の毒です」と彼は言った。

今になって彼女は座りたくなったが、やはり、動こうとはしなかった。何をしても適切なことのように思われなかった。警官の前に立ち続け、彼女は自分がさっきまで寝ていた場所を見つめ続けた。彼の手が彼女の肩に置かれていた。「被害者——ゲアリー夫人ですが——のお姉さんに連絡しました。お姉さんの電話番号がバッグの中で見つかったんです。スクラントンから来られます。一時間か二時間くらいでしょう。あなたがお帰りになりたければ、お帰りになれるようにと思いました。婦人警官を呼ぶこともできたのですが、考えたのは——子どもが一人で目を覚ましたとき、——警官がいない方がいいのではないかと。つまり、もしあなたが代わりに・・・」。彼は突然、そのことを忘れていたかのように、彼女の肩から手を離した。

彼女は警官の顔を見た。そこには、彼女に何かを依頼しているような表情があった。「ええ。もちろんです」と彼女は言った。

「居てくれますか？」

「はい」

彼は、彼女の名前、住所、電話番号を訊き、らせん綴じの小さなノートに書き留めた。それから、自分の名前と警察署の電話番号が印刷された名刺を取り出し、必要になったときのために、彼女と交代できる婦人警官の名前を書き加えた。彼の名前はクラーク巡査だった。彼は彼女に名刺を渡した。彼の文字はひどく斜めになっていてほとんど読めなかったが、彼女は彼に礼を言った。彼女の口からため息がもれた。というのも、彼女は息を止めていたからだ。しかし彼は、そのため息を悲しみの表現だと理解したようだった。彼の手が彼女の肩に戻ってきて、とても優しく握った。「お気の毒に」と彼は言った。「お二人をよくご存じだったのですか?」

「はい」と彼女は答えたが、実はよく知らなかったし、以前から知っている訳でもなかった。

「お気の毒に」と、彼は再び口にした。

「ええ」

その後、しばらく二人はそこに立っていた。するとほんの少し、彼女が身体のバランスを失った。警官は彼女を両腕で支え、抱きとめた。妙なことだが、それは彼が望んでいたことのように思われた。彼女はそのままにしていた。無線機のマイクが彼女の額に当たった。それから彼女は、あたかも彼を慰めるかのように背中を叩いた。彼からはとても清潔な香りがし、制服は真新しかった。彼女は、もう十分だと知らせるように彼の身体を強く抱き、彼から身体を離した。二人はもとのように向かい合って立っていた。「すみません。余計なことをさせてしまって」

「こんなことをしたのは初めてです」と、彼は警察官らしくない静かな声で言った。彼女の身体を支えたことで彼の緊張がほぐれたように見えた。いま彼の顔は先ほどと違うように見えた。

「すみません」と彼女はもう一度言った。

彼は姿勢を正した。いつもの自分を取り戻したようだった。「こちらこそ。しばらく居ていただいて感謝します。お姉さんはすぐに来られると思います。ご夫婦で。名前は『低い』[1]と言います」

「えっ」と彼女は言った。どう答えればいいのか分からなかった。名前は「低い」？　どういうことかしら？　クラーク巡査は振り返り、ドアへ向かった。家から出る前に彼はもう一度謝罪した。それから、ドアを閉めて立ち去った。

パトカーの音が聞こえなくなると、彼女はソファまで行って、そこに座った。両手を組んで膝の上に置き、何をすべきか考えた。しばらくして立ち上がると、家の中を歩き回った。ピアノでコードを一つか二つ、子どもたちを起こさないようにとても静かに弾いてみた。壁に掛かった花の絵を見た。ダイニングルームの本棚にアルバムが一列に並んでいるのを見つけた。それを一冊取り出して、ダイニングルームのテーブルの上で開いた。部屋の中は暗かったが、街灯の明かりで十分だった。散らかった部屋でパーティをしている写真があった。写真の中の人たちはワイングラスを持っていた。ボトルから直接飲んでいる女性もいた。次の頁には、ゲアリー夫妻が笑いながら椅子に倒れ込んでいるピント外れの写真があった。フレームの外から誰かの手が伸びてきて二人を指している。ゲアリー夫妻ではなく、その手に写真のピントが合っていた。アルバムの終わりの方に結婚式の写真があった。プロの撮影ではなく、個人のスナップショットだ。夫妻はどこかの森で式を挙げたようだった。彼女はそのアルバムを本棚に戻し、別のアルバムを取り出した。そこにはゲアリー夫人のお産のときの写真が何枚もあった。夫人は裸だった。苦しそうな夫人の顔と大きな乳房が写真の後方で陰になっていて、写真の前方には白い脚が写っていた。その下に黒くて濃い陰毛と、小さくて赤い人間の頭部が見え、つるっとしたその薄い髪が、まるで櫛で揃えたかのように分かれていた。生まれた赤ん坊と夫妻が一緒に写った写真がさらに続いた。ゲアリー氏はきちんとした身なりをしていた。アルバムの残りの頁は赤ん坊の写真で構成されていた。ゲアリー夫妻が写っていたとしても、脇役として登場するだけだった。友人や親族が赤ん坊を抱く写真が続いた。その赤ん坊は上の子のジョンで、今は五歳になっている。下の子のエマは今二歳だ。恐らく残りのアルバムは、エマの出産とエマの幼い時期の写真だろうと予想できた。彼女はそれを見たくなかった。アルバムをもとあった場所に戻し、ダイニングテーブルに戻った。彼女は、写真に写っていた人々——パーティに居た人たち、友人、親族、恐らくは産科医も——が今回の事故について知ることになるのだと思った。恐らく、何人かの人には既に連絡が行っただろう。ショックを受けた彼らの表情を想像すると、彼女は突然悲しくなり、腕を組んでその上に頭を乗せた。今にも泣き出すかのように彼女の表情が強張った。しかし彼女は泣かなかった。感情の昂りは去った。新たな感情がやってきそうなのを感じたが、それはまだ来なかった。彼女はテーブルから立ち上がって、家の中を眺め続けた。キッチンがあり、小さな書斎があった。階段をそっと上がり、躊躇せずゲアリー夫妻の寝室のドアを開け、中に入って照明のスイッチを入れた。

部屋はきれいに片づけてあった。空気が少し淀んでいたので窓を開ける必要があった。シーツを取り替える必要もあったが、それをする人はいなかったし、今後、シーツが取り替えられることはもうないのだ。カーペットの色はベージュで、ベッドカバーはアフガン織りだった。壁には家族の写真が掛かっていた。彼女は靴を脱いで、ベッドの上に横になった。ベッドの両側には白いサイドテーブルがあり、照明器具が置いてあった。片方のサイドテーブルには、ほんの少し水が残ったグラス、アスピリンの詰まった瓶、そして、山積みになった子育ての本が置いてあった。もう片方のサイドテーブルには、ＳＦのペーパーバックと、冷たくなったコーヒーの痕が底に残ったマグカップが置かれていた。彼女は手を伸ばしてこっち側のテーブルの引き出しを開けた。引き出しには、糸、ボタン、硬貨、紙、ミントキャンディなど、がらくたが詰まっていた。トランプも一揃え、と言うよりは、トランプの箱が一つあった。カードはなかった。代わりに、薄いサンドイッチ用のビニール袋があり、緩く巻いたマリファナが三本入っていた。彼女はビニール袋を手に取り、臭いを嗅いで、それをベッドの上の自分のそばに置いた。それから箱をしまい、引き出しを閉めた。そのとき、ベッドの下から本が突き出ているのが見えた。

それが何の本かは知っていた。セックスの手引き書だ。彼女には去年ボーイフレンドがいて、彼女にその本を買ってきた。そして、二人がベッドにいるときはいつも、一緒にその本を見たがった。彼と別れたとき、彼女はその本を捨てたのだが、今、膝の上でぱらぱらとめくってみた。すると、写真が一枚落ちた。ゲアリー夫人のポラロイド写真だった。写真はまさにこのベッドで撮られたようだった。彼女は目を瞑り、口を開き、枕の全面に広がった長い髪に両手を絡ませていた。彼女はゲアリー夫人が長い髪をしているとは知らなかった。でも恐らくそうなのだろう。突然、思い出せなくなった。彼女はしばらく写真を眺めていたが、それをジーンズのポケットにしまった。本は、見えないように今度はきちんとベッドの下にもどした。そしてベッドの上に横になり目を閉じると、すぐに眠ってしまった。

家の中で音がして彼女は目を覚ました。ゲアリー夫人のお姉さんとご主人が着いたのかしら？　いや、まだのはずだ。音はもっと近いところだった。足音が聞こえる。ドアが開いた。彼女はベッドの上で起き上がると、男の子が部屋に入ってくるのが見えた。

五歳の男の子ジョンだった。彼は驚いた表情をしているように見えた。一瞬彼女は、彼が何らかの形で事故のことを知ったのではないかと思った。もちろんそうではなく、寝ぼけているだけだ。彼にはときどきそういうことがある。以前、彼が枕を持って降りてきて、本箱の上にそれを押しつけると、また二階に上がっていったことがあった。またある時は、上の階に彼を見にいくと、バスマットを握りながら浴室の床で丸くなって寝ていた。いま彼は、彼女とは気づかないで彼女を見て言った。「僕の犬がいないんだ」。恐らく、犬のぬいぐるみのアルバートのことだろう。それは彼の片方の腕の下に抱えられていた。彼女はベッドから降りて、ぬいぐるみを取ると彼に返した。「ほら、あなたの犬よ、ジョン」と彼女は言った。ジョンは笑わず、表情をまったく変えなかった。しかし、彼の声には安心したような響きがあった。「犬がいた」と彼は言った。彼女は彼の肩に腕を回し、彼を寝室に連れていった。彼は自分でベッドに潜り込んだ。彼女は、彼が目を閉じて、落ち着いて眠りにつくまで小さな木製の椅子に座っていた。部屋の中でリズミカルな音がした。それは、彼女が息をする音だった。彼女の呼吸が浅くて速くなり、心臓がどきどきしていた。彼女は落ち着こうとしたが、無理だった。息がどんどん速くなった。彼女はジョンの部屋を出て、ドアを閉め、ゲアリー夫妻の寝室に戻った。しばらくの間、喘ぐようにして彼女はそこに立っていた。そして窓を開けた。壁の内側で、錘の分銅がかたかたと音を立てた。彼女はビニール袋を拾い、それを写真の入ったポケットに押し込んだ。ベッドからシーツを剥ぎ取ると、廊下に出てそれを階下に持って降りた。ビニール袋は一階の手洗いに持っていき、紙巻きの大麻はトイレに流し、ビニール袋は小さなゴミ箱に捨てた。シーツを洗濯機に放り込み、スイッチを入れた。それからソファに戻って、ゲアリー夫妻の到着を待った。

しばらくすると、ゲアリー夫人の姉夫妻が到着した。彼女はノックをせず、そのまま入ってきた。ゲアリー夫人に似ていたが、年上で、顔が長く、全体にほっそりとしていた。彼女はお姉さんに会ったことはなかったが、悲しみが容姿に影響を与えたのは明らかだった。顔は涙に濡れ、取り乱していた。長い髪が両頰にまとわりついていた。彼女が立ち上がると、お姉さんはすぐにやってきた。

初め、彼女は叩かれるのかと思ったが、お姉さんは、警察官がそうしたよりも強く抱きしめ、大声を出した。彼女は言った。「子どもたちが寝ています」

ゲアリー夫人のお姉さんは身体を離すと、何かを探るように彼女の顔に触れた。「子どもたちは大丈夫です。まだ何も知りません」と彼女は言った。

お姉さんは頷いて、身体を離した。どこか彼女を恐れているように見えた。お姉さんのご主人が入ってきて、後ろに立っていた。細いメタルフレームの眼鏡をかけたひょろっとした長身のアジア人だった。しわの寄ったシャツを着ていた。彼女はやっと理解できた。彼らの姓が「魯」[2]だったのだ。

彼女は、二人が離れて立っているのを眺めていた。すぐに家を出たかった。「私はこれで失礼します」と言うと、前屈みになって、本とノートをコーヒーテーブルから拾い上げた。「お気の毒に、本当に。もし必要でしたら、週の後半ならお手伝いに来れます。何か私にできることがありましたら」。彼女と視線が合うと魯氏が頷いたので、彼女も頷いた。洗濯機が回っていた。

もちろん彼女は、自分の申し出を受け入れて欲しくはなかった。夫妻は、彼女の名前も電話番号も訊かなかった。「お気の毒です」と彼女は言った。

「ええ」と魯夫人が言った。夫人は、まるで子どもたちが透けて見えるかのように天井を見上げた。彼女はドアに向かい、もう一度、魯夫妻の方に振り向いた。「お休みなさい」と言って、彼女は外に出た。

折り畳んだ写真を後ろポケットに感じながら、暗闇の中を彼女は歩いて帰った。雲一つない美しい夜だった。春の香りが――それは、死んだものたちが光と暖かさに触れる匂いだ――辺りの空気を満たしていた。とつぜん彼女は不思議な衝動を感じた。それはまるで背後から誰かに背中を押されて前につんのめるような感じだった。彼女は、本を両手に抱えて、寮までの最後の数ブロックを小走りで帰った。

部屋に戻ったときには、午前二時を回っていた。彼女にはルームメイトがいたが、ボーイフレンドと勉強するために外出していた。本を置くと流し台に行って、グラスに水を入れて飲んだ。それから、部屋を暗くしたままベッドの上に横になり、目を閉じた。彼女はゲアリー夫妻のことを考えようとした――そうすることが正しいことのような気がしたのだ――しかし思い浮かぶのは子どもたちのことばかりだった。意を決したようなエマの歩き方、彼女の小さな拳を振り上げる様子、小さなスニーカーをカーペットの上で引きずって歩く時の音などだった。次に彼女は、恐竜に対するジョンの執着のことを思った。子どもたちはみんな恐竜が大好きだ。しかしこの瞬間、ジョンの関心が想像を絶するようなものに思われた。それから、彼の持つ驚くような知識や事実について考えを巡らした。そんなことをしばらくしていると、電話が鳴った。彼女は起き上がって、電話を置いてきたキッチンに向かい、椅子に腰を下ろして電話に出た。クラーク巡査だった。

「お礼を言いたかったんです」と彼は言った。「大抵の人は帰りたがったでしょうから」

「誰だってその場に留まると思うわ」

「とにかく、ありがとうございました。あなたがそうしてくれて助かりました。私は今ゲアリー宅にいるのですが、魯夫妻が子どもたちを見てくれています」

「子どもたちは目を覚ましたのですか？」

「いや」とクラーク巡査は言ったが、明らかに嘘をついていた。「子どもたちは家の中にいます」と彼は言った。「実は、私はパトカーの中にいるんです」

「そうですか」と彼女は言った。見えない手が彼女の背中を押すのを感じ、姿勢を前に倒して、テーブルの端をつかんで自分の身体を支えた。

「あの」とクラーク巡査が言った。「実は――」

「クラーク巡査？」と、突然彼女は言った。

「何ですか？」

「あなたに言わなければいけないことがあるんです」

「どういうことですか？」

「あるものを盗んだんです、ゲアリー夫妻の家から。写真を盗みました」

これでいいんだわ、と彼女は思った。よかった。

しばらく沈黙が続いた。もし彼が写真を返すように言ったら、すぐに夫妻の家に戻ってそうするつもりだった。しかし彼は言った。「いんじゃないんでしょうか。持っていてかまわないと思います・・・」

「分かりました」と彼女は言った。彼女は立ち上がった。二人の間に再び沈黙が訪れた。しかしそれは、彼女が独りで部屋にいて、彼が他人の家の私道に停めた車の中にいるにもかかわらず、気持ちの通い合うような沈黙だった。彼女には彼が息をする音が聞こえたが、何かを言わなければいけないとは思わなかった。ついに彼が彼女の名前を口にした。

「何か？」と彼女は言った。

「もう一度会えないでしょうか・・・。いつか。このことが落ち着いたときに・・・」

一瞬、彼が何を言っているのかよく分からなかった。何か今夜のことに関係があるのだと思った。しかしすぐに、彼の言いたいことが理解できた。彼にすぐに自分のもとに来てもらいたがっている自分の気持ちに彼女は気がついた。彼にコーヒーを一杯、あるいはビール——彼女は飲酒ができる年齢に少し足りないし、彼は以前、彼女の飲酒の現場にやってきたにもかかわらず——でも出したかった。彼はきっと、ビールパーティのことを覚えていないし、少なくとも、彼女がそこに居たことは覚えていないはずだ。彼は一度彼女を見て、家に帰るよう言っただけだった。「今回のことは気にしなくていい」とあのとき彼は言った。そして彼女は考えた。今、警官が私をデートに誘っている。このことを友だちに話したら、みんな驚いてショックを受けるに違いない。しかし、彼女の答えは「ええ、いいわ」だった。

「本当にいいのですか？　自分がかなり年上なのは分かっています」

「そんなに年上じゃありませんわ」

「二十八歳なんです。以前、結婚していたことがあります」

「今夜のことは本当に辛い出来事でした」と彼は言った。

「ええ」と彼女は答えた。そのとき、彼女はあることを思い出した。

「では。もう行かなくてはいけません。また連絡します。あなたは・・・あなたはとても良い人だと思います。どうしてそんなことが分かるのか分かりませんが」

しばらくして彼女は言った。「ありがとうございます」と言ったが、もちろん、そんなことが彼に分かるはずがなかった。あの状況なら誰だってあそこに留まっていたと思う。それでも、彼がそれを口にするのを聞くのは嬉しかった。彼女は電話を切ってベッドに戻った。服を脱ぐ気になれなかった。ジーンズの上に手を置いて、浅い息をしながら横になっていた。

彼女が思い出したのは、何時間か前、クラーク巡査がやってきて中断された夢のことだった。夢の中で彼女は、倉庫のようなところで働いていた。彼女は、箱やパンフレットや、膨れ上がった封筒やガラスの瓶を、とても背の高い棚に詰め込まなければならなかった。品物は大量にあり、サイズもみんなばらばらだった。彼女はそれらの物を、あちこち向きを変えながら棚に詰め込んでいた。物が飛び出して床に落ちないように、ちょっとでも隙間があると、そこに何かを押し込んだ。彼女の後ろのテーブルには、さらに品物が積み上げてあり、積み上げられた品物の山は、姿の見えない他の従業員に補填され、どんどん高くなっていった。そんなものすべてが棚に収まるはずがないのだ。

それは不安な気持ちになる夢だった。それを思い出して彼女はぞくっとし、快感を得たときのように身体が震えた。そんな風に気持ちが高揚するのは正しくないような気がした。彼女はその気持ちを追い払い、自分が適切だと思えるような気持ちになれるように努力した。しかし、その高揚感は彼女のもとを去らなかった。上手く逃れられたという気持ちの昂りが、身体全体に広がった。

訳注

［1］原文は"low"。物語の後半で分かることだが、ゲアリー夫人は、アジア系アメリカ人の男性と結婚して、姓が"Lo"（「魯」）になっている。「低い」を意味する英語が"low"なので、ベイビーシッターは混乱している。

［2］原文は"Lo"。英語の「低い」を意味する"low"と発音が似ているので、最初に夫妻の姓を聞いたとき、"lo"と"low"を混同する。

一九八七年の救いのない屈辱

私たち四人——マーガレット、娘二人、そして私——は朝の四時に起き、既に荷物が積み込まれた車に、眠たい目をこすってゾンビのような気分で乗り込んだ。私たちは、家族で最後の休暇を過ごすために、クレイグ湖のほとりの小さな山小屋に向かって出発するところだった。季節は八月、空は雲一つない紫色で、辺りの木々は、迫りくる雷雨の前で頭を垂れていた。運が良ければ、雷雨がやってくる前にここを出られるだろう。山までは車で五時間の道のりだった。私は家族旅行のために特別なプレイリストをｉＰｏｄに作成した。それは、ゆっくりとした電子環境音楽とミニマル・クラシック音楽で始まり、クラシック・ロックからビッグバンド・ジャズへとテンポを上げていくような構成にしてあった。もし私の計算が正しければ、山の曲がりくねったジグザグ道に入る頃には、デューク・エリントンの「ロッキン・イン・リズム」（一九四二年ファーゴ版）を聴くことになり、そこからさらに千フィート行くと、マウント・リングウッドとマウント・エドガー峠に達し、そして山を下り、世間から一週間隔離される目的地に到着するはずだ。

郡境を越える前に、私を除いて全員が寝ていた。妻のマーガレットは、シートベルトをスリングのように使って細長い顔を支えていた。リネイとライレイは、後部座席の両側でまったく同じような姿勢で死んだように眠っていた。彼女たちは肌の露出が過剰なヒップスターパンツを穿いていた。リンは十一歳で、レイは十三歳。二人とも、いつもとは違う何かが起こっていることを感じていたが、それが何なのかを訊く勇気はなかった。彼女たちの後ろには荷物が積み上げられていた——湖岸で遊ぶための様々な道具、アウトドア用の服、食料を詰めたビニール袋、ビール一箱とワイン一箱。娘たちの足元には、自分たちの所持品が入った小型のバッグがそれぞれ置かれていた——間違いなく、レイのバッグには携帯電話、日記、見る度に私が目を背けたくなるような（だからこそ彼女はますますその種の本が好きになるのだが）恋愛ものの分厚いペーパーバック、そしてリンのバッグには、（恐らくコントラバド・ミュージックが入った）ミュージックプレイヤー、今週中に読み終わると決意した九百頁のSF叙事詩が入っていた。マーガレットの革のリュックには、恐らく仕事に必要なもの——メニュー、レシピ、スタッフのスケジュール——と、こだわりの革ケースに入ったブラックベリー（彼女は片時もそれを手から離さなかった）が入っていた。

私は荷物がほとんどなかったので、運転席には、水のボトル以外は何もなかった。前日の夜、「必要なものはほとんどないんだ」と私が得意げに言ったとき、「それはあなたが単純だからよ」と、マーガレットは私の方を見ずに言った。その言葉は、私が持つ短所のすべてを象徴する言葉だった。そしてそれは、彼女の頭の中では、私に対する婉曲な嫌味だったのだ。君の考えはよく理解できなかったが、休暇中によく考えてみるよ、と私は約束した。車の中で何か食べるにしても、運転をしながら水を飲む以外に何ができるだろう？　しかしマーガレットが起きていて、私がそれを口にしたら、

「そんなこと考えても何の生産性もないわ」と言うだろう。そこで、私は考えることを止めて運転に集中した。

運転は快適だった。私は車の運転がとても好きだ。この日のように、朝の早い時間は、道路は無限に続く楽しみの連続だった。それは一マイル毎に新しくなる。たまにすれ違うドライバーはみんな私の親友だ。標識や点滅する照明はすべて私のために存在し、パトカーで巡回している州警察官は私個人を護衛している。左側から星が消え、右側から太陽が昇る。そして車は、まるで自動運転のように、吸いつくように山や谷を走った。私はときどき少し窓を開けて車内の空気を入れ換えた。マーガレットが少し身動きし、顔をしかめ、非協力的な従業員の夢を見ているかのように強張った口元を動かしたが、娘たちは何も気づかないようだった。

六時までにはみんな目を覚ました。車は、いつもの「ミスタービップ」に立ち寄るために高速道路を降りて出口に向かった。娘たちはおとなしくて無表情だった。髪が顔にまとわりついていた。マーガレットは窓の外を見つめていた。私はウィンカーを出し、出口で車を停めた。

最近、体重を気にし出したレイは、トーストとコーヒーしか口にしなかった。

一九九六年に離乳食が食べられるようになって以来、毎朝オートミールを食べているリンは、オートミールを注文した。マーガレットはギリシャ風オムレツにし、それがとても美味しそうだったので私も同じものを注文した。彼女はからかわれているのではないかと疑って私をちらっと見た。私は、両手の親指を立てて賛意を示したのだが、彼女はそれを無視した。

「このオートミールは全部、畑の同じ場所から穫れたのかしら」と十分後にリンが言った。それは、何時間も黙っていた私たちの口から出た最初の言葉だった。

「何て言ったの？」とマーガレットが訊いた。

「これが穫れたところよ」と言って、リンはオートミールを一杯スプーンですくった。「私が畑のその場所にいたら、私の周りには朝ごはんが一杯じゃない」

「たぶんね」と私は言った。

「あなた、そんなにブラウンシュガーかけて大丈夫なの？」とマーガレットが心配して言った。

「ブラウンシュガー大好き！」

「あなた、そのうちにきびだらけになるわよ」とレイが言った。

「私はこれ全部、畑の同じ場所から穫れたんだと思うわ」とリンが言った。その口調には、議論が決着したような響きがあった。そして、ちっちゃなオート麦の声真似をした。「おーい、調子はどうだい？」

私は大笑いをした。レイは「やめなさいよ」と言い、マーガレットは時計を見た。

一時間後、誰かの新しい帽子についてボブ・ディランが大声で歌っていると、レイが言った。「くそー、お腹空いた」

「だから、トーストとコーヒーだけじゃ足らなかったんだよ」と私は言った。

「分かってるわ、くそー」と彼女はため息をついた。

「あなた、言葉使いに気をつけなさい」と、マーガレットは疲れた声で言った。

「ママの言う通りだ」

レイが舌打ちをする音が聞こえた。「ママ、ごめんなさい」と彼女は言った。


――――

山の峠に達したとき、新たな緊張が私たちを襲った。景色の僅かな変化に注意して、私たちはみんな座席に真っ直ぐ座っていた。次の十五分が、これからの数日間の雰囲気を決定するのだ。釣り具店の屋台はまだ出ているだろうか？『アディロンダック・バックパッカーズ・ガゼット』はまだ発行されているだろうか？　今は使われていない郵便局の前の、ひび割れたアクリル板の裏にしっかりと留めてある雨ざらしの地図はいつものようにそこにあるだろうか？　果たして、いつものようにすべてはそこにあった。激しくがたがたと揺られながら砂利道を湖へと進むと、一時的にせよ、みんなの気持ちが軽くなった。私がマーガレットの方をちらっと見ると、彼女の口元が楽しそうにぴくっと反応するのが見えた。しかし、今回の休暇の最終テストは、私たちが世界中で一番好きなレストラン「グライミー・フィッシャマンズ・バス・シャック」だった。この十年間で、オーナーのベリンダとは大の仲良しになった。私たちと同じように、一年の間の一週間だけ地元の人間のように振る舞いたいという観光客の中に、ベリンダの「大の仲良し」がどれくらいいるものなのか私たちには分からなかったが、それでも、私たちに対する彼女の友情は特別なものだと私たちは確信していた。さらに、「シャック」の料理は素晴らしく、マーガレットはベリンダの許可を得て、そのささやかなメニューから素晴らしい料理をたくさん盗んでいた。

ベリンダの店が最も重要な意味を持ったのはマーガレットに対してであった。道路がカーブした場所の松林の奥に建っているその店を最初に発見したのも彼女の鋭い目だった。「ああ、よかった」と彼女が言い、そばを通り過ぎるとき、私はクラクションを鳴らした。十一時開店だったので店には誰もいないように見えた。

私たちの小屋はそこからそんなに遠くなかった。砂利道の私道に車を停めると、全員が一体となって歓声を上げながら車から飛び出した。レイとリンは、彼女らが七歳と五歳のときからずっとそうしているように、お互いに身体を抱き合った。マーガレットは大きく息を吸い込むと、「いつもと同じだわね」と言った。

「いつもと同じような休暇になるね」と私は彼女に言った。

それに対して彼女は何も言わなかった。

小屋の鍵は、いつものようにゴミ庫の裏の切り株の下にあったが、新しい切り株の下だった。古い切り株が腐食し始めていることには昨年気づいていた。私が玄関の鍵を開けていると、みんなドアの前に集まり、ドアが開くと野良猫の一群のように一斉に転がり込んだ。

小屋は、塗装されていない粗削りの丸太造りで、大きな共有部屋ひとつと寝室二部屋から構成されていた。二つの寝室にはそれぞれ二段ベッドが設置してあった。四人は小屋中に散らばり、前回そこを立ち去ったときと何も変わっていないことを確認するかのように、お気に入りの場所やいろんな物の匂いを嗅いだ。毎年何十人もの客がこの場所を訪れていたが、戻ってくる度にいつも、昨年自分たちが使ったあとは誰も使用していないかのような印象があった。もちろん、ちょっとした違いはある――何十年も昔の雑誌がなくなっていたり、シーツには新しい洗剤の香りがしたり、お気に入りの布巾が捨てられていたりしていた――が、どれも本質的な違いではなかった。ある年、冷蔵庫が新しいものに代わっていて、私たちはショックを受け、しばらく全員でそれを見つめていた。またある年は、薪ストーブが部屋の隅に置かれていた。恐らくは、季節外れの客を目当てにしてのことだろう。

しかし今年は、大きな変化はなかった。電球が省エネ型の小型蛍光灯に取り替えられていたり、バスルームに新しいタオルや手拭が積んであったりしたが、全体として小屋はそのままだった。「お客さまへ　前払い金とご利用料金の差額は事務所でお支払い下さい」と記された何の変哲もない茶封筒が、透明のガムテープで二重にラミネートされ、マウント・ラシュモアを型取った磁石（びっくりするほど強力だった）で冷蔵庫に留めてあった。それを見たとき、胸の中の何かが綻んだ。私は自分を取り戻すためにキッチンの窓に向かった。

気持ちが落ち着くと、水着姿で湖に駆けていく娘たちが見えた。マーガレットは外に出て、休暇の始まりを意味するいつもの散歩を始めていた。私は寝室に向かった。彼女のリュック、スーツケース、麦藁帽子が、自分の場所を確保するために置かれていた。私のスーツケースは、スーパーの袋に入れたロックンロールの伝記と一緒に二段ベッドの上に置かれていた。マーガレットは小柄な女性なので、私の私物をベッドの上段に上げるにはよほど苦労したに違いない。私は木製の梯子を登って荷物の横に仰向けになって寝転んだ。

マーガレットは、私たちが住むネスターという大学町の人気ビストロ店「マギーの店」のオーナー兼料理長で、町では大変な人気だった。片目を瞑って手を振る「ＯＫジェスチャー」とともに、レストランの雑誌やテレビコマーシャルによく取り上げられていた。彼女は、半分は料理レシピ、半分は娯楽読み物といった「食レポ」コラムを地元紙に書いていて、彼女はそれを、複数のメディアに配信・提供されるものにしようと努力していた。実際、「マギーの店」を九年間経営することで、彼女は野心というものを手に入れた。彼女は、ネスターという町と、不遜なヒッピー風の町の雰囲気について冷笑的なコメントを書くことが多く、理由は明らかにしなかったが、ポートランド、デンバー、ソルトレイクといったアメリカの新興都市についてかなり詳しく調べていた。彼女は、こういった都市について強い関心を持つよう私にも促したが、なぜ私が関心を持たなければならないかは説明しなかった。だから、彼女の期待どおりに私が関心を持てないと分かったときは不愉快な様子だったが、特に驚きもしなかった。

私がこのことに触れるのは、何かが起こりつつあることに気づいていたことをはっきりさせるためだ。計画全体のお披露目が仰々しく行われるに違いない。ある夜、シンプルだが手の込んだ素晴らしいデザートとワインを楽しんでいる最中に、専門的で上品ぶった報告を受けることになるのだ。だから、そのときが来ても、まったく無防備に驚くことはないと私は自信を持って言えるはずだった。ところが、ワインもなければ、デザートもなかった。子どもたちは四十マイル離れたマーガレットの母の家に泊まっていた。彼女は、「二人だけの」「親密な時間」を過ごしたい、と言って娘たちを送り出した。私は、夫婦二人で裸になって激しい時間を過ごすのだと思っていた。しかし現実は違った。

「別れたいの」と彼女は言った。

「まさか」と、私は思わず答えた。それはまるで、彼女が何かちょっとした勘違いをしたかのように、信頼と疑念が混じったような調子だった。

「アランのことを愛しているの。彼も奥さんと別れるのよ。私たちは湖のそばにある彼の別荘で暮らすつもりよ。彼は私の事業の拡大に投資してくれるの」

私がどんな表情をしていたのかは分からない。照明の当たったダイニングテーブルの向かいに座った彼女を見つめていた。しばらくして私は、「よく分からないんだけど」とだけ言った。

「もちろんあなたには分かっているはずだわ、デイヴィッド。自分があまりにも単純で率直すぎて、自分に分かっていることが分からないだけなのよ」と言って、彼女は顔をしかめた。「今のは良い意味で言ったんだけど。つまり、あなたは私を必要としていないのよ。あなたが必要としているのは、セックスと音楽と食事だけだわ。私にはそれ以上のものが必要なの。理想を持った人が必要なのよ。アランは、私が必要としているものを分かってくれるの。そして、それを手にするのを手伝ってくれるのよ。私の野心を応援してくれるの」

彼女のこの発言にはよく理解しなければならないことと、反論すべきことがたくさん含まれていた。あまりにもたくさんあったので、意味がまったく分からない一方で、結婚してからの私に対する彼女の態度の多くを、あまりにも多くのことを説明していたので、私はただぽかんと口を開けて彼女を見つめ、座ったままでいることしかできなかった。一言いっておくと、アランは、彼女に投資してくれているうちの一人で、しかも大口の一人だと思う。私は一度彼に会ったことがあるが、彼はただの金持ちに過ぎなかった。何か見逃しているかもしれないが、少なくとも私にはそう見えた。

「君と別れたくない」。これは、彼女が言ったことに対する私の最も重要な反論ではなかったが、何とか口にできるすべてだった。

彼女は首を横に振った。「悪いけど、できないわ」

「僕にだって野心はある！」

この発言は彼女のため息を引き出しただけだった。「デイヴィッド、この十年間、あなたは何をしたの？」

「娘たちを育てたじゃないか」と私は言った。

「そうね」と、その点は認めるように彼女は頷いた。「ええ、とても上手にね。でも、自分を見てちょうだい。音楽はどうなったの――立派なミュージシャンになれたのに。あなたはそれを諦めたわ」

彼女は、かつて私が、独立系の映画やテレビ番組のためのインストルメンタル・アルバムを録音するために使っていたギター、アンプ、テープレコーダー、シンセサイザー、ドラムのことを言っていた。私はそれらのものを徐々に売り払った。最後には、愛着のあるギブソンのアコースティックギターだけになってしまった。そのギターは、昔のガールフレンドと車の旅に出たときに、ネブラスカの質屋で見つけたものだった。一九八二年のことだ。私が野心を犠牲にしたのは事実だ。しかし、私がそうしたのは、マーガレットが料理学校に通い、店をオープンし、彼女が店を切り盛りしている間、私がリンとレイを育てるためだった。音楽関連のものを売り払って手にした金は、すべて彼女に渡した。

もちろん、作曲とレコーディングを続けることができたはずだという彼女の意見は正しい。ひょっとすると、かなりの名声と金を手にし、エミー賞やアカデミー賞を受賞できたかもしれない。しかしその代わりに、家族、二人の娘、子育てという幸せを私は手に入れた。もちろんその間、マーガレットが必死に働いていたことは分かっている。そして、それらが何の慰めにもならないこともよく分かっている。ときには、自分のことをそういう風に考えなきゃいけないのかなと思うこともある。しかし、私は自分が以前持っていたものを惜しいとは思わない。仕事やそれに伴う虚栄心みたいなものは自分にとって負担になっていた。そういったものは、自分が手にしたいと思っているシンプルな人生の障害でしかなかった。それについてマーガレットが「それはあなたのせいよ」と口にするのを聞いてどれほど頭に来ようと、私はそのシンプルさを手に入れるために努力してきたのだ。野心を持たないようにすることが私の野心だった。

とにかく、彼女の「別れたい」発言以来、彼女は「ちょっとした旅行」に出かけるようになった。行先や目的を口にすることを彼女は拒否した。しばらくすると彼女は帰宅し、二晩ほど家族と過ごすと、再び出かけていくのだった。そして、彼女は二度と戻らないのではないかと思う度に、まるでスーパーマーケットに行ってきたのと変わらない様子で戻ってくるのだった。

そんなことが二週間続いたあと、私は彼女に訊ねた。「おい、ここで何をしてるんだ？　ここに留まるのか？　それとも出ていくのか？」。それについて彼女は何も答えず、目をぱちぱちさせて、私の肩越しにただ前方を見つめるだけだった。それからさらに二週間、数日毎に彼女を問い質したが、休暇に出発する一週間前まで、彼女はただ前方を見つめるだけだった。しかしとうとう、彼女は私の方を振り向き、最初に言ったときと同じような調子で言った。「分かったわ。別れましょう」

「オーケー」

「私が決断することをあなたが望んでいるなら、それが私の決断よ」

「つまり」と私は言った。子どもたちは二階の寝室に上がり、私たちはダイニングルームのテーブルに座っていた。マーガレットは今まで以上に痩せて、疲れているように見えた。「出ていくのか出ていかないのかを僕が訊き続けるから出ていくと言うのかい？」

彼女は両手で顔を覆った。私は怒っていた、と同時に、彼女に対して済まないことをしたと思っていた、本当に申し訳ないと。「あなたとは別れるわ」と彼女は言った。「理由は前に言った通りよ」

この湖への旅行が私たちの最後になること、そして、この休暇から戻ったら、娘たちに私たち夫婦について話すことを同意したのはこのときだ。私たち二人が同席して話すことになるか、私一人で話すことになるか、あるいは、どういう形になるか分からないが。


午後は各自、それぞれ好みの場所で過ごした。マーガレットはブラックベリーを持ってポーチに行き、私は小石を投げながら湖岸にいた。娘たちは、母親が買ってきたビキニを着て、タイヤのチュー

ブに寝転がって湖の真ん中で浮いていた。私は娘たちに、ビキニを着るのはあと数年待って欲しかった。娘たちの名前はマーガレットのアイデアだった。他の事と同様、私はそれに同意した。しかし、ニックネームは私の発案だった——リンとレイ——そして子どもたちが抵抗なく使うのもこちらの方だ。そのことでマーガレットが怒っているのは分かっていた。しかしその憤りは、彼女の最も生産的な活動に注がれることになり、私はそれを供給することに満足していた。だからと言って、私は意図的にそうしたわけではない——マーガレットは、結局のところ私が何をしても腹を立てるのだ——しかし、悪い習慣は大抵そうであるように、家庭内に留めておくのが一番である。

でも聞いて欲しい——確かに私は妻の悪口を言っているが、もちろん、彼女のすべてが悪いわけではない。深い優しさと喜びが感じられるような楽しい時間もあるのだ。私たちは、愚かな世間と戦うチームなのだ。本当にそこは何も変わっていない。ただ、私がそのチームから降りただけだった。

その夜は、「グライミー・フィッシャマンズ」へ食事に出かけた。湖岸では私たち以外に誰一人見かけなかったが、店は満員だった。ベリンダは大柄だが、機敏に動き回る女性だった。肉づきのいい丸顔で、活気あふれる目とボリュームのある流れるようなブロンドの髪をしていた。正直なことを言うと、彼女はとても魅力的だったし、私は彼女の店をとても気に入っていた。彼女の店の客であることの喜び、客が喜んでいるのを見て喜んでいる彼女の姿、薄暗い茶色の照明と耳をつんざくような騒音。こういったものすべてが大好きだった。ベリンダは娘たちにキスをし、娘たちの名前（もちろん、私がつけたニックネームの方だ）を呼び、娘たちに会うのは本当に楽しみだと言って、注文していない料理まで持ってきてくれた。もちろん、それは会計には含まれていない。

マーガレットが手洗いに行くために一瞬席を外した。彼女はブラックベリーを持っていった。すぐにベリンダが、偶然を装って私たちのテーブルにやってきて、マーガレットの席に座り、魚を調理した臭いのする手を私の肩に置いた。「どう、元気？」と彼女は真顔で言った。なぜだか分からないが、彼女がすべてを知っているということは明らかだった。

「ええ、元気ですよ！」と、私は甲高い声で返事をした。

「それは良かった」と彼女は真剣に言った。「それは良かった」

リンは夢中でペーパーバックを読んでいた——することがない時には何か読めるように、彼女はいつも何か持参していた。そして私はその習慣をとても愛おしく、とても立派なことだと思っていた——しかしレイは、警戒心を解かず、好奇心に満ちた顔をこちらに向けた。

「今年も来れて良かったよ」と私は言った。

ベリンダはゆっくり頷いた。「いつでも大歓迎よ。分かってるでしょ」

「もちろん」

「忘れないでね」と言うと、私が小さな子どもでもあるかのように、私の髪をくしゃくしゃにした。

私が顔を上げると、レイがじっと私を見つめていた。私が微笑むと、急いで俯き、皿の上の食べ残しをかき回していた。

「ママは何をしてるのかな？」と私が言った。

レイは肩をすくめて、「携帯を持っていったわよ」と言った。

「ああ、そう」

レイが頷くとリンが本から顔を上げて、私たち二人を見つめた。「何よ？　何があったの？」と彼女が言った。

「何も」と私は彼女に言った。「ママが帰ってくるのを待ってるんだ。それからデザートを食べよう」

「私は要らないわ」とレイが髪の下から言った。

「じゃあ、パパも止めておこう」と私は言った。

マーガレットが戻ってきた。顔が赤くて何か心配しているようだったが、そのことには触れなかった。彼女もデザートは要らないと言った。しかしもちろん、リンは食べると言った。そこで私たちはみんな、リンがアイスクリームサンデーを食べるのと本を読むことを交互に繰り返すのを十分間観察していた。彼女がデザートを食べ終えたとき、彼女が言った。「あんたたち、みんな変よ」。そしてそのときだけは、誰もそれを否定しなかった。

その夜、マーガレットと私は眠れなかった。月は昇ったばかりで、空は曇っていた。部屋の唯一の明かりは、二段ベッドの下でマーガレットがメールに返事を書く明かりだけだった。私は遠い昔の夜のことを思い出していた。子どもたちはまだ赤ん坊でベッドに寝ており、私は一人スタジオで、マーガレットのためのバースデーソングを書いていた。ランプを消して、囁くように静かにギターを弾いていた。明かりと言えば、窓から射す月明かりと、録音機器が積まれたラックから漏れるLEDとVUメーターの光だけだった。

妙なことだが、彼女がその歌を気に入ってくれたのかどうか覚えていないし、それがどんな曲だったのかさえ思い出せない。どこかに録音したものが残っているはずだが、そのことにほとんど意味はなかった。何かを創作しそれが存在することこそ私が愛することだった。何かを作るという経験が好きなのだ。それだけが完全な瞬間なのだ。

どうしてあんなにたやすくそれを諦めてしまったのだろう？　あの喜びを犠牲にしなければならない何が私の中にあったというのだ？　私が音楽機材を売った金はマーガレットには必要なかったのだ。夜に演奏するくらいの仕事なら私にもできたはずだ。恐らく、彼女が私について言ったことは間違っていなかったと思う。たぶん、私は野心を持つことに怯えたのだ。そして恐らく、そこには何か問題があったのかもしれないし、なかったのかもしれない。

「マーガレット」と私は暗闇に向かって言った。「子どもたちに話さなきゃいけないことがあると思うんだ」

親指でキーボードをかちかち叩いている音が一瞬止まったこと以外に、返事らしきものはなかった。

「僕が話すにしても」と私は続けた。「君がアランと一緒になるために家を出るということ以外に、何を言えばいいのか分からないんだ」

今度は、キーボードを叩く音が完全に止まった。彼女が身体を転がせてベッドから降りる音がした。その後すぐ、二段ベッドの板の隙間から、彼女の細い顔が私を睨んでいるのが見えた。

「なぜあの子たちを巻き込む必要があるの」と彼女は言ったが、歯を固く食いしばっていた。

「でもマーガレット――」

「あなたのつまらない腹いせのために、どうしてあの子たちを傷つけるの！」

「アランと寝ているのは僕か？」と私は言った。「僕がそれをしているとは思わないんだけれど、そうだろう？」

「卑怯者」と彼女は吐き出すように言った。

「いいや、違うね！　アランと寝ているのは君だ。僕は君のことをまだ愛している。僕はまだ家族を守りたいと思っているんだよ、悪いけど！」

一瞬、彼女の頭が爆発するのかと思った。そして、ネプチューンが自らの王国――海――に潜っていくように彼女はベッドに戻り、姿が見えなくなった。

五分後、キーボードを打つ音が再び聞こえてきた。


――


休暇に来て三日目の午後、子どもたちはビーチに座り、棒を使って砂を掘りながら何か話していた。マーガレットは小屋の中で仕事をし、私はボートに乗って釣りをしていた。といっても、実際は釣りなどしていなかった。玄関のバケツから釣り竿を一本つかむと、先に餌をつけて湖の真ん中まで漕いでいき、釣り糸を水の中に沈め、仰向けになって空を見ていた。ちょっとした奇跡のおかげで、今日も空は青かった。

私は眠っていたに違いない。なぜなら、湖岸で起こっている騒動に対する私の反応は目を開けることだったからだ。私は起き上がって、目をぱちぱちさせた。日射しが強くなっていた。顔はひどく日焼けしたに違いない。私は一気に歳を取ったような気がした。

子どもたちは、自分たちが掘った砂の穴を指さし、猛烈に何か話しながら、何かを召喚するためのエキゾチックな祭祀のように、ビキニ姿で穴の周りを踊っていた。それは、にきび撃退の精霊を地面から呼び出す儀式のようでもあった。マーガレットは、玄関の屋根の日陰に立って、好奇心を持ちながらも険しい表情をしていた。私がボートの中で起き上がるのを見て、「こっちに来い」とリンが手で激しく合図をした。

私がそこに着くまでの時間は二分程度だったが、既にマーガレットは砂浜を歩いてやってきて、娘たちと穴の中を覗き込んでいた。穴の底に、直径が三インチ程度のつるっとした金属の球面が見えた。

「わお！」と私は言った。

「掘り出しちゃおうか？　掘り出しちゃおうよ！」。こう言ったのはレイだった。

「ママが、何か危険なものかもしれないって言ったよ」とリンが、非難しているようには聞こえないように言った。

「配電盤か何かかもしれないわ」とマーガレットが言った。しかし、そう言った本人もその可能性を疑っているようだった。

私たちは何秒間かその物体を黙って見つめていた。そこで、私は膝をついてもう少し砂を取り除いた。出てきたのは「ワンダーブレッド」[1]一袋くらいの大きさで、薬のカプセルのような形をしたものだった。真ん中に黒くて細いゴムの線が見えた。金属の部分は腐食していたが、そんなに酷い状態ではなかった。私はその両端をつかんで穴から取り出し、振ってみた。中でかたかたと音がした。

私たちはみんなお互いに顔を見つめ合った。私は毛深い腕を曲げて片方の端をそこに挟み、汗にまみれて静脈の浮き出た手でもう片方の端をぐいっと捻じってみた。それは、みしみしという小さな音とともに開いたが、その音は私にはどこか安堵のため息のように聞こえた。

するとすぐ何か出てきて、リンの足元の砂の上に落ちた。それは「パパスマーフ」[2]の頭がついたペッツディスペンサー[3]だった。

「はあ?」とリンは、誰に向けたわけでもなく言った。

腕に挟んだ方の半分には、紙切れやおもちゃ、貝殻やら石などが詰まっていた。私は奥に手を突っ込み、折り畳まれた画用紙を取り出した。そこには、サインペンを使って、きちんとした丁寧な文字で次のように書かれていた。

ハリス家
1987年の休暇
2000年まで開けないこと!!!!

―――

タイムカプセルの中から出てきたものを広げて、私たち四人はダイニングテーブルに座っていた。興奮した気分が無くならないように私たちは必死で努力したが、それが急激に冷めつつあるのを感じていた。本当のことを言うと、そのすべてが少し期待外れだった。もちろん、そこには絶対に欠かすことのできない新聞が詰めてあった。アルバータの竜巻とともに、レーガン政権[4]によるロバート・ボークの最高裁判所への任命の失敗[5]が大きなニュースだった。メッカでは人々が揉めていた。鍵のついていないパックマンのキーホルダーが入っていた——もし私の記憶が正確なら、一九八七年にはパックマンは既に古くなっていたはずだ。だから、キーホルダーは後世の人々へのちょっとした贈り物のつもりなのだろう。同じように、エルトン・ジョンのカセットテープ（"Sad Songs [Say So Much]"？そう言えば、エルトン・ジョンはどうなったんだろう？）や、ダニエル・スティールのペーパーバック、スターウォーズのトランプ一箱（賭けてもいいが、これは小屋から盗んできたものだ）が入っていた。いま思えば、スターウォーズのトランプは、「イー・ベイ」に出品すれば少しくらいのお小遣いにはなったかもしれない。

さらに私たちの目を引いたのは、家族に関するものだ——日射しを一杯に浴びた、どこにでもいる小さな家族のポラロイド写真があった。頭が禿げ、お腹の突き出た父親、目を細め、短い半ズボンを穿き、ふわふわした髪型の母親、私の娘たちと同じくらいの年齢の男の子と女の子が写っていた。子どもたちはむっつりした表情で、できる限り離れて立っていた。写真の他には、罫線の入った三つ穴のレポート用紙に、家族の個人的な感想がそれぞれ丁寧な文字で書かれていて、きちんと折り畳んで入っていた。私たちは、真剣な面持ちでそれらを回し読みした。
父親のものは短かった。「一九八七年をここで過ごした。素晴らしい家族と素晴らしい休暇。フィル・ハリス」。母親の感想は少し長かったが、言葉は慎重に選ばれていた。それはまるで、将来の不幸を穏やかに回避しようとするかのようだった。「良い時も悪い時も、私たち家族は一緒です。一年の内の美しい季節を、この美しい湖で、仲の良い私たち家族は楽しい時間を過ごしています。このタイムカプセルを見つけた人の人生が平和であること、そして、世界が幸せでありますように。愛をこめて。ルビー・ハリス」。男の子は次のように書いていた。「べん・はりす。ぼくのおねえちゃんはまじょだ。ここはたいくつだ。きをつけろ。べん・はりす」。リンはこのメモに大喜びで、頬が涙で濡れるまで笑った。
しかし、女の子のノートは私たち家族から明るい気持ちを奪い去った
私の名前はナタリー・ハリスです。私は弟が大嫌いで、お父さんも大嫌いです。お母さんのことは大嫌いではないけれど、お母さんのようにはなりたくないし、お父さんがここで私にするようなことは、絶対に誰にもさせないつもりです。お父さんは、まるでお母さんが間抜けな子どもであるかのように振舞っています。お父さんは気味が悪くて嫌な奴です。私は生理なので、お手洗いでタン

ポンを入れようとしているときに入ってきて、「出ていって欲しければ可愛く『お願い』って言うんだ」と言うのです。私の休暇はめちゃくちゃです。それは「救いのない屈辱」でした。私はお母さんを呼んだのですが、お母さんは椅子から立とうともしなかったのです。でも誰がお母さんを責められるでしょうか。お父さんはお母さんに「お前にはユーモアのセンスがなく、頭も悪いからジョークの意味も分からないんだ」と大きな声で怒鳴るだけだからです。私はもう我慢ができません。仕事ができる年齢になったらすぐにこの場所（家のことです）から出ていくつもりです。あるいは、もっと早く出ていくかもしれません。パムのところで一緒に暮らすことができるかもしれません。パムの両親は亡くなって、まだ大学生くらいの年齢の叔母さんと住んでいます。とっても素敵な人です。ここの湖は我慢できないし、この小屋は刑務所のようです。どうして普通の家族のようにディズニーランドに行って、お互い好きな振りをするのをやめることができないのか理解できません。そうすれば、一度くらいは、この馬鹿ばかしい人生でも本当に楽しい時間を過ごすことができるはずです。もしあなたがこれを見つけてくれたのだとしたら、それは良いことです。なぜならそれは未来のことで、私は大人になって、この嘘の家族とではなく、本当の人たちと本当の人生を生きているということだからです。私の言いたいことはこれですべてです。あなたが一九八七年に、ニューヨークのクレイグのこの糞みたいな湖の糞みたいな小屋にいないことを祈ります。ナタリー・ハリスこのノートをテーブルに座っている全員が読み終わったとき、私たちは、つまらない湖の波がゆっくりと岸辺に押し寄せる音を聞きながら何も言わずに座っていた。私は、レイが指先をいじっているのを見て、いつもはきれいにマニキュアが塗られている指の爪には何も塗られていなくて、代わりに、爪を噛んだ痕が残っていることに気づいた。マーガレットは、赤ワインが一杯入ったマグカップの中を覗いていた。このノートを最後に呼んだリンは、それをまだ手にしたまま両手をお腹の上に置き、テーブルの上いっぱいに広げられた物品を、何も言わずにぽかんと眺めていた。

私は、私たちのものをカプセルに詰めるべきだと提案して沈黙を破った。そうすることで、みんなに何かすることができた。マーガレットと娘たちがカプセルに詰めるものの準備をしている間、私はハリス家のものを集めて、冷凍用ビニール袋に突め込んだ。ボールペンを使って、ほとんど読めない字で袋の上に「一九八七」と書き、それを、カプセルの片方の半分に押し込んだ。私たちのくだらない人生も一緒に葬り去られるのだ、と私は思った。

リンは、(彼女の表現を使えば)「自分の一部」に別れを告げるときは、私たちは各々一人っきりになるべきだと提案した。そこで私は、私たちのものを詰めたカプセルの半分を外に持っていき、それが掘り出された穴の横に置いた。そして私たちは、一人ずつカプセルに物を入れに行くことにした。私が一番に行くことになったが、そこに詰める個人的なものは何もなかった。もともと持ってきた荷物が少なかったし、手もとにある僅かなものは必要なものばかりだった。私の人生は、結局、私が望んだような人生だった。少なくとも、数週間前まではそうだった。ところが、いま起こっていることを見てみろ！　満足という罪を犯したために科せられる罰を！　結局、連帯している振りをするために、タイメックスの腕時計を外し、それをカプセルの中に入れた。時間なんて誰が気にするのだ？　これからやってくる年月で、儚くも残っている私の若さが、悪臭を放つ未来へと流れ出すのを見るだけなら、そんなものは見ない方がましだ。止めてくれ、老いの苦しみへ身を落としていく自分など見るに耐えない！

次にマーガレットが出て行ったが、すぐに戻ってきた。苛々して急いで何かを投げ入れたか、何もしなかったかのいずれかだ。娘たちは、ビニールの食品袋に何かを入れて一緒に出ていった。彼女たちが済むと、私は、ハリス家の側の半分と私たちの側の半分を注意深くくっつけて、ねじで固く留めた。それから、それを埋めるために家族を外に呼び出した。みんなゆっくりと、故意に真剣な表情を浮かべて出てきた。子どもたちは、どこで見つけたのか分からないが、火の点いた蝋燭を手に持っていた。マーガレットは、両手を半ズボンのポケットに深く突っ込んでいた。彼女の顔は、月と蝋燭の明かりの中で、少し泣いていたように見えた。私はそれに少し驚いて、問いかけるように視線を彼女に向けたが、彼女が顔を上げてそれに答えることはなかった。

私は浜辺に膝をつき、タイムカプセルを穴の底に置いた。レイが砂をかける作業を担当した。それが済むと、びっくりするような勢いで、そこに盛られた砂をリンが足で踏み固めた。それからくるっと向きを変えると小屋へ戻っていった。両腕は真っ直ぐ身体の横に降ろされたままだった。

「明日、帰ることにしない？」と、レイが私とマーガレットに言った。

「まだ二日あるじゃないか！」と私は言い返したが、私も帰りたかった。

レイはため息をつき、胸の前で両腕を組んでいた。

「やらなきゃいけない仕事がたくさんあるのよ」とマーガレットが言った。それは、私たちがナタリー・ハリスのノートを読んでから彼女が口にした初めての言葉だった。そのときとつぜん私は、私たちのことを示す家族としての言葉をカプセルの中に入れなかったことに気づいた。未来は、私たちのことを知ることができないのだ。私の気持ちは落ち込んだ。

レイとマーガレットは、お互いを見ることも、私の方を見ることもなく待っていた。

「もしリンもそうしたいなら」と私は言った。レイはその良い知らせを伝えるために小屋の中に入っていった。

踏み固められた砂を挟んで、マーガレットと私は二、三分向かい合っていた。それから私は湖の方を向いた。しばらくして、「今でも離婚したいと思っているなら、家に帰ったらすぐに出ていって欲しい」と言ったとき、私は、彼女がまだ後ろにいるのかどうかさえ分からなかった。

小さく動く音——恐らく、女性が両手で顔を覆うときの音——が聞こえたと思ったが、答えはなかった。

「まだ出ていくつもりなのか？」と私は訊ねた。

再び答えはなかった。そしてそれは良い反応だと考えた、もし本当に彼女が私の後ろにいたのなら。

「僕はまだ君のことを愛している」と私は静かに続けた。しかし、今回の沈黙は悪い反応だった。私は言わなければよかったと思った。振り返って彼女がそこにいることを、彼女が私の言葉を聞いていることを確かめるべきだったのだ——「まだ出ていくつもりなのか？」と「僕はまだ君のことを愛している」との間に彼女が去っていれば一番良かった——しかしその代わりに、私は湿った砂浜の上に座り、それから横になって、身体を丸めて眠った。

——

次の日の朝、私たちは黙ったまま出発した。私は帰りのプレイリストも用意していたが、楽しいものとは思えなくなっていた。娘たち二人は各々自分のヘッドホンをして、それぞれの窓から外の景色をじっと見つめていた。私はこの道を二度と目にすることはないだろうと考えていた。少なくとも、四人が一緒に目にすることはないだろう。ベリンダの店の前を通り過ぎるとき、窓の中を覗いてみたが、彼女の姿はなかった。そのとき、私はいつの日かここに一人で来ることがあるだろうと思った。

そのときもまだベリンダはそこにいて、先日の夜そうしてくれたように、私の横に座り、腕を肩に回して「元気をお出し」と小声で言ってくれるだろう。そして初めて、店の裏の小さなアパート――彼女が眠る小さな寝室――を見せてくれるのだ。

車は順調に進み、メニューが朝食用からランチ用に替わる前に「ミスター・ビップ」に到着した。私たちは、レイク・クレイグに向かう途中に注文したのとまったく同じものを注文し、ほとんど何も話さず、ぐったりと食事をしていた。食事の途中、私は偶然マーガレットの手を見た。結婚指輪が無くなっていた。オムレツを半分食べたところで、彼女はバッグをつかむと「ちょっと失礼」と言って、手洗いに向かった。

リンとレイは、過剰とも思える関心を持ってマーガレットが席を離れるのを見ていた。二人はお互いにちらっと目を合わせ、それから私を見た。そしてすぐに視線を食事に戻した。

「どうした?」と私は言った。

レイは顔を上げなかった。リンは何も分からない様子でじっと私を見つめ、肩をすくめた。そして、姉の方にそっと手を伸ばし、姉の手をつかむと、二人は関節が白くなるまでしっかりと手を握り合った。

しばらくすると、手洗いからマーガレットが出てきて、出口へと向かった。窓の向こうで、彼女が車のトランクを開け、荷物の中をかき回しているのが見えた。しばらくして彼女は、最初に助手席のドア、次に運転席のドア、そして最後に後部座席のドアを開け、すべてのドアを開けっ放しにした。何かを探すように座席の下を見ていた。

私は口元を拭いて、何をしているのか外に見にいった。

「ねえ」と彼女は言った。「どこよ?」。彼女の表情から、辛うじて怒りとパニックを抑えている様子が窺えた。

「何を探してるんだい?」

「私のブラックベリーよ、デーブ」

「それは大変だ。最後に使ったのはどこだったんだ?」

彼女の目が割れたガラスのように光った。彼女の全身が強風にあおられた木のように曲がった。「この糞野郎! すぐに返して、デーブ!」と彼女は言った。

駐車場の向こう側で、年配の夫婦が首をすくめて、自分たちが乗ってきたキャデラックから店の入口へ急いで歩いていった。私は両手を上げた。

「ねえ、落ち着けよ。僕は何も——」

マーガレットは姿勢を戻すと、バッグで私の頭を殴った。バッグの中の何か——眼鏡ケースだろうか?——が、強烈に頭に当たり、私は数歩横によろめいた。娘たちが店の窓から、大きく目を見開いてこちらを見つめているのが見えた。店の客の半数もこちらを見ていた。

「この幼稚な嫉妬狂い！」と彼女は叫んだ。「あなたのやりそうなことだわ！　まったく！　こんなことをして、私がまたあなたのことを好きになると思ってるの？　この間抜け！」

私は手を頭に当てたまま身動き一つしなかった。マーガレットは身体を震わせ、全身から力が抜けるように地面に倒れ込み、すすり泣いていた。

私の横に立っていた男性が紙切れを一枚持っていた。「伝票です」と彼は言った。「他のお客さまのご迷惑になりますから、すぐに立ち退いて下さい」。彼の口髭と眉毛は素晴らしかった。まるで映画の小道具のようだ。

私は財布を取り出して、二十ドル紙幣二枚を彼に渡した。

「申し訳ない」と私は言った。

彼は、こちらに向かってくる娘たちとすれ違って店の方に戻ったが、釣りは要るのか私に訊かなかった。私は突然、ビニールに包まれて砂浜に置かれていた得体の知れない物体のことを思い出し、溢れるような愛情を娘たちに感じた。それはあまりにも完全で、あまりにも哀しい歌のようだった。娘たちは母親を遠巻きにして、ドアの開いた車に乗り込んだ。

私はマーガレットを立たせて、腕の中に抱き寄せた。「放して」と彼女は叫んだが、抵抗はしなかった。私は口髭男のことも、マーガレットの嫌悪感も、失ってしまった自らの野心のことも、家族の崩壊も考えずに、ただ彼女をそこに抱いていた。分かっている、私は怒るべきだったのだ。しかし、私にはできなかった。彼女は酷く悲しんでいた。夏はまだ続いていて、明日はまたやってくる。

訳注

［1］アメリカで販売されている食パンの商品名。

［2］ベルギーの漫画家ピエール・クリフォールの漫画に登場する登場人物の一人。赤い服を着て、白い髭をたくわえている。

［3］一九二七年にオーストリアで生まれたキャンディを取り出す玩具。アニメのキャラクターをモチーフにしていることが多く、中に入っているキャンディが飛び出るように取り出すことができる。

［4］アメリカ第四十代大統領。在任期間は一九八一年一月二十日から一九八九年一月二十日。

［5］一九八七年、レーガン大統領がロバート・ボークを連邦最高裁判所判事に指名したが、民主党が多数の上院で反対意見が多く、指名承認が否決された。

フライト

私はレンタカーで、ワシントン州の中心部を通り、東に向かって何時間も車を走らせていた。これからまだ何時間も走らなければならない。周囲の風景は平坦で茶色く、樹木はとても低く、高速道路からかなり離れたところに、一本いっぽん間隔を広く取って植えられていた。晴れた空は深い青色で、妙な形の小さな雲をあしらった壁紙のようだった。私の目は、絶え間なく迫ってくる道路にひどく集中していたので、車内の止まった世界に目をやると、周囲の風景は猛烈なスピードで走り去っていくように見え、私は頼るものもなく、空間を落ちていくような感覚に囚われた。

ガソリンを入れるために人気のない出口を出て車を停め、「冷凍何とか」という商品を買って、ガソリンスタンドの電子レンジで温め、レンタルビデオのケースを眺めながらそれを立って食べた。道路に戻ると、夜になるまで走り続けた。疲れたので、サービスエリアに入り、アイドリングのまま停車しているトレーラーの横でしばらく眠った。どうでもいいようなことだが家に帰るまでの距離は、ようやく半分を切ったところだった。

電話の音で目が覚めた。目を覚ましたとき、自分が車の中に居ることに驚いた。電話は、運転席と助手席の間の台に取り付けられていた。特にそれをレンタカー店で要求したわけではなかったが、まるで何かの役に立つかのように、無料だからと言ってレンタカー店が貸してくれたものだ。外では、サービスエリアの駐車場が街灯に照らされていた。照明の周りに虫はまったく集まっておらず、照明の向こう側にはただ暗闇が広がっているだけだった。ダッシュボードのデジタル時計の数字は「1：25」を示していた。

電話は鳴り続けた。私は受話器を取り、「START」ボタンを押した。

「もしもし？」

一瞬、私に聞こえたのは浅い呼吸音だけだった。

「もしもし？」

「私よ」と女性の声がした。

――

「切らないで」と彼女は言った。声は擦れて、ゆっくりとした口調だった。パーティの参加者が去り、ビールが半分残ったプラスチックのカップが床に散乱している夜の声だった。「そう、それでいいわ」と彼女は言った。「お願い、切らないで」

「分かった」

「なぜ電話したのか私にも分からないの。夜が遅いのは分かってるわ」。彼女は、辛辣な響きのする長いため息を漏らしたが、最後は息が詰まるようだった。それで私は、彼女が泣き出すのだと思った。しかし、その瞬間は過ぎ去った。「最初に伝えたいのは、謝りたいってことなの。お願い、何も言わないで。あなたが何か言うか、それとも電話を切ってしまうかする前に話してしまいたいの。本当に、本当に、本当にごめんなさい。こんなことをしても、あなたには何の意味も無いことは分かってるわ。それはよく分かってるの。でも、本当にごめんなさい。たったいま家に帰ってきて、帰りの車の中で考えたことは、私は何て大きな間違いをしたのだろうってことなの。取り消すことができるなら、どんな事でも、どんな事でもするわ。お願い、最後まで聞いて欲しいの。もう一つは、あなたがもう許してくれないってことは分かってるし、こんな電話をしたからと言って、あなたが許してくれるなんて思っていないわ。でも、ちょっとでもあなたの心が休まるなら言っておきたいの。今回のことを私は決して忘れないし、自分が最大の間違いをしたことを忘れないまま私はお墓まで行くわ。こんなこと想像もできないけど、いつか誰かが」――彼女はすすり泣いていた――「でも、たとえそうなっても、これから先、どんな幸せがあっても、今のこの不幸を忘れることはないし、もしあのとき・・・私の人生はもっと素晴らしいものになっていたはず・・・あのとき、たとえ一瞬でも、でも、今さらそんなこと言っても仕方ないわね。そしてもう一つ、いや、もう一つなんてないんだわ。ただ、あなたのことを愛してるということなの。こんなこと言ったってあなたには何の意味もないことは分かってるし、もしかしたら、嘘を言ってると思って怒るんじゃないかと思うんだけど。もしかしたら、嘘でも嘘でなくてもあなたにはもう関係ないかもしれない。信用できない人間を愛することなんてできないものね。ここに座ってこんなこと言うべきじゃないんだわ――でも言うわ。言わなきゃいけないと思うから――もし許してくれるなら、もちろんそんな可能性はないと思うけど、もし許してくれるなら、私の口から二度と嘘を聞くことはないということを信じて欲しいの」。沈黙があった。「本当に、ごめんなさい」。彼女の声は、「ごめんなさい」のところで泣き声に変わってしまい、その後は聞き取れなかった。

私は、自分がしばらく眠ってしまっていたことに気づくほどはっきりと目覚めておらず、私の頭は、この独り言の意味を探りながら、失われた時間を確かめようとしていた。しかし同時に、電話の声が、私が話したことのある誰のものではないことが分かるくらいには目は覚めていた。

――

前日は私の三十六歳の誕生日だった。私はニューアークからミネアポリスに飛び、そこからモンタナ州マーシャル行きに乗り継ぐつもりだった。私は以前、マーシャルのウエストヒルという町の荒れた地区に、二部屋のアパートを借りて独りで住んでいたことがある。ニューアークでは母の臨終に立ち会うはずだったのだが、そうはならなかった。最後を知らせる母からの電話を受けて、二十四時間以内に母のもとに到着したのだが、そのときまでに母は車を用意して、病院から自宅へ帰る準備を済ませていた。

　不安定な大気が東海岸の天候をかき乱し、デンバーでの事故らしきもののおかげで、フライトは全国で遅れていた。私が搭乗した飛行機は、離陸待ちのために何時間も滑走路に停まっていた。愚かにも私は、機内の手荷物を少なくしようと、持ってきた本をダッフルバッグに詰めてしまい、それはモンタナ州まで行くことになっていた。そして今、手もとには何も読むものがなかった。仕方なく、ターミナルで耳にした墜落事故の噂話を周囲の乗客がつなぎ合わせているのを聞いていた。

「UPSの飛行機ですって。乗務員は脱出したけど、荷物はぜんぶ燃えたんですって。誓ってもいいけど、私のJ.CREW[1]の服もそこにあったと思うわ」

「軍の輸送機だと思うわ。司令官か誰かが亡くなったんですって」

「山を目指したらしいんだけど、間に合わなかったそうよ」

「プライベートジェットですって。ビル・ゲイツのだといいのに」

　私は、自分のミネアポリスの到着時刻とそこでの出発時刻を何度も何度も確認し、機内雑誌の搭乗口地図を使って、最も遅い出発時刻に離陸しても乗り継ぎに間に合うかどうか計算していた。スーツケースを持たずに、遠く離れたターミナルに向かって、人の多いコンコースを全速で走り抜けている自分の姿を想像した。空港の外では、蛍光色のジャンプスーツを着た人たちが、小さな乗り物に乗って迅速に動き回っている。

「コンコースBの奥にマッサージ店があるわよ」と誰かが言った。「十五ドルで三十分、背中をマッサージしてくれるのよ。あれをしてもらえばよかったわ」

「ニューアークの人の目の前で！」

「別に恥ずかしくないわよ」

本来ならミネアポリスのセントポールで着陸態勢に入っているはずの時間に、パイロットからのお詫びの言葉とともに私たちの便は離陸した。私は居眠りをし、食事を済ませ、また居眠りをして、湖がきらきらと光る蒸し暑い中西部に降り立った。

「マーシャル行きの157便なんだけど？」と航空券の販売係に訊ねた。

「とっくに行っちゃったわよ」と彼女は笑った。

「じゃあ、次のフライトに乗せてくれる？」

「そんなのないわよ。明日の朝の九時十五分ならあるけど」

「ホテルとそこまでの送迎は？」

彼女はカウンターの下に手を入れて、「スーパー8」の十パーセント割引券を取り出した。「割引券ならあるわ。天候による遅延には宿泊費用は出ないの、悪いけど」と彼女は言った。

私は割引券を拒否した。「デンバーで墜落があったと思うんだけど」

「オヘアよ。しかも、あれは墜落とは言わないわ」

私は粘った。今夜のうちにミネアポリスを出発できないかな？　ミネアポリスには知り合いがいないんだよ。しかも、エアコンが効いた空港のターミナルで、人が座って擦り切れた待合室のベンチに身体を丸めて寝たくなんかないよ。シアトル午後九時発、マーシャル午前二時十分着というのはどう？　と彼女が訊ねたので、それでかまわないと言った。

――

しばらく時間を潰さなければならなかった。空港には小さなモールがあって、各店舗にはテーマがあった。冬物、健康、健全な生活。しかし季節は八月で、各地から集まって、疲れ汚れきっていた旅行客は、まだ清掃されていないコンコースをうろうろしていた。「ハイ・プレインズ・ブルーハウス」という名の店で粋なコーヒーを買い、誰かが置いていった*USA TODAY*を読みながらコーヒーを飲んだ。一九五四年からのアメリカにおけるスイカ消費量の推移を表すグラフを繰り返し読んだが、何も理解できなかった。私は眠ってしまったに違いない。なぜなら、目が覚めたとき、私が乗る便の搭乗手続きが始まっていたからだ。

シアトル行きの便の乗客はみんな酒を飲んでいたようだった。酒のせいで赤くなった顔と昂揚した気分の他は、何ひとつとして共通するところのない人たちだったが、みんな何年も前からの友人であるかのように妙な連帯感を共有していた。疲れきった様子でぐったりと座っている隣の女性に、何かあったのですかと訊いてみた。彼女は、楽しそうに思い出し笑いをして言った。「あそこに男の人がいるでしょ?」

「あの男性ですか?」。私は、十列ほど前方で、ファーストクラスの手洗いの行列に並んでいる大きな帽子を被った、がっしりとした体格の男性を指さした。

「テキサス州フォートワースの石油ガス業界のトップレベルの弁護士で、この二時間半の間、私たちに飲み物を奢ってくれたのよ」

全員、少し前に出発するはずだったフライトに予約していたのだが、滑走路を移動中に、置きっ放しになっていた可動式の梯子に機体の翼が接触し、整備係が接触した部分を点検し、恐らくは、損傷した部分を補修しなければならなかったのだろう。「私たちは全員このフライトに搭乗するはずだったんだけど、待たなきゃいけなかったのよ。それで、あの男性が立ち上がって、『ドリンクはみんな俺の奢りだ』って言ったわけ。私もどこかの高校の先生とマルガリータを六杯くらい飲んじゃったわ」。そのとき、ミッキーマウスのネクタイを緩め、眼鏡をかけた男性がよろよろとそばを通り、両手で隣の女性を指さした。二人は突然くすくす笑い出し、男性の方が前に進んだ。「やれやれ」と彼女が言った。

「デンバーの墜落について何か聞きましたか?」と私は訊ねてみた。

「私が聞いたのはオマハということだったわ。飛行機はアフリカからの動物で一杯だったんですって。酷いと思わない? まあ動物園も酷いと思うけど。残酷だわよね。動物じゃなくて動物園のことだけど。動物は自由にさせておいてあげるべきよ」

乗客が歓迎と拍手に迎えられて乗り込んでいた。恥ずかしそうに首をすくめたり、冗談を言ったり、大げさに酔った振りをしたり、倒れるような仕草をしたりしていた。誰も座席表を気にしているような様子はなかった。持ち込み荷物をしまったら、カクテルパーティのようにその場に立っていた。客室乗務員が乗客の肩に触れ、小声で何か話しかけると、みんな大声で笑っていた。

そのうち機体が離陸した。乗客は静かになり、酔いの回った眠りについた。囁くような会話と周囲に響くエンジン音で強調された新たな沈黙のせいで、日焼けしたブラインドを通して柔らかくなった夕方の強い日射しが射しこむ、母の病室を思い出した。私が着いたとき、母は二人の看護師に何か冗談を言っていた。「そこでモーゼが言ったの。『もう一度やってみる!』」。二人の看護師が一斉に笑った。

「お母さん?」と私は言った。

「ポーリー!」

「気分はどう?」

二人の看護師は、私と視線を合わさず、急いで退室した。「ええ、実はとても気分が良くなったのよ、ポーリー」。母は三連休の週末のピエロのようだった。一日中化粧をしていたせいで肌が黄ばみ、疲れて、目はきょろきょろしていた。

「明日、退院するのよ」と彼女は言った。

「それはよかった」。私は、頭の中で考えていたお見舞いの言葉を拾い出そうとしていた。何か勘違いしていたのだろうか?「すぐに来て、ポーリー」と母が言ったので、クレジットカードを限度額まで使って航空券を買ったのだった。

「私の誕生日プレゼントはもう届いた?」と母が私に訊いた。

「まだだよ」

「もうすぐ届くわ。きっと気に入ると思うの」

「嬉しいね。ありがたいよ」と私は言った。ここでなくてもよかったのだが、とにかく私は座りたかった。病室にある唯一の家具は、母のベッドとサイドテーブルだった。その上には、電灯とペーパーバックの小説、老眼鏡が置いてあった。「ちょっと、椅子を探してくる」

「そうするといいわ。そうすればおしゃべりもできるわね」

私は、使われていない椅子を探して病棟の端から端まで部屋を覗いて回った。空いた椅子は幾つかあったが、その横のベッドには患者が寝ていて、疲れた様子でテレビのリモコンを操作しているか、断続的に居眠りをしていた。廊下の端の角を曲がると、誰もいない部屋があったので中に入った。カーテンが半分引かれ、陰になった部分にきちんとシーツが掛けられたベッドがあった。その向こう側の明るい光の下に、シーツがくしゃくしゃになったベッドがあった。そのそばに二脚の椅子があったので、そのうちの一脚を持ち上げて出ていこうとすると、シーツがくしゃくしゃなのは、そこに人が寝ているからだということに気がついた。木工ボンドのような顔色をしたかなり高齢の男性だった。透明で目立たない管が顔に留めてあり、それが鼻の両穴に通されていた。呼吸のリズムがあまりにもゆっくりなので、私は彼が冬眠しているのかと思った。

しかし、目だけは開いていた。濃い茶色で、明るくて活動的な目だ。人気のないビーチに半分埋まった硬貨のようにきらきらしていた。彼は頭を上げて——微かに——唇を動かした。囁くような言葉が漏れた。意味は聞き取れなかった。

「えっ、何とおっしゃいました?」と、私は近づいて訊ねた。

シーツの下から手が伸びて、手招きした。私はベッドのそばに行った。「お邪魔するつもりはなかったんです。誰もいないと思ったものですから」と私は言った。

私の謝罪を気にする様子もなく、首を振り、もっとそばに寄るよう指で合図をした。私は彼の唇に耳を近づけた。ベーキングソーダのような苦くて乾いた臭いがした。

「持っていきなさい」と彼は言った。

「何と言われました？」

「椅子は持っていきなさい。誰も使っとらん」

母の病室に椅子を持って戻ると、ドアの外側の小さなフックに表が掛けてあった。そこには「痔核切除」と記されていた。執刀はマルチネス医師で、鎮痛剤としてコデインが処方されていた。


―――


マーシャルへのフライトはキャンセルされていた。実際、そもそもそんなフライトがあったのかどうかさえ疑わしい。「以前はこの時間にもマーシャルへ飛ばしていたんだけどね。もう長いこと飛ばしてないと思うね」と、航空券の販売係が私に言った。彼の姿を見ていると少し気持ちが楽になった。短い髪はぼさぼさで、黒い顎髭を少し生やしていた。それはいかにも、一九九五年のシアトルに住む若い男性が生やすような髭だった。「そのフライトに予約されたんだから、その便は存在するはずだ」と私は説明した。そして、私の名前を彼に伝えた。彼が調べた。

「お客さんは、ウィスコンシン州マジソンへの便に予約されていますよ」と彼は言った。

「いや、マーシャルのはずだ。モンタナ州マーシャル」

彼は首を振って言った。「ほら、この電話を使うといい」。彼はカウンターの下に手を入れ、ランプの灯った受話器を取り出した。「ここに知り合いが居るんなら迎えにきてもらって、明日の朝、送ってもらいなよ。そのとき、どれかの便に乗せてあげるよ」

「君にできるのはそれだけなのか？　電話一本？」

彼は顔をしかめた。「使うのか、使わないのか」と彼は言った。


――――


ジャニーヌは、私たちが以前マーシャルで一緒に住んでいたときに共同で使っていたフォードエスコートで迎えにきた。車からは、ボンネットの下で男が屈んで大きなナイフを研いでいるような聞いたことのない音がした。彼女は、誰も座っていない助手席に身体を伸ばすと、私のためにドアを開けてくれた。

後部座席は、彼女の冬物の服と思われるもので溢れた段ボール箱でいっぱいだった。彼女はギリシャ風のフィッシャマンズキャップを被り、大きなガラスペンダントを二つ首から掛けていた。フィッシャマンズキャップの方は見覚えがあったが、ペンダントは初めて見るものだった。

「心の底から感謝するよ」と私は言った。彼女はまるで、割ろうとしている胡桃でも存在するかのように、破壊的な無関心さで私を見た。

「冷たい床には、あなたの名前を書いた場所があるわ」と彼女は言った。

「本当に助かった。空港で寝ることを思えばまるで天国だよ」

彼女は、ダッシュボードの上のくしゃくしゃになったケースから煙草を一本取り出した。「見て！あなたのせいでまた煙草を始めちゃったのよ！」と彼女が言った。私たちは、彼女の自宅に着くまでのあいだ話をせず、ほとんど音楽を聴いていた。それは、私たちが知り合う前から流行っていたポップソングを編集したテープだった。「いいテープだね」と私は言った。

「誰だったか私のために作ってくれたのよ」

「なるほど」

彼女は煙草を消した。「それで、どこからの帰りなの？」と彼女が訊ねた。車が一台私たちの後ろに合流した。車内が明るくなってフロントガラスに映った私たちの視線が合った。

「ニューアーク。母が入院してるんだ。もう良くなったけどね」。今回のことを彼女にすべて話そうかどうか考えていると、彼女が沈黙を破って言った。私はすっかり忘れていたが、彼女には長いあいだ骨肉腫を患っている妹がいたのだが、先月その妹が亡くなったのだそうだ。

「それは・・・何て言ったらいいのか」と私は言った。

彼女は肩をすくめた。「時間の問題だったのよ。お葬式をしたわ。みんなが書いてきたものを少しずつ読むの。決まり文句だけれど、妹もきっと喜んでるわ」

「そういうのを聞くと――」

「実は、そういうのを彼女が生きている間にしようって彼女に言ったのよ。パーティみたいなのを。友だちや私たちがそこに居て、どれほど私たちが彼女のことを想っているかなんかを伝えるの。でも彼女は聞く耳を持たなかったわ。プライドが高過ぎたのよ」

私たちはしばらく黙っていた。ハンドルを握った手を強くしたり弱くしたりしていた。私は、自分が死にかかっていて、周囲の人が、特に言うことが見つからないので、どれほど私を愛しているかみたいなことを、みんなで口にしている状況を想像してみた・・・。

「それができれば本当に良かったのにね」と私は言った。

「あなたの意見を訊いたつもりはなかったんだけれど」と彼女は言った。

ジャニーヌは、大きな邸宅の地下部分に住んでいた。そこはきれいに改装してあった。キッチンはタイル敷きで、壁に収納できる折り畳み式ベッドと作り付けの本棚があった。しかし、そのどれもが陰鬱な感じを拭い去ってはいなかった。空気は冷たく湿っていて、逆さまに置かれた牛乳ケースの上の時計付きラジオからけたたましい音が放たれていた。ジャニーヌはベッドの上にコートを脱ぎ棄て、「毛布を取ってくるわ」と言って、クローゼットに向かった。

「それで、今は何をしてるんだい？　仕事のことだけど」と私は訊ねた。

「コンピュータ関係のくだらない仕事よ」と、くぐもった声が聞こえてきた。「三十分通勤してね」

彼女は部屋に戻ってきて、ごわごわした軍用毛布二枚と、染みのついた枕を私の足元に放り投げた。

「それで、プライベートは何をしているのか訊きたくないわけ？」

「いや、君が話したいなら、僕は・・・」

彼女は「もういいわ」という感じで手を振って、廊下の奥に歩いていってしまった。灯りが点くのが見え、水の流れる音が聞こえた。私はきちんと長方形に毛布を敷き、一方の端に枕を置き、靴を脱いで倒れこんだ。そして横向きになり、しばらくじっとカーペットを見つめていると、カーペットが動いているように見えた。目を細めると、黒くて光ったヤスデが見えた。私は手を伸ばしたが、毛布の織り目の中に潜ってしまった。

ジャニーヌは、ある年のクリスマスに私が贈ったパジャマを着て出てきた。「立たないで」と彼女は言った。ベッドの端に足を組んで座り、私を見た。「最後に話したのはいつかしら？」

「半年くらい前だろ」と私は言った。

「一年以上前だわ。あなたと別れてから、結婚して離婚したの知ってる？」

私が答えるのを望んでいないと思ったので、私は黙っていた。

「私はここに越してきて五か月くらいのとき、彼とほとんど気まぐれで結婚したの。クイーンアンに家があって、芸術品の売買が仕事なのよ。ヨーロッパによく行くんだけど、私を誘うことはなかったわ。私は仕事に行って、壁に絵がたくさん飾られたこの大きな家に帰ってくるわけ。それであるとき、ポーランドから一人の画家を連れて帰ってきたのよ。図体の大きな若い子で、絵具が飛び散ったような馬鹿みたいなのを創るの。彼が上の階の部屋に越してきて、そこでそれをするわけ。アーネストは、それが主人の名前なんだけど、彼の絵を売るのよ。ある晩、アーネストがいないとき、そのポーランド人の子が酔って、私をぼこぼこに引っぱたいてレイプしようとしたの。それでアーネストが帰ってきて、そのことを彼に話したら、彼は私を追い出したってわけ」

「酷い」と私は言った。

彼女は胸のポケットから煙草とライターを取り出した。彼女は黙って煙草を吸い、私を見つめ続けた。

「私のところに電話して、迎えに来てくれって言うとは思わなかったわ」と彼女は言った。「まったく信じられないわ」

明らかに私のしたことは間違っていた。もちろん頭の片隅で、ある行為が別の行為へと繋がり、あわよくばセックスができるか、少なくとも、同じベッドで寝られるかもしれないと思っていたのだ。私は床の上に起き上がった。「済まない、君の言う通りだ。タクシーでも拾って空港に戻るよ、それから――」

「もう、やめてよ」。彼女は身を乗り出して灯りを消した。煙草の火が暗闇の中で上下するのが見えた。「明日の朝タクシーを拾えばいいわ」

マーシャルへのフライトは、疲れきった私を乗せて、遅延なく離陸した。私は早く家に帰ってベッドで寝たかった。自分のベッドで、時間を気にすることなく何時間も眠りたかった。私は数日仕事を休むことにしていた――テレマーケティング会社で、電話による販売活動が適切に行われているかをチェックする仕事をしていた――そこで私は、目立たないようにし、まだ母親と一緒にいる振りをした。

――

私も兄を亡くしたことをジャニーヌは覚えているだろうかと思った。リチャードという名前だった。彼が亡くなったとき、彼は二十歳だった。私は十八歳で、彼が亡くなる一週間前に高校を卒業したばかりだった。彼は、酒に酔った友人が運転する車の後部座席に乗っていた。車は、濁った水が三十フィートほど溜まった、放置されたままの採石場に猛スピードで突っ込んだ。車に乗っていた他の二人も亡くなった。その事故については町で他に例を見ないほど悪い評判が立ち、その年の夏中、私に暗い影を落とした。そして、本当なら私の気持ちを支えてくれたはずの友人たちとの関係も台無しになった。大学生になると、私は、女の子と寝るのにリックの死を利用した。

リチャードは注意深い真面目な人物で、酒に酔った友人と車に乗るなんて考えられなかった。それでも事実として、彼はそこにいたのだ。それ以後、父は人が変わってしまった。生垣の手入れをしているとき、長く患っていた心臓病の発作で六十代で亡くなってしまった。母は何とか持ちこたえた。悲しみを押し殺し、それにすぐに蓋をし、何年も一人でひっそりと克服していった。母は明日の夜までには自宅に戻り、いつものガウンを着てソファに横になり、飼っている犬に「家に帰れて良かったわ」と話しかけることだろう。

私はその椅子を母の病室に持っていったが、座ることはなかった。「痔？」と私は母に訊ねた。母は、まるで私がそのことを知っていたかのように笑った。彼女が話し出す前に、唇が少し動いた。その唇は、実際に口にされた言葉に憑りつく幽霊のような言葉を発した。「あの痛みは想像もできないと思うわ、ポーリー」

「お母さんは、自分が死にそうだって言ったんだよ」

「そんなこと言わなかったわ」

「僕がここに来るのにどれだけお金がかかったと思ってるの？　この種の理由で仕事を休むことがどういうことか分かってるの？」。お前、嘘をついたなと、意味不明の叱責の言葉が上司の顔から溢れ出てくる様子を私は想像した。

「ポーリー、あなたが気にしているのがお金のことなら、チケット代は払うわ」

「お金の問題じゃないんだ。金のことなんかどうでもいい」

「私は『あなたが必要なの』と言ったのよ」

「嘘だ」

「嘘なんか言ってません」と自分に言い聞かせるように母は言った。「嘘なんか言ってません」

母はゼリーのように広がり、ベッドの上に横たわった。目には涙が浮かんでいた。それでも私は自分の態度を変えず、自分が言ったことを悪いとは思わなかった。「ただそう言えばよかったんだ、『来てちょうだい』って。そう言えば僕は来たんだ」

「嘘よ」と彼女は囁いた。

機内放送のぱちぱちという音で私の意識が飛行機に戻った。「乗客のみなさま」と機長が話していた。「モンタナ州、マーシャル行き2195便をご利用いただき誠にありがとうございます。大変申し訳ございませんが、マーシャル空港で何らかの事故が発生した模様です。私たちに影響はございませんが、マーシャル空港には着陸できない状況ですので、当機はシアトルへ引き返します」。周囲でうめき声が上がった。

「彼は嘘をついてるのよ」と近くの誰かが言った。

「嘘をつく理由がどこにあるんだ?」と誰かが答えた。

「そんなこと知らないわよ。知りたくないわ」

しばらくすると、機体が沿岸部に傾いた。

「レンタカーを用意してくれ」と、若くててきぱきした航空券販売係に私は言った。彼女は昨晩よく眠り、朝から熱いコーヒーを何杯か飲んだのだろう。

「レンタカーならあそこに――」

「分かってる、分かってる。僕は、マーシャルまで行くのに君のところで車を借りたいんだ。飛行機のチケットの代わりにね」

「それなら次の――」

「車でいいんだ。飛行機より安いだろ？　君はそれで得するんだぜ」

私とのやり取りは、彼女の身に降りかかった今朝最初のトラブルだった。彼女に対して少し申し訳なく思ったが、それほど強く思った訳ではなかった。彼女はひどく不愉快な目つきで私を睨んだ。彼女の手は、コンピュータのキーボードの上で宙に浮いたままだった。そして、私を睨み返した。

「さあ、早く」

「できないわ」

「できるさ。簡単さ。それで君は褒められるんだぜ。しかも僕を追っ払うことができて、その後は、いつもの楽しい時間を過ごせるんだ」

彼女はあきれたように目を回した。「そうだといいけど」と彼女は言った。私はレンタカーが借りられることを確信した。

車に備え付けられた電話越しに私は彼女の息づかいを聞いていた。フロントガラスを通して、飛行機のライトが点滅しているのが見えた。それは私の視界の中で上昇し、フロントガラスの色のついた細い部分で暗くなり、最後に見えなくなった。彼女は私が何か言うのをどれくらい待つつもりだったのだろう？　恐らく、永遠に待っていたに違いない。

——

私は言った。「謝らなくていい。謝らなくていいんだよ」

「私なんて死んだ方がいいのかしら」と、彼女は自信なさそうに言った。「たぶん、そうすべきなんだわ。死んだ方がいいのよ」

「死ぬ理由なんてないよ。そんなこと言わないで」

私が、彼女が話していると思っていた相手ではないことに気づいて、彼女はどう対処すればいいのか（もし何かできることがあるとして）考えあぐねていたのだと思う。私は何か言わなければならなかった。そうでなければ、彼女は電話を切ってしまうに違いない。そのとき、トレーラーが轟音を響かせて駐車場に進入し、私の車のそばで少し減速した。そして再び速度を上げ、猛スピードで一般道へ出ていった。その赤いテールランプが遠くで小さくなっていくのを私は見ていた。

「今のは何？」と彼女が言った。

「大きなトレーラーだよ」

彼女が唇を舐める音が聞こえた。「許してね」と彼女は言った。私は彼女が居る部屋を想像した。そこには恐らく、マットレスからシーツが半分めくれて、マットレスの隅がむき出しになっている薄汚れたツインベッドが置いてあるだろう。カーペットの上には、パン屑が残されたままのディナープレートが積み重ねられている。薄い壁の向こうでルームメイトがぐっすりと眠っている。私は、自分が何てくだらない人間なんだということに気づき始めた。誰も訪ねてくる人はなく、感情のこもった大声が聞こえるわけでもなく、なぜ田舎町の静かなアパートで独りで暮らしているのか分かり始めた。

「辛いね」と私は言った。「そんな事が起こって」

外の暗闇が何か大きな形を帯び、どんどん拡大するように思えた。もし車の窓を開ければ、それに触れることさえできるような気がした。自分が恐怖に襲われていることが分かって、私は電話機を強く耳に押し当てた。

「私を愛してくれる?」。彼女は囁いた。

「もちろん」

「私とやり直して」と彼女は叫んだ。「私とやり直してくれる?」

「もちろん!　もちろんだとも!」

「私を迎えに来て！」と彼女は言っていたが、その声は私にはほとんど届かなかった。

――

私が次に目を覚ましたとき、外はまだ暗かった。電話機は車の助手席の上に静かに置かれていた。私はドアを開け、外に出た。空気は冷たくて新鮮だった。恐怖感は私から去っていた。トイレのある低いレンガ造りの建物まで歩いていき、静かな音楽に合わせて用を足した。建物から出てきたとき、初めて、灯りのともったブースが駐車場にあることに気づいた。きれいに髭を剃った中年の男性が中で小さなテレビを観ていた。彼はずっとここにいたのだろうか？　なぜ気づかなかったのだろう？「無料コーヒー」と書かれた看板の下の、木製カウンターの向こう側に彼はいた。

「コーヒーはどうだい？　無料だよ」と彼は言った。彼の声は、まるで素早く小鳥に運ばれてきたように、近いところからはっきりと明瞭に聞こえた。

私は彼のところに行った。アスファルトの向こうの草むらでコオロギが一斉に鳴いている。割れたクッキーの入ったプラスチックのかごがカウンターの上に置いてあった。

「そうだね」と私は言った。「クッキーもいいかい？」

彼は頷いた。彼がコーヒーを淹れている間、私は指先でゆっくりと、クッキーのかけらを集めてクッキーを完全な形に再現しようとしたが、上手くいかなかった。私は、大きなかけらのクッキーを幾つかつまんだ。「いま何時かな?」と私は訊ねた。
「もう少しで三時だ」と、コーヒーを手渡しながら彼は言った。コーヒーにはクリームが入っていた。私はコーヒーにクリームを入れない。しかし、与えられたものを受け入れることが大切なことのように思われた。
その男性は私には現実の存在とは思えなかった。私は、自分の想像力が彼を生み出したのかもしれないと思って、彼に礼を言わなかった。帰宅までの時間、ラジオを聞きながら運転していても、運転席の背後やトランクには誰も隠れておらず、自分以外には誰も乗っていないのだと確信することに困難を覚えた。

―――

帰宅したとき、自宅の建物は静かだった。鍵はダッフルバッグの中なので、家の中には入れなかった。私は、バッグを再び目にすることがあるのだろうかと思った。家の周囲を歩き、窓を確かめてみた。すべてに鍵がかかっていた。家の中で留守番電話のランプが赤く点滅しているのが見えた。誰かがメッセージを残しているのだ。最後に入口へ向かった。玄関の入口の床に箱が置いてあった。差出人である母の住所が、模様を施した字体で記されていた。私は腰を下ろして壁にもたれかかり、夜が明けて家主が目覚めるのを待っていた。

訳注

［1］　アメリカの衣料品販売会社で、同社のファッションブランド。

教室の掲示板について素晴らしいことを思いついた。しかし、校長がそれを却下したとき、今年は――あるいは二度と――僕は二年生を教えられないことが分かった。掲示板に生物の進化図を描くつもりだった。アミノ酸を表す化学記号を左端に書き、そこから単細胞生物、両生類、類人猿と進化して、最後に人間――人間と言っても大人ではなく、角帽をかぶって卒業証書を持った七歳児へと進化する図だ。私は、自然淘汰による理性の発達を連想できるような絵を、子どもたちに描かせることをグウェンに依頼するつもりだった。グウェンというのは美術の教師で、僕の大切なパートナーでもある。掲示板の左端に生徒たちの名前を書き、生徒たちが年度内に本を一冊読む度に、彼らが進化図のどの辺りにいるかを僕が印をつけるという計画だ。僕は、自分のアイデアにとても興奮して、すぐにでも色画用紙が欲しくなった。そして職員室で、低く抑えた声でダグに自分の計画を熱狂的に話した。しかしダグは、「ここはクリスチャンの多い地域だし、進化論については既にカリキュラムにも入ってるんだから、無駄に進化論を強調して余計な面倒を起こさない方がいいよ」と僕に言った。そしてさらに、「君の言うことは分かるけど、子どもたちに無理に読書をさせることで、読書の苦手な生徒がそのことを過剰に意識しちゃうだろ。その話で思い出したけど、僕たちはＰＴＡからの要望に従って、これからは生徒を『学習者』、教師を『ファシリテーター』と呼ばなきゃいけないんだ」と言った。僕は職員室では泣かないように頑張った。しかし、駐車場に着くまでは我慢できたが、駐車場に着くと力尽きて、空のブリーフケースを車に投げ捨て、涙で顔を濡らしながら、ダグが生まれた日を呪った。僕は男の割によく泣くのだ。しかし、そのことを恥じてはいない。

気持ちが落ち着くと、ブリーフケースを拾い上げ、運転席に乗り込んだ。フォルックスワーゲン・ゴルフという小型車で、色は赤だ。バンパーには、「今は運転、話は後で！」と書かれたメッセージの横に、ビジネスマンが携帯電話で得意げに話している様子が描かれたステッカーが貼ってある。それを読んで抗議のクラクションを鳴らす人もいれば、中指を立てる人もいる。「好きなようにすればいいさ！」と僕は思う。僕は自分の意見を言うことを怖がってはいない。むしろ、そうすることは、民主的な理想を前に進めるために絶対に欠かせないことだと信じている。時刻は正午で、腹が減っていた。ブリーフケースは空だった。というのも、ダグのお説教を聞いている間に昼食を食べ始めていて、職員室を飛び出したとき、ほとんど手をつけないままそれを職員室のテーブルの上に置いてきてしまったからだ。暑い日だった。新学期が始まるまでまだ一週間あった。ダグは、喫煙は学校の敷地外でするように通達していたが、守衛の人が何人か近くの駐車場で煙草を吸いながら時間を潰していた。恐らく、授業が始まるまで規則は正式には効力を生じないのだろう。いずれにせよ、それは僕の問題ではない。皆さん、それでよければ首になって下さい！　あるいは、肺癌で死んで下さい！

僕はズボンのポケットに手を入れて車のキーを取り出し、ゴルフのエンジンをかけた。顔に熱風が吹き出し、カセットデッキから映画音楽が大音量で流れた。『南太平洋』[1]だった。今年の秋、高校での演奏会でオーケストラのクラリネットを吹くことになっていたので、練習をしてはいけない理由はなかった。しかし、ミュージカル——すべてのミュージカル——が突然、軽薄で無意味なことに思えてきた。僕はカセットデッキのスイッチを切った。本当はテープを先に出さなければいけない。そうしないと、デッキの軸がテープを送るローラーをへこませてしまい、音楽を再生したときに回転むらを起こすからだ。しかし、今はそんなことを気にしていられなかった。車の窓を完全に閉めて、エアコンの風量を最大にした。

「ファック！　ファック！　ファック！」と、僕は大声で叫んだ。

町の中心まで車を走らせ、ウェンディーズの列に並んだ。僕の後ろには馬鹿でかいオールズモビルが並んだ。そこには、頭が大きくて顔色の悪い太った男性が二人乗っていた。その二人は瓜二つだった。二人ともブロンドで、髪が細く、巨大な顎と首をしていた。僕は車のバックミラーで二人を観察した。運転席の男は抜け目のない感じで、背筋を真っ直ぐにして座っており、午後の日射しに明々と照らされていた。助手席の男は、ベースボールキャップを被りうなだれていたので、顔全体が陰になってよく見えなかった。寝ているように見えた。僕は中華思想的な宇宙観を持っている訳ではないが、二人の間には明らかに陰陽原理が働いていた。運転席の男は明るくて、さっぱりとしていて屈強だ。助手席の男は暗くて、軟弱で女々しい。自分はどちらだろう？

もちろん助手席側だ。車に乗るだけで、誰にも理解されることなく汗だくになって（車のエアコンが完全に壊れている）、暗闇の中でもがき、上の立場の人間のまったくの気まぐれによって振り回されるだけの存在だ。あそこに座って、ただ頷いて、ダグの言うことを黙って聞いているだけなんて！全身が震え始めたので、車のハンドルを強く握った。黒い粘着質の物質が出てきて、それが僕の手の中で小さく煙草状になった。確かに、進化なんて。偉大な知性や能力、完全な身体へと向かう不可避で絶え間ない運動が存在するなんて、僕は――僕たちは皆――何て愚かなんだろう！　どうしてそんなことを信じられたんだろう！

すぐに僕の順番が回ってきた。僕は頷いて商品を受け取った。そのとき、現金を持っていないことに気がついた。

「小切手でもいいですか？」と僕は店員に訊ねた。

「クレジットカード？」

「小切手です」

「小切手？」と彼は言った。僕は頷いた。「店長に訊いてきます」

ファーストフード店のすべての店長がそうであるように、この男性も痩せていて、練習して身につけた権威的な態度で顔をしかめて言った。「何か問題でも？」

「すみません、現金を持ち合わせていなくて、たった今気づいたんです。クレジットカードは使わないんです。使えないんです。小切手は地元銀行発行のものだし、有効期限内です。運転免許証を渡しますから・・・」。僕は彼に免許証を渡した。彼はさらに表情を険しくして、免許証と僕の顔を四、五回確認した。そしてようやく、「通常、小切手は受け取らないんだが、例外的に認めることにする」と言った。

ふう！　僕は店員からペンを借りて、小切手に署名した。「支払先」の欄に「ウェンディーズ」と書いた。どういうわけか、それまでに起こったその日の出来事の何よりも、その行為は僕を悲しくした。僕の後ろで、陰がクラクションを鳴らした。僕は手を振って、車を駐車場に回した。

ケイジャンチキン・サンドイッチとフロスティを食べてしまうと、僕は目を閉じて、瞑想することにした。「瞑想って難しいのかな？」と僕は考えた。靴を抜いで、シートを倒し、脚を組んだ。そして、両手の掌を上向きにして膝の上に置いた。「う〜ん・・・」と言ってみた。どうも上手くいかないような感じがした。髪のない裸の大男が上半身裸で同じ事をしているところを想像してみた。しばらくすると、平和で落ち着いた気持ちが訪れた。僕は夢を見ていた。体育館によくあるメディシンボールだ。それは、重いと同時にふわふわとしており、伸び縮みする金属製のフレームの中に固定してあった。子どもたちは、それを頭の上で振り回して歓声を上げていた！

窓を叩く音で目が覚めた。ウェンディーズの帽子を被った女の子だ。車の中は今にも息が詰まるようだったので、窓を開けて車内の空気を外に出した。「何か？」

「あなたが大丈夫か見てこいって言われたの」

「ああ、大丈夫だ」

「駐車で寝るのはだめだって言ってるわ」

「分かった」。僕は時計を見た。二時半！　何をしてたんだ？

僕は駐車場を出た。


ベティシェイバー小学校には戻りたくなかった。あの屈辱には耐えられないし、そもそもすることがなかった。最初の計画では、一日中掲示板に取り組むはずだった。そして、グウェンを送って帰るつもりだったが、実際は、彼女は学校のすぐ近くに住んでいて、今日みたいに天気の良い日は、歩いて気持ち良く帰れるのだ。それで、ウェンディーズを追い出されたあと、まだ見たことのない近所の秘密の場所を探して僕はうろうろ走り回った。こういう坂の多い町には、山腹が削られたところや雑木林の裏にそういう場所が本当にあるのだ。しかし前回と同じく、僕の探索は失敗に終わった。そういう場所はすべて既に発見されてしまっているのだ。僕はがっかりして、でこぼこの田舎道を十五分かそこら走り、十三号線に出ると「南地区高速道路」に進んだ。時速七十マイルまでスピードを上げる

と、車全体がぶんぶん音を立てた、と言うより、激しく振動した。僕はラジオのスイッチを入れ、歌をうたい出した。いったい僕は何をしてるんだ？　僕の潜在意識の王の勅語が記された中世の詔書のように、道路が眼前に広がった。

夕陽が行く手に沈むまで僕は車を数時間走らせた。それから、グローブボックスにしまってあった度付きの眼鏡とサングラスを交換した。これでいい。山や高速道路や雲は、たった今オーブンから出てきたみたいにくっきりとした褐色に染められていた。二時間ほど走って車を停め、グウェンに電話をした。彼女はまだ学校にいた。

「今、学校を出ようと思っていたの。あなた、どこにいるの？」。彼女の後ろで複写機の音がした。このデジタル時代に、ベティシェーバー小学校ではいまだに複写機を使っている。焼き上がったばかりのクッキーのアセトンの混じった臭いのように、印刷機の臭いに病みつきになった年配の教師がまだ何人かいるのだ。

「それはあまり重要なことじゃないんだ」と、僕は重要なことであるかのように言った。「今日は夕食が一緒に食べられないことを伝えたかったんだ」

「本当に？　どうしたの？」

「理由はどうでもいいんだ」

「ちょっといいかしら？　私、考えてることがあるんだけど。それとも、また別の機会の方がいいかしら？」

「いや、今でかまわないよ」と僕は言った。正直に言うと、僕が理由を言わなかったことを彼女がすぐに受け入れたことにちょっと気分を悪くしていた。もう少しそのことに拘ってもいいんじゃないか？　しかし、それは彼女のやり方ではなかった。離婚して五年後、彼女に出会ったとき僕がどれほど喜んだか皆さんには想像できないと思う。彼女は落書きだらけの机と一体になった椅子を、小学校の駐車場に停めてあった自分の車のトランクに積み込もうとしていた。長いブロンドの髪、はっきりとした顔立ち、生き生きとした小さな鼻を考えると、彼女は十分魅力的な女性だった。当時僕は、もう二度とセックスができないと思っていた。

事務室の中で、彼女が身につけている二十個くらいの細い腕輪の音がちりんちりんと鳴る音が聞えた。僕は、フェイクの木目調のビュッフェテーブルの上に座って腰を落ち着かせている彼女の姿を想像した。同僚たちはそこでコピー用紙を揃えたり、電話で話をしたりするのだ。彼女が言った。「今年は西暦二〇〇〇年か何だかだし、みんな未来について何か考えてると思うの。インターネットだか何とか。みんな、未来、未来、未来よ」

「そうだね」

「それで私、子どもたちに未来の絵を描いてもらおうと思うの！　まず、子どもたちにそれぞれ好きな色を混ぜてもらってタッパーウェアに入れるの。それから、それぞれの色に名前をつけるのよ。

ミレニアムレッドとかフューチャーブルーとか、くだらなくて明るい名前なら何だっていいの」

――そのとき、背後で印刷機の音がしなくなっていて、グウェンが印刷室に一人でいることに気づいた。そうでなければ、彼女は「くだらなくて」という言葉を使わなかったはずだ――「それで、子どもたちはその色を今年ずっと使うの。そして、子どもたちに未来の絵を描いてもらうのよ。建物はどうなってるかとか、人はどうなってるのとか、木とか植物とか昆虫はどうなってるかとか――」

「恐らく、みんな死んでるね」

彼女は舌を鳴らして言った。「ルーサー、私があなたにこの課題を任せないのはまさにそういうところなのよ。あなたには希望がないのよ。これのいいところは、アイデアがなくなったときに、未来がテーマなら何でも思いつけるところなのよ。それで、それを描かせればいいの。上手くいけば、おとぎ話なんかも書けるかもしれないわ――グライツ先生と一緒に子どもたちに未来の物語を一緒に書いてもらうのよ――」

「へっ!グライツだって!　上手くいくといいけどね!」と僕は言った。

「――それで、授業ではそれに未来の絵を添えるの。自分たちで作った色なんかを使って。金属色の絵具とか買えるかしら?　既に金属色のクレヨンはあるんだけど・・・」

しばらくこんな調子で彼女は話していた。それを聞きながら、僕は彼女のアイデアにますます嫉妬心を抱き、今朝の自分の徹底的な敗北にますます苦々しい思いを抱いていた。この女性――この若くて不器用な女性――は、人生の激しい荒波をどうしてこんなに身軽にやり過ごすことができるのだろう？ どうして私のカヌーは、複雑に絡みついた漂流物にひっかかり続けているのだろう？ どうでもいいや！ 考えているうちに、もうどうでもよくなった。

「それで、あなたはどう思う？」とグウェンが言った。

「いいと思うよ、君のアイデアは。素晴らしいよ。でも実は――」

「じゃあ、読書と理科はあなたが手伝ってよ！ 子どもたちにＳＦの本を読ませて、ロケットやコンピュータなんかについて教えてよ！」

「ねえ、君に話があるんだ」

しばらく沈黙があった。「何よ、早く言ってよ」

「仕事を辞めるんだ。もう学校には戻らない」

彼女は笑った。「一体どうしてなの？」

「ダグに訊いてくれ。僕は辞めたって彼に伝えておいてくれないか、悪く思わないでくれって。彼には理由は分かってるんだ」

さらに沈黙があった。「本気で言ってるのね！」

「うん」

「ルーサー、今あなたどこにいるの？」

「それは重要じゃないんだ。すぐに戻るから、約束する。でもダグに言っといてくれ、終わったって。じゃあ、また後で」

電話を切っても、自分が期待していたような、あの男らしい勝利感のようなものは感じなかった。そして、振り向いて自分のゴルフを見たとき、象徴的にも文字通りにも、それは、僕をどこにも運んでいくことができない、おもちゃのような頼りない車にしか見えなかった。それでも僕は乗り込んだ。僕にはそうするしかないのだ！

車は、高速道路から九十号線に出て、ペンシルベニア州を抜けて、すぐにオハイオ州に入った。さらに何時間かが経過した。そろそろ夕食の時間に違いない。ウェンディーズで昼とまったく同じものを食べた。一日に一回何かを食べるのは単なる栄養の摂取だが、同じものを一日に二回食べるとそれは哲学だ。フロスティの残りを素早く片づけて急激なアイスクリーム頭痛に耐えた。自分が励まされていることに気づいた。哲学だ！　手洗い（驚くほど清潔だった）に行って用を足し、いつも携帯しているマッチ箱からマッチを一本出して、用を足した後の痕跡を焼き払った。このちょっとした礼節と自己否定は、仕事を辞めたことと同じように、正に理に適ったことのように思われた。自分を未来から消すこと、こうすることが一番良かったんだ。僕は退嬰化することが運命づけられた生物種なんだ。『南太平洋』[2]（一時停止になっていた）ですっかり準備ができた僕は、道路に戻ると、今日一日の出来事を二行対句でオペラ風に歌い始めた。

ベティシェーバー小学校にはうんざりだ
でも仕事を辞めた僕は卑怯者だ
もう二度とこんなことは言わなくていい
光合成をしないと植物は栄養をつくれない！

平凡な細部が不吉な音楽的意味を帯び始めた。主たる登場人物には独自のメロディがある。ダグには遅いテンポの暗い退屈な感じ、グウェンには震えるようなスタッカート、そして自分には三全音[3]（別名「音楽の悪魔」）。こんな調子で最後の三十分を過ごし、トレド——もう少し正確に言うと、僕の最終目的地、緑豊かな郊外の町ノースウッド——で高速道路を降りた。

まだ暗くはなっていなかった。野球やサイクリングやジョギングをしている人たちのためにときどき減速しながら、静かな通りを走った。誰もが夏の最後の感触を味わっていた。子どもたちは全力で遊び回り、大人たちは私道の突き当りに集まって、子どもたちが学校に行き静かな日常が戻ってくる日を待ち望んでいた。どこかで教員たちは、銃やドラッグ、共通学力テストについて心を悩ませているに違いない。僕にはもう関係ないのだ！

目当ての家を見つけると、道路の反対側に車を停め、数分間、車の中から家を観察していた。チューダー様式を模した白い家の正面には、手入れの行き届いたイチイの木が並んでおり、ハナミズキの周囲ではオニユリが信じられないくらい高く育っていた。窓に猫が座っていて、何かをじっと見つめていた。ガレージの扉は開いていて、中ではおもちゃが散らかっていたが、家には誰もいないようだった。僕はもう一度眼鏡を交換し、車から降りて全身を伸ばし、背中に張り付いたシャツとズボンをもとに戻した。ネクタイはまだしっかりと結ばれたままだった。馬鹿みたいだ！　ネクタイを緩めると途端に十倍くらい気分が良くなった。道路と前庭を横切って、鍵の掛かっていない玄関口の中に入っていった。

「こんにちは！」と大きな声で言ってみた。どさっと猫が窓枠から飛び降りる音がした。私は猫の頭を撫でてやった。見たことのない猫で、子猫の年齢を少し過ぎたくらいだった。以前飼っていた猫は死んでしまったのだろう。いや違った。以前の猫が、ひどく退屈な様子でにゃーと鳴いて、鉢植え用の土が詰まった袋に脚がついたみたいに、のそのそとやってきた。僕は猫がひどく苦手だったが、この二匹の猫には微かな連帯感を感じた。僕はキッチンに行って、明らかに専門店で買ったと分かる大きなガラス瓶（しかも、中には小さな金属製のスコップも入っていた！）から餌を出して、彼らの皿を満たしてやった。それから、冷たいビールの栓を開けて、座って飲んだ。時計は八時十五分を指していた。夕食を終えて、そろそろ家に帰る時間だ・・・しかし、アイスクリームの屋台を見つけ・・・座ってソフトクリームを舐めながら、目の前を通り過ぎる車を眺めて・・・。

ビールが一気に回った。ふらっとしながら立ち上がり、一階を見て回った。部屋はきれいに片づけられていたが、ある種の病的な潔癖性が潜んでいるような片づけられ方ではなかった。テレビは、塗装されたマツ材の戸棚に目立たないようにしまってあったが、ＣＤ（ほとんどがポップミュージックだった）は目のつくところに出しっ放しだった。本や雑誌は、お互いに揃えてあるわけでも、それが置かれているテーブルの角に揃えてあるわけでもなく、見栄えよく扇状に並べてあるわけでもなかった。何かの飲み残しがこびり付いた空のグラスが、肘掛椅子のそばの床の上に置かれていた。私はそれを拾い上げて、軽く匂いを嗅いでみた。果物のスムージーだ。バナナ、イチゴ——それとも何か別の果物？ それを、もともと置いてあったカーペットの上のへこんだ場所に戻した。

既に外は暗くなっていた。ビデオデッキが八時五十二分を示していた。僕は深呼吸をして二階に上がった。洗面所（また雑誌が置いてあった）があった。次に男の子の部屋（二段ベッド、スポーツ用具やおもちゃのトラックが入ったかごがあった）。それから夫婦の寝室。僕とグウェンの好みより少し装飾的だったが、心地良さそうな部屋だった。部屋の中に入り、ベッドに座ってみた。いいベッドだ。この素敵な掛け布団はどこで買ったんだろう？ それからもう一度廊下に出て、リネン用の戸棚を覗いてみた。そして最後に、女の子の部屋に入った。完璧だ。至る所に童話集が置いてあった。ステッカー、マーブルチョコの入った透明のビニールケース、フルーツ味のリップクリーム、ゲーム機、そして、使わなくなった鍵（恐らく全部で二十個はあったと思う）のキーホルダー。ベッドはきれいに整えられて、折り返してあり、枕はふわふわだった。いつでも寝られるように、ピンク色のナイトガウンがベッドの支柱にさりげなく掛けてあった。ベッドに座ると、ぎしっという音がした。素晴らしい。まだ数年は、男の子が夜に忍び込んでくることはないだろう。私は目を閉じて、汗とキャンディコーンのむっとした部屋の匂いを嗅いだ。一階でドアが開く音がした。ビールの空瓶のことを思い出し、一瞬パニックになった。しかし、瓶を手に持っていることに気がついてほっとした。

僕は静かに立ち上がり、ドアを閉め、ベッドのもとの位置に戻った。一階のテレビがついた。笑い声と男の子の駄々をこねる声がした。階段と廊下に足音がして、僕の心臓の鼓動が速くなった。男の子たちが部屋に入り、後から父親がついてきた。賭けてもいいが、双子に違いない。排卵誘発剤は使っていないはずだ。三歳だろう。父親は二人の着替えを済ませ、トイレに連れていき、歯を磨くのを見届けると、ベッドで本を読んでいた。聞こえてくる音だけで、素晴らしい父親であることが分かる。父親が出ていくと、子どもたちは寝るまでくすくす笑って、よく聞き取れないことを話していた。

しばらくテレビの音だけが聞こえていたが、「アナ、そろそろパジャマに着替えれば？」という聞き覚えのある声がした。

「もう少し起きてていい？」

「少しだけよ」

一段飛ばしに階段を上がる軽い足音がした。ドアが開いた。

彼女ははっと息を飲んだが、叫び声は上げなかった。僕は唇に指を当てた。彼女の髪は明らかに以前より豊かでしっかりとしていたが、その細くて軽い髪は長くなって、自然な感じで下ろされていた。彼女は部屋の中に入り、ドアを閉めた。

「ハーイ、パパ」と彼女が囁いた。

「元気かい？」と僕は言った。

アナは僕のところにやってきて、抱き締められるようにしてくれた。僕はため息が出るのを抑えた。「どうしてここにいるの？」とアナが言った。

「会いたかったんだ」

アナは顔をしかめ、肩越しに後ろを振り返った。「部屋から出られないわよ」

「分かってる。ママたちは入ってくるかい？」

「ううん、私は眠りが浅いから。覚えてるでしょ？　自分の部屋に上がってくる前にお休みのキスをするの」

何て愛おしい。「ああ、覚えてるとも」と僕は言った。

アナは、十歳の子どもにしては恐ろしく悲しそうに首を振って言った。「下に戻らなきゃいけないの」。彼女は、ベッドの支柱に掛けてあるナイトガウンを手に取り、部屋を見回して、散らかったクローゼットの中に入った。彼女の服がハンガーの上を滑る音や、彼女の小さな身体が板張りの扉に触れる音がした。恥ずかしがるような年齢になったんだ。学校に行くために着替えさせてやることはもう二度とないんだ。クローゼットから出てきたとき、彼女は輝いているように見えた。恐らく、通りから射し込む明かりのせいだ。

「天使のようだ」と僕は言った。

「大きな声を出しちゃだめ」

僕はもう一度同じことを、今度は小さな声で言った。

彼女は下に降りていった。「何て可愛い娘だ」と今の父親が言い、「こっちにいらっしゃい」と僕の元妻が言った。ソファに座ったのだろうか？　彼らは長い間テレビを観ていた。お願いだ、アナ、眠らないでくれ、と僕は願った。両親に抱えられたまま来ちゃだめだ。ベッドに座っていると、自分が彼女の年齢だった頃のことを容易に思い出すことができる。自分が心から好きな唯一の場所である自分の部屋。そこには自分の本が全部置いてあって、誰にも邪魔されないでいられる場所だ。天気！　僕は天気にとても関心があった。気象についての本を何十冊も持っていた。自分で湿度計や気圧計を作っては、窓の外枠に取り付け、気温や気圧、風速を丁寧に記録していた。四年生のとき、それを担任の先生に言うと、先生が言った。「なあ、ルーサー。そういった機器を家の外に直接取り付けると、数値はどれも正確じゃなくなるんだ。家が熱を放出し、風を遮ってるだろ」。彼の言うことは正しかった。僕はノートをどこかに片づけてしまったが、外の湿度計や気圧計はそのままにしておいた。それらは、ある夏の猛烈な風雨の中で、庭の植え込みの中に飛ばされてしまった。どうして僕はこんなに傷つきやすいんだ？　どうして簡単に負けを認め、諦めてしまうんだ？　精神科医に大金を払えば答えが見つかるのだろうが、そんなことは絶対にしたくなかった。

アナが部屋に戻ってきた。彼女の机の上のプーさんの時計が午後九時四十五分を指している。その時計は、僕が、彼女の誕生日か何かのときにプレゼントしたものだ。

「遅くまで起きててもいいんだね」

彼女は「しーっ」と言って、ベッドに腰かけている僕のそばに潜り込み、僕の身体を抱えるようにベッドの上で丸くなった。どうすればいいのか分からなかったので、僕はじっとしたままで、シーツの下の彼女の手を探した。その手を握ると彼女も握り返してくれた。彼女は幼い子どものような速さで、あっと言う間に寝てしまった。僕は眠りにつくまで一時間近くかかるが、僕も眠ってしまったに違いない。というのも、次に時計を見たとき、ティガーの尻尾がもうすぐ十一時を指すところだったからだ。

「アナ、パパとママはどっちもお互いのことが大好きだ」と、五年前彼女に言った。それは僕が初めてついた、そして唯一の嘘だった。少なくとも、覚えている限りの唯一の嘘だ。それ以来、僕の記録には一点の曇りもない。「でも、一緒に住むことはできないんだ。もちろんそれは、アナとは一切関係ない。それどころか、アナはパパとママの人生の中で最高のものだ。パパとママはアナのことを世界中の何よりも愛している。アナはほとんどの時間をママと過ごすことになるけれど、ときどき、パパと過ごすこともある。そのときは絶対楽しいことをしよう。約束するよ」

それを言うのに懸命に練習をした。本当に真剣だった。しかし、アナは泣きじゃくって言った。

「いい子にするから!」

僕は汗をかいた自分の手を彼女の手から離した。テレビの音はしなくなっていた。廊下では何の音もせず、ほとんど暗闇だった。夫婦の寝室のドアは閉まっていた。僕は中に入って、妻の寝ているところを見たかったが、もちろん、そんなことはしなかった。それは、普通の人間のすることではない。僕は用心深く階段を降り、玄関の外に出た。もちろん、警報器は鳴らなかった。自分たちが安全であることを彼らは確信しているのだ。そしてたぶん、それは正しかった。世界は、僕たちがそう思いたいほど危険な場所ではない。少しの金があり、煙草を吸わず、まともな地域に住んでいれば、安全に暮らせる可能性はかなり高い。それは本当だ。人類の歴史で、今より良い時代があったとは思えない。

午前五時半ごろ戻ってきた。帰りの道中、自分がずっと起きていたとは思わない。もちろん、目は開いていたし、車線の内側をきちんと走っていた。しかし、僕は夢を見ていたのだと思う。その白日夢の中で、僕は未来にいた。その未来は、今とそんなに変わっていなかった。車が少しばかり洒落ている程度だった。人々は服の襟を立てていた。僕もグェンも歳を取っていて、子どもが二人いた。双子の女の子だ。彼女たちは今のグェンと同じくらいの年齢になっている。しかも、二人ともグェンそっくりだ！　その広い顔は、想像を絶するエネルギーを秘めた太陽のように温もりを放射していた。その三人は、お互いの心を読むことができるのだが、僕がそばにいるときは、礼儀としてそれをしなかった。いい夢だった。

家の近くまで戻ってきたとき、結局、グェンのアイデアを使うのがいいように思えてきた。生徒たちに未来について日記を書かせるのだ。簡単に始めることができる。明日の君の生活はどんな風だと思う？　短期間で成果を出させ、やる気を起こさせるのだ。そして翌週。来週の君の生活はどんな風だと思う？　そして、来月は？　来年は？　二十年後、君はどこにいると思う？　五十年後は？　君の子どもたち、孫・曾孫・昆孫たちは何をしていると思う？　彼らはどんな風になっているだろう？　そして僕も、彼らと一緒に自分の課題をする。僕の未来日記には、夢に出てきた双子やアナの人生、子どもたちの喜びや楽しみ、自分の馬鹿ばかしい満ち足りた気分など、あらゆる種類の奇抜な予想について書くのだ。

ところが、僕は仕事を辞めたのだった。

僕は、グェンのマンションの外に車を停め、自分の鍵を使って部屋に入った。彼女はまだ寝ていた。今日は二人にとって特別な日だった。遊びに出かけ、湖で一泳ぎし、彼女の自宅でロマンチックな夜を過ごすのだ。僕はベッドに滑り込み、彼女の周りに腕を巻きつけた。彼女が目を覚まし、こちらを向いた。

「う〜ん？　何時？」

「もうすぐ六時だよ」と僕は囁いた。

彼女が起き上がると、髪が顔にへばりついていた。何て良い香りがするんだ！　彼女は夜の間にここで育った一握りの熱い芝生のような香りがした。「何時頃入ってきたの？」と彼女が言った。

「たった今だよ」

「ルーサー、一体どこにいたの？」

僕たちは二人とも答えを待っていた。しかしその代わりに僕は言った。「ダグに伝えるよう君に頼んだことを、本当は彼に言ってないよね？」

「あなたが辞めるということ以外に？」

「いや、そのことだよ。僕が辞めるということ」

「ルーサー、あなた私に頼んだじゃない」

「まさか言ってないよね」

「あなたに言われた通りにしたわよ」

外が明るくなってきた。彼女の両腕は、形のよい彼女の胸の上に組まれていた。どうすればいいんだ？　僕は突然泣き出した。そして、「ああ、僕は何てことをしたんだ？」と言って、彼女に身体を預けた。感情に打ちのめされたとき、好きな人の腕に抱かれるのは、何て素敵なんだろう！　ある問いが頭の中に浮かんだ——結婚してくれないか？——しかしその衝動を抑えた。

「ねえ、ルーサー」と、僕の髪を撫でながら彼女が言った。「ごめんなさい、冗談よ——ダグにはまだ何も言ってないわ、何もよ。だから大丈夫よ・・・」

そうなのか。酷い冗談だ。でも、僕にはそれがお似合いだ。仕事を辞めると言うのを彼女に伝えてもらうなんて最低だ。そんなこと、最初から分かっていたじゃないか。僕はそのまま泣き続け、身体を揺らしてもらっていた。そうしているうちに、彼女は背中が痛くなったのか立ち上がった。彼女がシャワーを浴びている間、僕はしばらくベッドの中に独りでいた。彼女が大学時代から持っているポスターが壁に貼ってあった。モネの絵やフランス映画、子猫のポスターだ。「僕が愛する女性は猫のポスターを持っている」と、大きな声で言ってみた。蛇口の閉まる音が聞こえ、彼女が廊下を歩いてくるとき、一瞬、明るく光る彼女のバスローブが目に入った。彼女が新聞を持って戻ってくるまでに、自分がしたことを彼女に話す準備はできていた。

訳注

［1］ジェイムズ・ミッチナーの小説『南太平洋物語』（一九四七）が原作の、一九四九年初演のブロードウェイミュージカル。

［2］二行で一組の韻文。通常は脚韻を踏み、同じ韻律を持っている。

［3］三つの全音からなる音程関係。へ音、ロ音、ハ音、へ音などの増四度音程のこと。この音程は不協和音程で歌いにくく、「音楽の悪魔」（diabolus in musica）と言われ、使用が禁じられていた。

お別れ、バウンダー

以前飼っていた犬が死んだ。長い舌と耳を垂らし、放送が終了したテレビ画面のような色をしたバウンダーは、サウスダコタ州ミッチェル市近く（市内ではない）の高速道路のガソリンスタンドで見つけた。ミッチェル市と言えば、「トウモロコシ宮殿[1]」が有名だ。彼は、不潔な髪と「クソ食らえ！」とプリントされたTシャツを着ていたせいでトイレの鍵を貸してもらえず、仕方なしに、裏の茂みのプロパンガスのタンクに隠れて用を足していた。キリスト教原理主義者の女性経営者が、破れた網戸からこちらをじっと睨んでいた。「こんな自由な気持ちになったのは初めてだ」と彼は独り言を言った。そして、大きな綿菓子のような雲が浮かんだ空に向かって大声で言った。「こんな自由な気持ちになったのは初めてだ！」。しかし、それは事実ではなかった。車の中には彼の帰りを待っている女性がいた。彼は彼女と別れようと思っていたが、彼女がそれを許さなかった。「無理よ」と、彼女はモーテルのベッドで言って、裸のままで彼の上に乗ってきた。そして、その行為にはいつも効果があった。

「ああ」と思いながら、彼は腰を振って用を済ませた。道路は監獄だ、愛は監獄だ、車――五百ドルの「ダットサン」――も監獄だ。監獄も監獄だ（彼は過去に二回留置所に入ったことがある。一回目は酔っぱらって、二回目はちょっとした揉め事で）。しかし、愛ほど強力な監獄はない。愛こそ最大の監獄だ。

彼は注意深く身なりを整えると、ベルトを留めた。そのとき、プロパンガスのタンクの下から犬が頭を出した。まだ子犬だった。彼は屈んで頭を撫でてやった。かわいい。首輪は付いていないので野良犬に違いない。「そうだ！」と彼は思った。「女ではなく、犬だ！」。彼は、その犬がついてくるかどうか見ながらゆっくりと車の方へ歩き出した。犬はついてきた。そして、彼が運転席のドアを開けると車に飛び乗った。

「こんにちは、バウンダー！」と彼女が言った。

彼の頭の中で独房の鎖の鍵の音が響いた。彼は思った。「ああ、何てこった。犬の名前も彼女がつけるのか」。私たちは、星空の草原へと車を走らせた。星は不必要に明るかった。バウンダーは、気持ち良さそうに後部座席で丸くなっていた。まるで、最初から車に乗っていたかのように。

ああ、昔が懐かしい！　彼女の名前さえ思い出せなかった。待てよ――フランシス（フランシーズではない。彼女の名前は伯父さんに因んでつけられたんだ）――ジーン・シェパードだ。電話番号は四五五-六一七一、誕生日は、恐らくまだそのままのはずだ、九月四日。俺は彼女と結婚すべきだったんだ。

代わりに彼はエレン・ミークスと結婚した。彼女は今も、エレン・メイブッシュと名乗っている。つまり、離婚した後も彼の姓を使っているわけだ。エレンはバウンダーを大層気に入った。バウンダーは彼女の顔を舐め、彼女もバウンダーの顔を舐めた。彼女はまた、バウンダーに歌ったり踊ったりすることを教えた。バウンダーのまだら模様の毛を彼女が櫛で梳くと、バウンダーは、ひっくり返ったり、飛び跳ねたりして大喜びした。エレンに懐いたあと、彼に対しては、まるでそこら辺にいる人間と同じように、表面的な愛想を振りまくだけだった。バウンダーと彼は今でもキャッチボールをしたり、テニスボールの探し合いっこをしたりするが、そのためには、肉の香りのするおやつを賄賂に使わなければならなかった。

エレンは、薬局で処方される薬のように定期的に彼を慰めた。「バウンダーはあなたのことが大好きよ、レイ」と言って、彼を抱きしめ軽く背中を叩いた。

離婚の際、どちらがバウンダーを引き取るかについてはほとんど問題にもならなかった。それぞれの代理人との昼食の際も、そのことは話題にならなかった。それに、当時の彼の交際相手で、今は彼の妻になったジュリアは動物アレルギーだった。

今、バスタブから大声を出しているのはジュリアだ。「何かあった?」と彼女は言った。

郵便物のことだ。彼は表玄関までそれを取りにいった。気持ちのいい春の日だ。彼が以前住んでいた家には今もエレンが住んでいるのだが、その家は僅か数ブロックしか離れておらず、ここからでも目にすることができた。彼女の家には誰もいないようだった。郵便物は、クリーム色のカードが入ったクリーム色の封筒だけだった。カードには次のように記されていた。

お別れ、バウンダー
素敵な犬
エレンとライアンとともに
幸せで長い生涯を終えた私たちの愛犬を祝福して下さい
四月十四日金曜日　午後七時より
「バウンダー」
一九八七［?］−二〇〇〇

ライアンは、レイとエレンの息子だ。彼の名前は二人が妥協することで決まった。レイは息子に「レイ」と名づけたかった。「ライアン」はエレンの提案だ。「それだと私の名前と韻を踏むし、あなたの名前も中に含まれているじゃない」。一応、筋は通っている。しかし、それもエレンにとってはもうほとんど意味がなかった。

彼はバウンダーが死んだことを知らなかった。

ジュリアが郵便物のことを訊いたので、その招待状を彼女のところに持っていった。彼女は裸で濡れていた。当たり前だ——彼女はバスタブに浸かっているのだ。しかし彼は、現実的で猥褻なその表現——裸・と・濡・れ・て——が好きだった。彼女の髪は、肩と胸を覆うように湯の表面でバスタブの端まで広がっていた。とても長い髪だ。彼女は二人が結婚した二年前から髪を切っていない。彼女がそんな無意味な感傷的な行為をする女性だと知っていたら彼は結婚しなかったかもしれないので、知らなかったことを喜んだ。彼女は濡れた指で彼の手からカードを受け取った。封筒はバスタブに落ちた。大文字だけを使ったエレンの間の抜けた手書きの文字が滲み出し、小さなリボン状にインクが広がった。

レイは、地元の有名大学、ニューヨーク工科大学で働いていた。彼は「通信教育科」とか何とかの所長だ。以前は、教室にビデオテープの再生機を設置したり、録画講義が終わるとそれを撤収したりするのが彼の仕事だったが、現在では、インターネットに関わるようになり、その結果、大きな金額を扱うようになっていた。（レイ自身の給料もかなり高額になった。）彼は全国各地を飛び回り、「我々はコンピュータのおかげで知的になるのです」と説得して回った。それは難しい仕事ではなかった。なぜなら、結局のところ、それこそ人々が信じたかったことだからである。

ジュリアは招待状を返した。「行って楽しんできなさいよ」と彼女は言った。

「君は来ないのか？」

「だってエレンがハグするじゃない」

「彼女は誰にでもハグするんだよ」

「私には強くするのよ」

それは事実だった。彼が結婚するとエレンが知ったとき、彼女は彼の家に飛んできて、ジュリアを抱きしめた。エレンはもともとハグ好きだったが、ハグは今ではエレンの代名詞になっている。どれだけ人畜無害な特徴でも、何がきっかけで喜劇のような効果をもたらすことになるのか分かったものではない。

彼はジュリアを見つめて、セックスするつもりがあるのか考えた。恐らくそのつもりだろう。二人が初めて寝たとき、彼は長い間セックスをしていなかった。そのことについて彼女は今でも彼に同情している。しかし、それももう随分昔のことになってしまった。彼はトイレの椅子に座って、足先で靴を脱いだ。「犬が死んだことは知らなかったんだ」と彼は言った。

「しばらく散歩には連れていなかったわ」

どうやらエレンは、バウンダーを連れて彼の家の前を毎日通っていたようだ。ジュリアの話によると、エレンは、私たちの家の前を通るとき、首を伸ばして、窓という窓から家の中を覗き込んでいたらしい。ジュリアは屋根裏で仕事をしていた——彼女はグリーティングカード会社相手に、花や鳥や猫の水彩画を描き、自費出版社相手に、性行為をしている男女の水彩画を描いていた——そして、エレンが家の前を通るときは、彼女に手を振っていた。すると、エレンは激しく手を振り返してくるのだそうだ。

「嘘だろ?」と、レイは靴下を脱ぎながら言った。「なぜ今まで言わなかったんだ?」

「だって、あなた関心無いじゃない」

彼はシャツを脱いだ。

「あなた、そこで何してるの?」と、彼女は顔をしかめた。

「ええっと・・・思ったんだけど——ひょっとして——どっちにしても風呂に入るかシャワーを浴びなきゃいけないだろ——」。彼は立ち上がって服を脱ぎ続けた。

ジュリアはため息をついた。彼女はバスタブの底に手を伸ばし、彼が浸かっても湯が溢れ出ないように湯の量を減らした。彼はバスタブに浸かった。


——

それが土曜日のことで、今日は水曜日。ライアンは学校にいる。まだ二年生だ。今は、キックベースグラウンドの端のアスファルト上で胡坐をかいて座り、友だちのダレンとフィリップとおしゃべりをしている。キックベースは彼らにとっては周辺的な事柄で、ほとんど空想上の出来事だ。それは彼らから十フィート離れたところで行われていた。ライアンは、もう新品ではなくなったスニーカーを見つめていた。ざらざらした土で汚れ、形も崩れていた。二週間前、そのスニーカーを学校に履いていった日、それは新品で眩しいくらい真っ白だった。休み時間に、図体の大きい生徒が大声を上げながらやってきて、大きな茶色のブーツでライアンのスニーカーを踏み潰していった。彼らは、学校の反対側からバスで通学してくる農家の子どもたちだった。家に帰ると、母親は激怒し、学校に電話をかけた。ライアンの計算ではたっぷり二十分は話していたと思う。その翌日、農家の子どもたちはライアンに、「お前の命はないからな」と言った。今のところ彼はまだ生きているが、そのうちの一人は、少なくとも一日一回、彼に向ってその言葉を口にした。しかしライアンは心配していない。そのうち彼らは脅すのを止め、スニーカーの件が起こる前からいつもそうだったように、「お前の母親は頭がいかれている」と言うだけだからだ。

今もライアンの母親が会話の中心だった。フィリップが、彼の肩を叩きキックベースグラウンドの向こう側の駐車場を指さした。「おい、お前の母親が来たぜ」と彼が言った。その言い方に悪意はなかった。確かに、彼女のボルボがもの凄い勢いで駐車場の空いたスペースに入ってきた。四角い車の四角い窓に四角い顔が見えた。

「お前の母親はここで何をしてるんだ?」とダレンが言った。彼の言い方には少し脅しめいたところがあったが、それはいつものことだ。彼は、タフな人たちが住む町の中心部からバスで通学しているのだ。

「今日は本の読み聞かせをするんだと思う」

「お前の母親は何なんだ?　教師か何かなのか?」

「単にお手伝いをしてるだけさ」

「へっ！」とダレンは頭を振った。ライアンは、何にでも驚くダレンが好きだった。

車から降りると、ライアンの母親は食堂のドアに向かってさっさと真っすぐ歩いていった。毎週水曜日に、幼稚園の子どもたちに読み聞かせをしているのだ。月曜日はギターを弾いて歌い、火曜日は掲示板を整理する手伝いをしている。（母親はときどき、ライアンへの秘密のメッセージを掲示板に残すことがあった――宇宙船の窓にライアンの顔が描かれていたり、アルファベットの積み木で彼の名前が綴られていたりする――ので、彼はいつも掲示板に特別の注意を払っていた。）木曜日と金曜日は事務室でタイプを打っていた。またライアンのクラスだけでなく、彼女はすべての遠足に付き添った。もちろん、彼女は一日中学校にいるわけではなく、地域の会議に参加したり、新聞社に手紙を書いたりしていた。新聞社も彼女の写真を載せることがあった。大抵は、マイクに向かって何か話しているところか、何かを主張したポスターを掲げている写真だった。一度、新任の教員が、新聞から切り抜いた写真を壁に貼って、「ライアンのお母さんは有名なのよ」と言ったことがあった。しかし、翌週まったく同じような写真が新聞に掲載されたとき、その教員はその写真を壁に貼るのではなく、最初の写真を壁から取り外した。

ライアンたちはキックベースの試合に目を向けた。子どもたちが大勢いるので、外野手の数が多すぎたが、すべての子どもたちがゲームに参加するというのがルールだった。フライボールが、外野にいる子どもたちの集団近くの舗装された地面に打楽器のような音を立てて落ちた。走者がベースを回っている間、上級生たちが怒っていた。

バウンダーはキックベースのボールが大好きで、ボールがパンクしないように顎を巧みに使って、自分の歯でボールをくわえ、誇らしげにボールを運んでいた。弱ってきたバウンダーがしっかり物をくわえられるよう、家の庭には半ダースほど――そのほとんどは空気が抜けていたが――のボールがあった。バウンダーはボールを集めてきて、それを庭の芝生に半分だけ見えるように埋めるのが好きだったし、ボールを家の中に運び入れて、それが子犬であるかのように舐めたり齧ったりすることも好きだった。

弱っていくバウンダーを見ることは、ライアンにとって辛いことだった。もちろん、投げたものをバウンダーに走って取りにいかせたり、一緒にソファの上に寝そべったり、ごみ箱に物を投げ入れたりすることが一緒にできなくなるのは悲しいことだったが、死の影、あるいはその不可避性――既にそれがライアン個人を捉えてしまっているのであろうと、これから捉えようとしているのであろうと――死それ自体が彼の不安の根拠だった。しかし、彼が不安に思ったのは、実は、彼自身のことではなく母親のことだった。と言うより、バウンダーがいなくなったとき、母親は何をするのだろうかということだった。ライアンが寝てしまったあと、母は誰に話しかけるのだろう？　既に母親は、彼が理解できない質問をしてくる。答えがないような質問であるにもかかわらず、彼に何らかの反応を求めてくるのだ。彼らはどうしてこんなことを私たちにするのかしら？　私たちが住んでいる国を何だと思っているのかしら？　あの人たちは真剣なの、ライアン？　あの人たち、本当に真剣なの？　頭がおかしいんじゃないかしら？　母は自分にはまったく関係のない、遠い場所のどうでもいい出来事に腹を立てた。例えば、高速道路の建設や、海外で誰かが何か言ったことや、ラジオで放送された数字のことなどについてだ。母は大声を上げ、涙を流し、髪を拳でつかんだ。これまでライアンは、固くなった母の身体を優しく抱き、外へ遊びに出かけることで対応してきた。

今、母がキックベースの試合に気づいたのが分かった。目の上に片手をかざし、つま先立ちになってライアンの姿を探していた。フィリップがさっと彼の前に動いてライアンを隠した。以前にも彼は同じことをしたことがある。だからこそ彼はライアンの親友なのだ。しかしフィリップのその作戦は上手くいかなかった。

「見つかったぜ」

明るい日射しの中を、ライアンの母親が手を振りながら運動場を横切ってきた。彼女の姿は、アスファルトに熱せられた空気のために歪んでいた。まるで、リュックに詰め込んであったC－[2]の答案用紙が風に飛ばされて広がりつつあるみたいだった。

昨日の夜、母親は自分で思いついた遊びをしていた。それは、ライアンが母親の真似をして、母親がバウンダーの真似をするというものだった。彼女は普通にキッチンに入っていったが、鼻を使って空の餌皿を床の上に滑らせながら両手と膝をついて出てきた。そしてその鼻でライアンの脛を突いた。そうやって遊びが始まった。ライアンが彼女に餌を与えると、彼女はそれを少し食べた。そして、ライアンは彼女の背中を掻いてやった。その遊びはまったく変というわけではなかった――いつものように彼女はずっと笑っていたし、ライアンも笑っていた。ちょっとした悪ふざけだった――ものすごく変というわけではなかったが、少し変だった。昨日の夜は、彼女が紐を口にくわえて彼のところに持ってきたところで終わった。「だめだよ、ママ、外には行かないよ」とライアンは言った。母親がくんくんと鳴いた。「もうやりたくないよ」とライアンが言うと、しばらくして彼女は立ち上がり寝室に向かった。

母親が寝たことを確かめると、ライアンは外に出て父親のところに向かった。寝室の灯りは点いていて、父親とジュリアが動いているところが見えたような気がした。しかし、玄関のベルを鳴らしても返事がなかった。

母親がやってきた。「皆さん、こんにちは」と母親が言うと、子どもたちも「こんにちは」と言った。

「あなたたち二人も金曜日のパーティに来てくれるの?」と、似非英国訛りで母親が言った。

ダレンは驚いてライアンを見たが、フィリップは首をうな垂れただけだった。「何のパーティですか?」と、ダレンが言った。

「バウンダーのお別れパーティよ」とライアンの母親は言った。「彼が次の世界に行くのを見送るのよ」

「メイブッシュさん、僕は参加します」とダレンが言った。「とても楽しみです」

「フィリップ、あなたも？」と、彼女は問い詰めるように言った。

「ええ、喜んで」

彼女はライアンをちらっと見たが、その目は「なぜあなたはお友だちに言わなかったの？」と訴えていた。「死んだ犬の気味悪いパーティだからじゃないか」と、彼は何も言わずに見つめ返した。母親がいなくなるとダレンが言った。「なあ、お前の犬が死んじゃったなんて知らなかったぜ」

「死んでないよ」とライアンは言った。


――

ジュリアがレイと関係を持ち始めた夏が終わり、秋になったある夜、ジュリアは夢を見た。彼女は夢の中で目を覚まし、窓に向かって歩いていった。下を見ると、何か動くものが庭に見えた。黒いキャットスーツを着たエレンが、スコップを使って芝生に穴を掘っていた。その行為に何か目的があるようには見えなかった。動作に感情が込められているわけではなく、それは規律正しく行われていて、見ていて退屈だった。ジュリアは、「なぜ私はエレンの夢なんか見ているのかしら。夢に何か意味があるのかしら」と思った。それから彼女はベッドに戻り、夢を見ている自分の夢を見た。筋の通った素敵な夢——空を飛びながらセックスをしている夢か何かだった。二人は(彼女の相手は昔のボーイフレンドだったが、レイには相手はレイだと言っておいた)カーペットだか筏だかの上にいた。行為のあいだ中、二人の上空や下の方では鳥が飛び回っていた。彼女は目を覚まして、職場のレイに電話をし、エレンの部分は省略して、夢の説明をした。その後、夢のことは長い間忘れていた。

エレンとレイは彼女の家主だった。そういう状況でジュリアと彼らは出会った。二人の家はジュリアの家から少し離れたところにあった。二人はたまに週末にやってきて、庭をうろうろしては、いろんなものを調べていた。時折ジュリアは、公然と口論している二人の声を聞くことがあった。何かプライベートなことを言い争っているのではなく、実のところ、何か言ってるのは一方的にエレンの方だった。レイ、どうしてインドなんかに核兵器を持たせるのよ?と、エレンが叫んでいるのをジュリアは一度聞いたことがある。畜生!

ある冬の夜、突風で雨戸が吹き飛ばされた。翌日、雨戸を取り替えるためにレイがやってきた。彼女は彼にコーヒーを出した。次に彼がやってきたのは、地下室に殺鼠剤を置くためだった。二人はまたコーヒーを飲んだ。帰るとき、レイは彼女を鋭い目つきで見つめ、腕を伸ばして、扉のガラスを金槌で叩き割った。「これを直すために明日また来なくちゃいけないな」と彼は言った。

「仕事じゃないの？」と、足元に散らばったガラス片を見ながら彼女は言った。

「午前中に休みを取るさ」

彼女はついに彼と視線を合わせた。「休みを取るなら丸一日取って」と彼女は言った。

彼が来ると、彼女は彼を二階のアトリエに案内した。当時彼女は、『自己愛による自己肯定』という本の挿絵を描く仕事で忙しかった。イーゼル、床、壁は、性的に興奮した美男美女の写真、スケッチ、絵で覆われていた。彼は彼女の方を向いて、「仕事の話をしてくれよ」と言った。彼女があの夢を見たのはそれから四か月後だった。それから間もなく、レイは離婚の申し立てをした。三月までにすべて片づいた。ライアンは共同親権にし、家の一つをエレン、もう一つをレイのものにした。レイは、ジュリアが住んでいる方の家を選んだ。

半分適法な朝を一緒に迎えたある日の朝、ジュリアは寝室のカーテンを開け、庭を見下ろした。雪解けの水の中で新聞が濡れていた。近くの芝生に、黄色いクロッカスの花が何かを示すような形に咲いていた。よく見るとそれは、「クソ野郎」と読めるように並べられていた。彼女はあの夢を思い出した。

クロッカスの花の攻撃に対する最初のジュリアの反応は、出版されたばかりの『自己愛による自己肯定』を一冊、大きな赤いリボンのついた派手な包装紙に包んでエレンに手渡すことだった。エレンが厚い包装紙を引き裂くのを見ながら、ジュリアは、何て残酷な振る舞いなのだろうと思った。彼女は、エレンの手からプレゼントを奪い返したくなる衝動を懸命に抑えていた。しかし、エレンの反応は妙だった。息が速くなり、唇を噛み、本の頁をぱらぱらとゆっくりめくった。エレンがジュリアを見上げた（エレンの方がジュリアよりかなり背は高いのだが、そのときはそう見えなかった）。そして、「いつか飲みにいらっしゃいよ。でも、今は一人でいたいの」と言った。そしてぴしゃりとドアが閉まった。

ジュリアはそんなエレンに少し好意を持ち始めた。

もちろん二人は、顔を合わさないわけにはいかなかった。ときどきライアンを迎えに行かなくてはならないからだ。そのうち二人は、何となく友だちのようになり、どちらかの家のキッチンで、座っておしゃべりをするようになった。エレンは何か飲み物や食べ物を出すわけではなく、ただ座って話し始めるだけだった。ジュリアはエレンのことを自己陶酔的とは思わなかった。実際、彼女が自分のことを話すことはほとんどなかった。その代わり、その日そのとき彼女の身に起こっていることを、不平不満の形で喚き散らすのだった。彼女は自分で自分に鋭い問いを投げかけ、それに自分で答えていた。ジュリアの役割は、エレンが気持ちよく話し続けられるように頷いたり、「もちろん、あなたは間違ってないわ」と言ったり、顔をしかめたり、笑ったりすることだった。それはまるで、マラソンコースの脇に立って、水が入った小さなカップをランナーに手渡す人のようだった。こうしたおしゃべりの後で、ジュリアは、しんとした静寂に耳を傾けるのが好きだった。その静寂は、無数の音から構成されていた。彼女はときどき自分の修士論文審査会のことを考えた。審査会のメンバーが彼女に訊ねるすべての質問に、彼女は自分が描いた小さな風景画を掲げることで答えた。そこには青い空と雲、丘と農場が描かれていた。彼女は一言もしゃべらなかったが、審査会は五分にも満たない議論の末、彼女に学位を授与した。

今は金曜日の午後だ。レイがすぐにでも戻ってくる時間だ。もちろん二人は、一緒にパーティに参加するつもりだ。そうしないのは、友だちになったエレンを裏切ることになるだろう。ジュリアは頭の後ろで髪を固く結び、黒いジーンズに黒いセーターという恰好で、結婚指輪以外にアクセサリーは何も身につけなかった。指輪は、薔薇と蔓が施された銀細工で、彼女が自分でデザインしたものだった。町の郊外に隠れるように住んでいる銀細工師に、彼女のデザイン通り彫ってもらった。二人は、ニューヨーク工科大学の実験用森林の火災監視塔で、遺伝子操作された松に囲まれて結婚式を挙げた。塔の上に一度に上がれるのは十人程度だったが、エレンはそのうちの一人だった。ハイキング用のブーツを履いていたが、彼女は本当に美しく、硬貨に刻印された自由の女神のようだった。ライアンはタキシードを着て、ひどく怯えているように見えた。しかしそれが高さのせいなのか、父親の再婚のせいなのかは分からなかった。

ジュリアとレイの間で何か問題があるとすれば、大抵それはライアンのことだ。ジュリアがライアンに嫉妬しているということではない。むしろ彼女は、ライアンのことを心から愛していた。彼女を傷つけたのは、ライアンに対するレイの態度だった。ライアンの個性的な振る舞い——それがどれほど些細なことでも——に対するレイの反応は、見ていて不愉快だった。レイのライアンに対する嫌悪感は、ライアンの半分を構成するエレンに対するものだった。前屈みでふらふら歩く姿や、鉛筆を噛んだり、かさぶたを剥がしたり、混ぜこぜになった妙な外国訛りでいろんな単語を発音したりすること——数多くあった——を嫌悪していた。しかしそれはライアンのせいではなかった。そもそも、そのどこがいけないのだろう？　幼い頃彼女にも悪い癖はあった。煙草を吸ったり、唇の皮を薄く長く引き剝がして机の上の筆箱の中で乾燥させたりしていた。社会科の授業中にマスターベーションをしたりもしていた。考えてみれば、結果的にそれがどれだけ役に立ったことか！

先日の夜、ライアンが家の玄関にやってきた。もう真夜中になろうかという時間だった。彼は玄関のベルを鳴らし、でこぼこはあるが、つるっとした表面の顔を寝室の窓に向けた。

「彼を家の中に入れてくるわ」とジュリアは言った。

「頼むから止めてくれ」と、ベッドからレイが言った。

「止めてくれ？」

彼は顔を枕に埋めた。二人からはまだセックスの匂いがした。「お願いだ。今夜はエレンの番だ。レイは家にいなきゃいけない」

ジュリアは「家」について考えた。心が痛んで彼女は言った。「レイ、あなたって冷たい人ね」

「お願いだから、その話は今は止めて欲しい。ライアンはもう七歳だ。僕たちの家を廊下の端の部屋のように使っちゃいけないんだ。こういう言い方はどうかと思うけど、信じてくれ」

とても酷いことを言っているのに、それがどう聞こえるのかレイには本当に分かっているのかしら、とジュリアは思った。ライアンが立ち去るまで彼女は立ってずっと見守っていた。ライアンが、庭に落ちていたソフトドリンクのカップを拾って、玄関から歩道までの小径の端のごみ箱に投げ入れるのが見えた。その後、彼は家の方に向かったが、父親の冷たい態度を気にしているようには見えなかった。

彼女はベッドに戻った。レイはまた仰向けになっていた。彼女は屈んで、彼の股間をつかむ振りをした。それから拳を作ってそれを自分の股間に押しつけた。

「何のつもりだ?」と彼は訊いた。

「セックスをやり直したのよ」

彼は笑ったが、それは笑うようなことではなかった。

今、彼が職場から歩いて帰ってくるところが見える。まだ音が聞こえるほど近づいてはいなかったが、肩の形や頭の傾け方から、口笛を吹いていることが分かった。エレンの家の前を通ったとき、頭を少し下げて、両手をポケットに突っ込んだ。あれがレイの問題だ。彼は元妻に怯えているのだ。彼女がとても慎重に構築してきた冷たい無関心の塔が、突然沸いてきた愛情のせいでひっくり返りそうになった。玄関の階段の最初の段に足をかけ、彼が彼女の名前を呼んだ。彼を出迎えるために彼女は降りていった。

「口笛を吹いているのが見えたわ。何を吹いていたの?」

偵察されていたことにむっとして彼は顔をしかめた。「見ていて分からないなんてびっくりだね」と彼はぶつぶつ言った。

彼が台所の流し台にもたれてリンゴを食べている間、彼女はキッチンテーブルに座って、トーストのパン屑を花の形に並べていた。彼は四十歳なのだから髪が少し白くなってもいいのにと思った。彼女はグレーの髪が好きで、彼が中年であるという事実が気に入っていた。しかし彼は中年のようには見えないし、中年のような振る舞いもしなかった。リンゴを食べ終わると、彼は腕を組むように差し出し、彼女は自分の腕をそこに通した。彼は彼女の額にキスをした。塔が崩れた。既に時間には遅れていたが、パーティには歩いて出かけた。

エレンの家の窓から、縁なし眼鏡をかけ、室内着を着た町の活動家たちが、沈鬱な表情を無理に浮かべ、誰もいない居間から出てくるところが見えた。彼らは茫然として、リスのような身体つきをしていた。エンジンの駆かったブルドーザーの前で横になったリディア・スパイアーや、地元の健康食品店やレストランで入手・利用可能な地元商品券をデザインしたポール・ウォーラーがいた。ジュリアはこれらの人のことを新聞で見て知っていた。彼女は、開け放しになったドアから、このむさ苦しい集団の中にレイを引っぱっていった。無政府主義新聞の編集者、中世ビールの醸造家、古本屋の店主、顔色の悪い自然療法医など、全員が勢揃いしていた。エレンはどこにいるのだろう？　エレンの姿は見えなかった。部屋の中央のコーヒーテーブルには白い布がかけてあったが、食べ物は置かれてなかった。食べ物や飲み物は壁際に設置された車輪付きカートの上に置いてあった。それが何かはっきりしなかったが、何も置かれていない布から何か不吉な感じがした。彼女の喉がむずがゆくなってきた。犬の臭いだ。彼女はレイと一緒にカートから離れ、非正統的歯科医療医からの誘いに耐え、口実を作って席を外し、こっそりキッチン扉から裏庭に抜け出した。

そこでは子どもたちが夢中になって遊んでいた。明るい色の物体を振り回し、意味不明な言葉を大声で口にしながらあちこち走り回っていた。時折、そのうちの一人が笑い過ぎてお腹を抱えて倒れ込んでいた。子どもたちが「庭で遊んでいる」状況が皮肉なことであるのに気づいて、ジュリアは驚き、不安になった。彼女はそのうちの一人――ライアンの友だちのフィリップだった――を捕まえた。仲間から引き離される彼の顔から笑顔が消えるのが分かった。

「ライアンはどこ？」

フィリップは敷地内の裏の方を指差した。犬小屋という意味だ。彼はエンパイア・ステート・ビルディングのプラスチックの模型を高く掲げ、仲間のところに走って戻っていった。

庭には中途半端に掘った穴があちこちにあり、空気が抜けたキックベース用のボールが溢れていた。そこら中で雑草が生え始め、カエデの若木が不規則な境界線を形成していた。バウンダーが何年も動き回ったので、犬小屋の周囲には草が無く、土がむき出しになっていた。ジュリアは屈んで中を覗いてみたが、誰もいないように見えた。

「ライアン？」

「ここだよ」

ああ、そこにいるの。暗闇の中で、一番奥の壁にもたれてしゃがんでいる灰色の人影が見えた。彼女はさらに頭を奥に突っ込んだ。目が暗闇に慣れると、地面の上にトランプを並べて彼がソリティア[3]をしているのが分かった。一番奥の隅に、表面にでこぼこがあるゴムボールや破れたぬいぐるみが押し込んであった。

「ここで何してるの？」

彼は顔を上げて、彼女に笑いかけた。それは、子どもがよく見せる笑顔ではなく、忍耐と理解に溢れた笑顔だった。一瞬、彼女の心臓が本来あるべき場所から飛び出して、静脈から解放されたような気がした。ライアンが恐れなければならないのは、レイの半分を構成しているエレンの部分ではなく、ライアンの部分ではないかと思った。彼が言った。「君がここでしているのと同じことさ。あの頭のおかしな人たちから逃げてるんだよ」。

「私も中に入っていいかしら？」

「もちろん」

彼女は難なく中に入ることができた。犬小屋は大きく、彼女は小柄な女性だった。「バウンダーがいなくなると寂しい？」

「たぶんね」

天井の梁からぎざぎざの木片が突き出ていた。彼女は手を伸ばしてそれを抜き取った。「賢い犬だったわ」と彼女が言った。「お別れね、バウンダー」

ライアンが彼女の方を向いた。まあ、何て表情！　レイと瓜二つだわ。それが今、初めて彼女の顔に気づいたように彼女を見つめていた。そして、彼女の頬に触れるかのように彼の手が伸びた。目には、小さな感情の波が洪水のように広がっていた。しかし、ライアンは彼女に触れず、訝しげな表情をした。

「ママが今日あそこで何をするか知ってる？」と彼は言った。

「いいえ、知らないわ。何をするの？」。彼女の鼻の奥が詰まってきた。

「バウンダーのこと？　ママは君に言ったの？」

「言うって何を？」

突然、彼は彼女のそばから頭を外に突き出した。日射しのせいで彼の瞳は針の先のように小さくなった。彼が犬小屋の中に頭を引っ込めると、自分の手を彼女の手の上に重ね、心配そうに言った。「ここにいて」。そうして欲しいと言うより、一種の警告のようだった。彼女は従うより他なかった。彼女の鼻は詰まり、鼻水が流れ出したが、まるでこうなることが分かっていたかのように、ライアンはズボンのポケットに手を突っ込み、彼女にティッシュを渡した。

――

エレンには、クローゼットのドアを通して、彼女のライバルであるジェーン――つまりジュリアのことだ――とレイが一緒に到着する音が聞こえた。ジュリアは、エレンとのライバル競争に勝ち抜いて生き残ったのだ。彼女に会って挨拶し、覚悟を決めてもいい時だ。明かりの中に出ていって獣医の車を待つのだ。バウンダーは、クローゼットの床に置かれたボールの中にいた。退屈して、いや退屈じゃない、鼾をかいて、と言うより苦しそうにぜーぜー大きく息をして、くしゃみをしていた。今にも死にそうな鳴き声だった。いや、そうじゃない。鳴くのはもう終わった。終わったのだ、光が消えるように。そして最後の時が訪れるのだ。いいわ。彼女は覚悟を決めた。いま何時かしら？ オーケー、準備はできたわ。出ていくのよ。

「こんばんは！」と、彼女は一人ひとりに言って回った。握手をしながら、一人ひとりの名前を口にした。リディ・ポール・トム・シド・マット・パット・ジャネット・ボブという町の聖人たちが全員、小屋の中でうずくまっている雑種のバウンダーにお別れを言うために集まっていた。バウンダーだけが、半分眠った状態で、傷つき、クローゼットの中にいた。いいや——もう痛みは去っていた。永遠の世界が間近に迫り、心臓は自然の状態に戻りつつあった！　息を吸って、息を吐いて。それでいいのだ。

「バウンダーのことを知って、とっても悲しくて——」。開発反対運動の先頭に立った愛すべきリディアが、太った身体に素敵なムームーを纏い、泳ぐように近づいてきた。二人はお互いの背中に手を当てて、頬にキスをした。「いいのよ。彼には旅立ちの時が来たの。年齢的にももう随分高齢だわ。本当にありがとう」。次は、切手サイズの巨大な入れ歯をした歯科医だった。彼は、少し揉むように彼女の肩をつかんだ。「二人でいつか出かけないか。私のところで夕食でも一緒に食べよう——」。ええ!?　こんな時にデートに誘うなんて——

待って。目を閉じて。落ち着いて。これでいいわ。

「やあ、エル」

目を開けるのよ。「こんばんは、レイ」

彼の表情に彼女自身の姿——彼女がどんな風に見えるのか——が見えたような気がした。可哀そうな人。一度も理解できたことがないんだわ。彼女は、彼が彼女を最初に見たときに彼が思ったであろう女性——美しく魅力的で、有能で、明るく元気だが、頭の悪さをまったく感じさせない、結婚相手として申し分のない女性——になろうと努力した。彼から愛され、自分も彼を愛する、そんな女性になろうと努力した。しかし、彼は自分が手にしたものを理解することができなかった。彼は彼女のことを理解していると彼女は思い込もうとした。しかしある晩、それはコピー店で明らかになった。彼女は妊娠していて、二回目の結婚記念日が近づいていた。二人で計画したパーティの招待状をコピーするために店にいた。順番を待つ彼女の隣に、バンドのためのポスターを持ったパンクロッカーがいた。そのポスターはとても複雑で難解だった。彼女は何か言わなきゃと思い、カウンターの上のポスターに指を乗せ、思いついたことを言った。

「いいわね、いいわね」

そのパンクロッカーが振り返った。明らかに彼は、ポスターが指で押さえられていることを不愉快に思っていた。「何か言われました?」

レイはエレンの肩に手を置いたが、それは、半分彼女を守るようで、半分彼女を宥めるような手の置き方だった。彼女には自分がもう一度同じことを言うことが分かっていた。そして言った。「いいわね、いいわね」

パンクロッカーは、「何か言えよ」と促すようにレイの方を見た。レイが何か言うかどうか彼女にはまだ分からなかった。「それはどうも」とパンクロッカーは言って、彼女の指の下からポスターを引き抜いた。

その夜、ベッドの上で彼は彼女に言った。彼女のお腹の中で「ライアンの原型」が動き回っていた。「あれはどういう意味だったんだ？　コピー店のことだけど」

「コピー店がどうしたの？」。宛名を書き、切手を貼った招待状が玄関のテーブルの上に積み上げてあった。

「君があの若い子に言ったことだよ」

「何て言ったかしら？」

「『いいわね、いいわね』って言ったんだ」

これだ！　簡潔にして直感的、かつ完璧だ。一回目の「いいわね」は文字通りそれが良いからだ。そして二回目の「いいわね」は、それが一回では足りないからだ。しかし彼女は、「私、そんなこと言ったかしら？　私はあれがとても素敵なポスターだと思ったのよ」

「たぶん、黙っておいた方がよかったと思う」と私は言った。

「褒めてるのに？」

彼が「忘れてくれ」と言ったのは、しばらく経ってからだった。

一回目の「いいわね」では十分でないことが問題なのだ。そしてその後に来るものが十分であることも決してないのだ。そして、それ以前に言ったこともすべて十分ではない。化石燃料に反対だと言うだけでは十分ではない。病院に行くには二マイル歩かなければならない。食料品を買うためには三マイル、図書館に行くには四マイル歩かなければならない。開発に反対するだけでは十分ではない。ブルドーザーに火炎瓶を投げつける。それなら十分かもしれない。涙を流すだけでは十分ではない。服を引き裂かなければならない。愛するだけでは十分ではない。すべてを与えなければならないのだ。

バウンダーは愛され、バウンダーはすべてを与えてくれた。癌がバウンダーを襲ったとき、バウンダーは自分の苦しみを引き受けた。彼を死なせるだけでは十分ではないのだ。それだけではいけないのだ。彼女はバウンダーを死への贈り物としなければならない。バウンダーも、彼女のために同じことをしただろう。彼女の慈悲を周囲の人すべてに見てもらわなければならない。バウンダーが、彼女の胸の中で祝福に包まれるところをすべての人に見てもらわなければならないのだ。

例のパーティの招待状は無くなってしまった。ポストに投函されたのではなく、パーティそのものが行われなかったのだ。結婚生活がそこで終わったということではなく――実際は、それはもう大したことではないように思われた――しかしそうなることに、つまり、終わることになっていたのだ。

「あなたに言わなきゃいけないことがあるの」と、いま彼女はレイに言った。彼は文字通りびくっとした。

「何だい？」

最初に口から出たのは「ライアンはどこかしら?」だった。

「知らないよ。ジュリアと一緒にいるんじゃないか? 彼女の姿も見えないね」と彼は言った。

「ライアンにいて欲しいの」

「いったい何なんだ、エル?」

「これから起こることを見て欲しいの」

玄関のベルが鳴った。レイが付けたドアベルだ。初期設定の長三和音が短七和音に変更されていた。その音色を聴くとみんな笑った。なぜなら、電気メーターの検針員や、署名活動家や、老いたモルモン教布教者がその音色を聴くと、みんなそれが不吉な前兆であることが分かるからだ。レイは今、その音を聴いて一種の恐怖を感じた。突然鳴り響いた音色が、彼の記憶の中の小さな胞子を炸裂させ、彼らの結婚生活が白日の下に晒されるような気がした。初めて彼女は、自分が何て酷いことをしようとしているのかに気づいた。いけない、ライアンをここに来させてはいけない。

彼女はドアを開けた。獣医が気味悪い箱を抱え、菓子職人みたいな笑顔を浮かべて立っていた。背は低く、せいぜい五フィート五インチくらいしかないだろう。大勢の人が集まっていることに気づいたとき、彼の笑顔は顎まで硬直した。そして、その場にいた人たちが彼に気づいたとき、みんな静かになった。一瞬、何かが計算されているような沈黙があったが、その沈黙は、くーんという犬の鳴き声で破れた。バウンダーの鳴き声だった。クローゼットのドアが自然に開いて、老犬が自らを引きずって出てきた。

毛が半分抜け、絡まった糸のようにごわごわしていた。皮膚には水膨れがそこら中にできていた。後ろ脚は、もはや貧弱な自分自身の体重を支えきれなくなっていて、彼が通った床の上には尿の痕跡が残り、それが床の上に擦りつけられた。彼が通る場所を活動家たちが空ける様子は、まるで彼が新婦であるかのようだった。これではいけない、とエレンは思った。だめ、だめ、だめ！　彼女は彼に駆け寄り、彼を床から抱き上げた。バウンダーが吠えた。彼女の行為が彼には辛かったようだ——バウンダーが吠えた——そして彼の意志は衰えた。しかし、彼女が獣医の方を向いたとき、バウンダーは決意を新たにしていた。今だわ、とエレンは思った。今だわ。

小柄な獣医が言った。「奥さん、わしをからかっとるんですか？」

それには答えず、エレンはテーブルに行き、真っ新な布の上にバウンダーを置いた。そのとき、もう一度きゃんという鳴き声がして、ため息が漏れた。バウンダーは腫れた目を閉じ、呼吸する動作を始めた。

「お願い」と彼女は言った。「急いで」

獣医は周囲を見渡した。両目の端に薄ら笑いが浮かんだ。彼の中ではすべてが終わっているのだ。そして既に、行きつけのバーで今日の出来事を友人たちに話していた。「今よ！」とエレンは心の中で思った。そして、仰向けになった犬に向かって頷いた。獣医は近くに寄って、持ってきた箱を置いた。

「これは犬ですかな?」と彼は言った。

許しがたいことに、誰かが苦笑した。「そうよ」とエレンは言った。

準備にはそれほど時間はかからなかった。注射器が取り出され、キャップが外され、薬剤が注入された。彼女は友人たちを見回すべきだったが、そうはせずに目を閉じた。スピーチを用意していたが、忘れてしまった。彼女は自分自身にがっかりした。外で遊ぶ子どもたちの声が部屋中に響いた。誰か(同じ人だろうか)が息をのんで、泣き声を漏らした。続いて部屋のどこかから別の泣き声が聞こえ、さらに別の泣き声が続いた。その内のどれかは自分の泣き声だった。彼女の肩に誰かが手を置いた。レイだった。

「君の気持ちはよく分かるよ」と、彼は力なく言った。そして、彼女は彼に身体を預けた。

「この子を押さえておいて下さらんか」と、獣医は突然思いやり深く言った。彼女が膝をつくと、レイも彼女のそばで同じように膝をついた。まるで結婚式のようだった。あのとき、彼女の膝は何日も痛んだ。誓いの言葉は永遠に続くように思われた。ときどき、あの誓いの言葉が今でも続いているように思うときがある。レイと彼女はバウンダーの方に身を乗り出し、彼を腕の中に抱き上げた。エレンはバウンダーの目を覗き込んだが、レイの目と同様、その目は閉じられていた。

「心配は無用じゃ、ポチ」と獣医は言った。「ぜんぜん痛まんからな」

訳注

［1］アメリカサウスダコタ州ミッチェル市にある多目的アリーナ施設。トウモロコシやその他の穀物をモチーフに建物や壁画がデザインされているため、人気の観光施設となっている。

［2］アメリカの学校における成績評価は、「A」、「B」、「C」、「D」、「F」というアルファベットに、「+」「−」を加えた記号で表記する。

［3］ボードゲームやカードゲームなどのうち、一人で遊ぶことができるゲームの総称。

訳者あとがき

本書は、J・ロバート・レノン（一九七〇–）著、*See You in Paradise* (2014) の全訳である。著者のJ・ロバート・レノン氏は、現在、米国コーネル大学英文科の教授で、現役で活躍中の作家でもある。この短編集以外にも、*Pieces for the Left Hand* (2005)、*Let Me Think* (2021) という二冊の短編集があり、その他に、*The Light of the Falling Stars* (1997)、*The Funnies* (1999)、*On the Night Plain* (2001)、*Castle* (2002)、*Mailman* (2003)、*Happyland* (2007)、*Familiar* (2012)、*Broken River* (2017)、*Subdivision* (2021) の九冊の小説を発表している。また、米国CBSで放映されたテレビドラマ *Unforgettable* (2011) は、氏の短編 "The Rememberer" (2008) が原作である。処女作 *The Light of Falling Stars* (1997) は、1997 Barnes & Noble Discover Great New Writers Award を受賞し、短編の何作かは、*Prize Stories: The O. Henry Awards* (2000)、*The Best American Short Stories* (2005)、*The Best American Nonrequired Reading* (2011) といったアンソロジーにも収められており、J・ロバート・レノン氏は、現代アメリカを代表する作家の一人である。

この短編集には、十頁から二十頁程度の短編が十四編収められている。以下に、その十四編について簡単な梗概を紹介することで、「訳者あとがき」に代えたいと思う。

＊　＊

第一話　「ポータル」

この物語は、夫婦と子ども二人という四人家族が、自分たちの住む家の裏で、時空を移動することができる魔法のポータル（扉のようなもの）を発見し、そこを通って、様々な架空の世界へ出かけていくという物語である。この物語の家族も、普通の家族と同様、子どもが成長する過程で様々な問題を抱えている。そして、子どもたちが一人立ちする頃には、家族はほとんどばらばらになりつつある。しかしこの家族は、ポータルを通って現実と異なる時空に行くときだけは、唯一、お互いに協力し合い、行動を共にする。その意味では、このポータルは、ばらばらになってしまいそうな家族を繋ぎ止める役割を果たしている。ポータルが、現実には存在しない異次元の時空へ家族を連れていく装置だとすれば、そういう場所の存在を信じることこそ、現代の私たちが必要とするものなのかもしれない。

第二話　「虚ろな生」

この物語は、養子斡旋仲介業者が主催するイベントで知り合った、子どものいない二組の夫婦が、同じ男の子に関心を持ち、その両夫婦が、その男の子を養子にするために心理的な駆け引きをする物語である。一方の夫婦の夫は裁判官で、社会的にも経済的にも非の打ちどころがない。もう一方は、欠点はいろいろあっても、普通に暮らしている共働きの夫婦である。前者の夫婦が、後者の夫婦を自宅へ夕食に誘う。そこで、目当ての子どもをどちらの夫婦が養子にするべきかについての心理戦が始まる。結局、夫が裁判官である夫婦は、地位や財力を使って事を優位に運ぼうとするのだが、そのやり方は、読者が共感できるようには描かれていない。一方、「普通の」夫婦の方は、相手のやり方にうんざりし、「養子争奪戦」から離脱する。言うまでもなく、物語は、後者の夫婦に読者が共感するように描かれ、物語の最後では、その夫婦の間に新しい愛の芽生えが感じられるようになっている。

第三話　「楽園で会いましょう」

この短編集のタイトルにもなっている「楽園で会いましょう」は、ビジネススクールの同窓会誌の編集主幹をしている主人公が、全米屈指の企業の後継ぎである一人娘に、同窓会誌への寄附の依頼をするところから始まる。後継ぎ娘から首尾よく寄附の約束を取りつけるのだが、主人公は、その娘に恋をする。娘も彼の気持ちに応える。二人の関係は娘の父親の知るところとなり、娘の父親から、会社のために、西インド諸島付近の島に節税対策として一人で赴任することを命ぜられる。ある日、その島に彼のガールフレンドが訊ねてきて、二人はバーへ行って、酒を飲んだり踊ったりして楽しい時間を過ごす。しかし、翌朝彼が目を覚ますと、彼女はすでにいなくなっていた。結局、彼女との交際も、節税対策としての仕事も、滞在していた島での経験も、何から何まで、娘を「餌」に使った父親の策略だった。彼女もそれを承知で彼と交際していたのである。ただ物語には、父娘親子が主人公を騙したとはどこにも明示されていない。読者は、お人好しの主人公が、純粋に裕福な家の娘と恋に落ち、娘の父親の会社で真面目に働いただけであるように描かれている。主人公と娘の恋愛が仕組まれたことであることや、南国の島での娘との経験が、すべて彼女の父親が金でお膳立てしたことを読み取るには、読者の側の能動的な解釈が必要である。ここに記した梗概も、もしかすると訳者の間違った解釈によるものかもしれない。読者の皆さんはどのように読まれるだろうか。

第四話 「鉄板焼きグリル」

この物語の原題は"Hibachi"である。今や"Hibachi"は、"karaoke"、"judo"、"futon"などと同様、「ステーキ・鉄板焼き料理」を意味する単語として、日常英語に登録されている。

この物語は、子どものいない夫婦の夫が、横断歩道を歩行中に、高齢女性が運転する車に轢かれ、生涯、車椅子生活を強いられることになったという話である。しかし物語の中心は事故にあるのではなく、この夫婦と友人だった人たちが、夫が車椅子生活になると、この夫婦と疎遠になったことに対して、妻が、夫に内緒で復讐するところにある。かつての友人たちへの妻の復讐を目にした夫は、妻への愛を新たにし、夫婦の絆は一層強くなる。この短編も、第二話の「虚ろな生」と同じく、子どものいない夫婦が、困難な出来事を経験することを通して、夫婦の愛を新たにするという展開になっている。この短編集に収められた物語に共通するテーマの一つは、夫婦あるいは家族が、さまざまな出来事を通して、夫婦間や家族間の関係について新たな視点を獲得するというものである。夫婦や家族関係は、個人の自由を抑圧するものとして描かれることも多いが、少なくともこの短編集において作者は、夫婦や家族間における関係修復への新たな可能性を探っているように思われる。

第五話　「ゾンビ人間ダン」

この物語は、医学が発達し、死んだ人間を生き返らすことが可能になったという設定の物語である。富裕な家庭の子どもであるダンは、ヨット遊び中に溺死するのだが、両親の経済力のおかげで蘇生治療を受け生き返る。しかし、完全にもとに戻るわけではなく、記憶や言語運用能力が不完全なままであるため、知性に問題が残っている、あるいは逆に、過度に知性が働く。そのため、家族や周囲の人間の秘密や、公にしたくない過去の事柄を、周囲の人に配慮することなく話してしまい、両親にとっても友人たちにとっても迷惑な存在になる。結局、高額な治療費を払って息子を生き返らせたにもかかわらず、母親は、息子の友人にダンの殺害を依頼する。しかし、すべてを見通していたダンは、友人の銃から銃弾を抜き取っていた。そして物語の最後では、自分を殺害しにきた友人を哀れむように、友人の口元に煙草を一本挿み込む。一読するだけでは、死んだ人間がゾンビとして生き返る荒唐無稽な物語だと思われるが、知性が欠損したように見えるゾンビ人間が、実はすべてを見通しており、彼を殺そうとする普通の人たちこそ「ゾンビ」的な存在で、現代人の救いの可能性は、ダンのような蘇生人間の方にこそ存在するのではないかと思わせる展開になっている。読者の皆さんはどう読まれるであろうか。

第六話　「バック・スノート・レストランの嵐の夜」

双子の兄妹が経営するレストランの物語である。嵐の夜、中年の夫婦が、嵐から避難するように店に入ってきた。店内に客はいない。双子の経営者は一風変わった兄妹で、少し知的障害があるかのように描かれている。兄の方は身体も大きく、暴力的な感じさえ漂わせている。店に入った夫婦は、兄妹の特異な雰囲気を感じ取り、店を出るべきかどうか相談するが、外の暴風雨のことを考えて店内に留まることにする。しかし、店で出された紅茶の出来具合が妙であったことから、二人は店を出ることを決断する。強風と豪雨の中、夫婦はやっとの思いで駐車場の車にたどり着くが、その様子を見ていた経営者の兄が、嵐の中に出ていくのは危険だと考え、二人を思い留まらせようと後を追う。その行為を、夫に対する攻撃だと勘違いした夫婦の妻は、車に積んであった釣り道具の中から包丁を取り出し、経営者の兄を刺してしまう。一読するだけでは、知的な問題を抱え、危険な感じのするレストランの経営者が、嵐の夜にやってきた善良な夫婦を襲う物語のように読めるが、少し注意すれば、そんな単純な物語ではないことが分かる。危険な人物であるかのように描かれていた兄妹の兄が、実は、店を訪れた夫婦の安全を思い、店に留まるよう後を追いかける善意の人であったり、その行為を攻撃だと勘違いした夫婦の妻は、実は、長年にわたる母親との確執を抱えていたりと、物語の解釈について様々な装置が仕掛けられた作品である。

第七話「生霊」

この物語は、結婚しても不幸なままでいることを望んでいる女性と、それを否定しない男性の夫婦の物語である。いつも不幸そうにしている妻が、ある出来事をきっかけに、突然、明るくて前向きな女性に変身する。その変化に違和感を持った夫が、妻が出かけた後に寝室を覗くと、妻の抜け殻のようなものをベッドの上に発見する。突然明るく陽気になった妻は、その抜け殻から出たために生まれた。ベッドに残された抜け殻は動くことができ、昼間、家の中を動き回る。そうした日々が続いたあと、とうとう夫は、その抜け殻と性的な関係を持ってしまう。するとある日、妻は、それまでのように、自分とその抜け殻とを分離することができなくなる。それだけでなく、自分が妊娠していることに気づき、妻は、夫がその抜け殻と性行為をしたことを確信する。この短編のタイトル「生霊」は、妻の抜け殻のような物体のことを指す。抜け殻から分離すると、妻は、以前の不幸な女性ではなく、明るくて若々しく、元気で前向きな女性になるのである。男性は、明るくなった妻と性的関係を持つのだが、そういう妻をどこか本物の妻ではないように感じ、物足り無さを感じる。しかし、妻の妊娠が判明すると、妻は二度と「生霊」と自分を分離することができなくなり、もとの不幸な女性に戻ってしまう。この短編も、妻の「生霊」と性行為をするという荒唐無稽な物語だが、明るくて前向きな妻と性行為をしてもどこか物足りなさを感じる一方、不幸で悲観的な部分を引き受けた「生霊」と性行為をすると妻が妊娠するという展開がある種の啓示を読者にもたらすものになっている。

第八話　「呪われた断章」

このセクションには、一つの物語ではなく、一つの物語に発展したかもしれないスケッチのようなものが五十編集められている。短いものはたった一語、一番長いものでも三百語程度で、それぞれの断片の間に物語的な繫がりはない。一つ一つの断片も、日常の何気ない一場面を描写してあるだけで、物語的な発展がないものがほとんどである（もちろん、ある程度の長さのものには、それなりの物語性はある）。しかし、どれだけ短い断片を読んでも、そこに何らかの意味を読み取ってしまうのが読者であり読書という行為であるが、それは必ずしも同じ一つの意味である必要はない。しかしだからと言って、その断片からどんな意味を読み取ってもよいということにはならない。ここには、読者の側の多様で自由な解釈と誤読とはどう異なるのかという読書にまつわる根源的な問いがある。また、ある単語の集まりが意味を持つのは当然だが、その意味に物語性をもたらすものは何なのか、あるいはもっと端的に、「物語とは何なのか」という原理的な問いを読者に投げかける章となっている。

第九話 「ウェバーの頭部」

この物語は、ガールフレンドと別れた男性が、ルームメイト募集の広告を出すと、ジョン・ウェバーという男性が応募してきて、二人が一緒に生活をするところから始まる。ウェバーは決して悪い人間ではないが、思い込みの激しい、少し風変りな人物である。彼は彫刻家で、自分の頭部の彫像を自室で制作している。そのウェバーが、ガールフレンドに結婚のプロポーズをするため、ハイキングを計画する。二人でハイキングに出かけるウェバーを見送った主人公は、強い絶望感に襲われ、自分の生き方を反省する。すると突然、雪崩れが発生し、野生動物が大量に逃げ出し、アパートも圧し潰される。不幸なことに、ウェバーとそのガールフレンドは雪崩れで亡くなってしまう。物語の最後で主人公は、以前のガールフレンドとの関係を取り戻し結婚する。そして、事業家として成功した彼女のそばで、彼が平凡な幸せを噛みしめるところで物語は終わる。生命力旺盛なジョン・ウェバーが亡くなり、そのジョンから「人生の目的を持った方がいい」とアドバイスされた主人公が、元のガールフレンドと結婚し普通に幸せな人生を送るという結末は皮肉であるが、物語が皮肉な展開で終わるのは珍しいことではなく、むしろ普通である。その皮肉な展開それ自体にこの物語の面白さがあるわけではないが、ここに描かれたジョン・ウェバーという人物と、そのルームメイトである主人公の描かれ方に、この作者独特のスタイルが感じられる作品になっている。

第十話　「エクスタシー」

ベビーシッターのアルバイトをしている女子大学生が、夜中にベルが鳴ったので玄関に様子を見にいくと、ベルを鳴らしたのは若い男性警察官だった。彼を家の中に入れると、彼女は、ベビーシッターをしている家庭の夫婦が交通事故で亡くなったという知らせを聞く。警察官は、「事故に遭った夫人のお姉さんに連絡したので、間もなく到着すると思うが、子どもが目を覚ましたときのことを考えて、少しその家に留まってもらえると有難い」という趣旨のことを話し、連絡先を記した名刺を彼女に渡して、一旦、その家をあとにする。一人になったベビーシッターは家の中を見て回る。夫婦の寝室で見つけたアルバムから、特に理由もなく、一枚の写真を彼女は自分のポケットにしまう。しばらくすると、夫人の姉夫妻が到着し、彼女は大学の寮に戻る。すると、例の警察官から電話があり、彼は彼女へ感謝の言葉を述べる。その後に彼は、もう一度会えないかと彼女をデートに誘う。戸惑いながらも、その申し出を受けた彼女は、事故に遭った夫婦の寝室から写真を一枚持ち帰ったことを話す。しかしその警察官は、写真はそのまま持っていていいと彼女に伝える。そして、電話を切ったあと、彼女は眠りにつく。

一読するだけでは、特異な状況で出会った若い男性警察官と女子大学生との間で恋が芽生える物語として読める。もちろん、それはその通りである。しかし、少し深読みするなら、ベビーシッターをしている女子学生が持ち帰った写真に写っているのは、事故に遭った夫人の姉ではないかという解釈ができないことはない。つまり、事故に遭った夫婦の夫が、妻の姉と浮気をしている可能性を否定できないということだ。そのことに気づいたベビーシッターが、夫婦の秘密が公になるのを防ぐために、その写真をこっそり持ち帰ったのではないかという解釈である。もちろん、そのようなことは作品のどこにも明示されていないが、そのように解釈すると、作品の細部に新たな意味が隠されているようにも読める。読者の皆さんはどのようにお考えだろうか。

第十一話　「1987年の救いのない屈辱」

夫婦と娘二人の四人家族が、湖畔に毎年恒例の休暇に出かける。しかし、夫婦は既に離婚を決意しており、今年が家族で出かける最後の休暇であることを意識している。家族は目的地に到着し、各々いつものように休暇を楽しむ。休暇中のある日、娘二人が、湖岸の浜辺に埋められた「タイムカプセル」を見つける。家族全員が集まり、中を確かめてみると、それは、何年か前に同じように休暇に来ていた家族が、いつか誰かが発見するように、想い出の品を詰めたものであることが分かる。タイムカプセルの中には、害の無いがらくたと、家族一人ひとりが書いた手紙が入っていた。夫婦と幼い息子が書いた手紙は他愛のないものだったが、娘が書いた手紙の内容は深刻だった。そこには、この休暇がとても酷いものであること、彼女が父親を心の底から憎んでいること、自分は家を出るつもりであることなどが綴られていた。その手紙を回し読みしたあと、主人公一家は、父親の提案で、そのタイムカプセルに自分たちの想い出の品を詰め、再度、浜辺に埋めることにした。各自、想い出の品を詰め、家族全員で、再度タイムカプセルを埋めた。その後、家族は休暇を切り上げ、帰ることにする。帰宅の途中、ファミリーレストランで食事をしているとき、母親が携帯電話を使おうとしたが、携帯電話がどこにも見つからなかった。それを、夫の嫌がらせだと思い込んだ妻は、人目も憚らず夫を罵倒する。そのとき突然夫は、娘二人が何かをビニール袋に入れて砂浜に放置していたことを思い出し、娘への強い愛情を感じる。もちろん、そのビニール袋には母親の携帯電話が入っていたのだが、そのことは物語中に明示されているわけではない。あるいは、そのビニール袋には、携帯電話は入っていなかったのかもしれない。いずれにせよ、母親の携帯電話について、読者が能動的に考えなければならないように書かれている。この物語も、タイムカプセルという異空間からのメッセージを受け止めることによって、家族が家族として留まろうと懸命に努力する姿を描いた美しい作品だと思う。

第十二話　「フライト」

この物語は、母親が危篤であるという知らせを受け取った主人公が、仕事を休み、飛行機を乗り継いで母親に会いにいくのだが、実は、母親の危篤というのは事実ではなく、単に息子に会いたかっただけであることが分かり、主人公は自宅に戻るというだけの物語である。しかし、その間に、主人公に妙な間違い電話がかかってきたり、予定していたフライトが飛ばなかったり、以前のガールフレンドの家で一夜を過ごすことになったりというエピソードが随所に挿まれていて、むしろ、そのエピソードの一つ一つが物語の中心であるともいえる。また、物語中の出来事は、時間軸に沿って整然と語られているわけではなく、母親に会いにいき、帰ってくるまでの間の主人公の意識が、前後の脈絡なく提示される。そのため読者は、自分が物語上のどの場所・時間にいるのか混乱する。もちろんそれは作者の意図的な操作であり、そこにこの短編の面白さがある。作者のJ．ロバート・レノン氏は、カズオ・イシグロの『充たされざる者』（一九九五）を高く評価しており、その影響をこの短編に垣間見ることができる。

第十三話　「未来日記」

主人公は小学校の教員なのだが、ちょっとした諍いで勤務先に嫌気がさし、ガールフレンドで同僚でもある女性に、「仕事を辞める」と校長に伝えてくれと依頼する。そのあと主人公は、離婚した元妻の自宅へ娘に会いにいく。娘の家族は外出中で家には誰もいない。彼は誰もいない家に忍び込み、娘の部屋に侵入する。しばらくすると、家族が帰宅する。娘が一人で部屋に入ってきたとき、父親が部屋にいることに驚くが、怯えることはなく、父親との再会を喜ぶ。家族が寝静まるまでの間、父親は娘の部屋でじっとしているが、家族が寝静まった隙にその家を出る。その後、ガールフレンドの家にいき、仕事を辞めると言ったことを後悔するが、ガールフレンドはそのことをまだ校長に伝えていなかった。主人公はそれを知って安心し、ガールフレンドと協力して、教員の仕事を続ける決心をする。

この作品も、職場に嫌気が差した主人公が、分かれた妻のもとにいる娘に会うことを通して、自分の人生をもう一度やり直す決意をする物語である。この作品には、時空の異なる異界は出てこないが、分かれた妻のもとにいる娘との接触を隠喩的に解釈すれば、ここでも、非日常的なものとの関わりが、主人公の再起への契機となっていることが分かる。

第十四話　「お別れ、バウンダー」

　主人公は、妻と離婚し再婚しているが、元妻は息子と一緒に近くに住んでいる。彼らは「バウンダー」と名づけられた犬を飼っていたが、その犬は元妻が引き取っていた。ある日、彼のところにバウンダーの「お別れの会」の案内が届く。彼は、今の妻と一緒にバウンダーの「お別れの会」に参列する。「お別れの会」には、妻と付き合いのある一風変わった町の人たちが集まっていた。いわゆる「活動家」と呼ばれる人たちだ。元妻も、「環境破壊」や「都市開発」に対して直接的な反対運動を起こしている人物である。その妻が、老衰で死ぬバウンダーのために「お別れの会」を計画する。獣医が招かれ、バウンダーが安楽死させられる様子を参列者全員が見守る。元妻は、飼い犬の最後を看取るために、町中の仲間を集め、その人たちの前で仰々しく死なせなければならなかった。バウンダーの「お別れの会」は、飼い犬が死ぬのを見守るというよりは、犬の最期を演出する彼女のために催されていた。主人公の元妻にとっては、飼い犬も、ひっそりと逝かせるだけでは不十分なのだ。その様子を見ていた主人公は、元妻の過去の様々な言動を思い出し、元妻を理解するための新たな「視点」を獲得する。バウンダーの死が主人公に新たな啓示をもたらす契機となっているのである。

右に述べた梗概が示すように、ここに収められた十四編の短編には、コミュニケーションが上手くいかない家族や男女が多く登場し、そのような人たちが、様々なことをきっかけに、コミュニケーション不全を修復していく過程が描かれている。その修復のきっかけとなるのが、現実的な「いま・ここ」とは違う世界、言わば、可能世界やパラレルワールドといった世界の存在である。可能世界やパラレルワールドは、世界中の文学作品が長く扱ってきたジャンルの一つである。日本を代表する現代作家のひとり村上春樹も、パラレルワールドを扱った小説を幾つも発表している。

この短編集の中の幾つかの作品は、一見、荒唐無稽な空想物語のように読めるが、少し深読みすると、この短編集に描かれている荒唐無稽な世界は、私たちの現実生活が抱える問題を克服する装置として描かれているのではないかと思えてくる。

たとえば、第一話の「ポータル」は、まさしく、ある家族が、時空の異なる架空世界に冒険に行き、そのことを通して、かろうじて家族としてまとまり続ける物語であるし、第五話の「ゾンビ人間ダン」や第七話の「生霊」では、ゾンビや生霊といった架空の存在を通して、私たちの「いま・ここ」という現実世界が、時空の異なる異界の影響を受けている可能性を示唆している。また、第六話の「バック・スノート・レストランの嵐の夜」では、ゾンビや霊といった架空のものではなく、生身の人間との接触を通して、「いま・ここ」とは違う世界の存在に気づかされる。第十二話「フライト」で主人公が受ける間違い電話は、物語の筋とは直接関係ない出来事であるにもかかわらず、どこか異空間からのメッセージのように受け止められ、この物語のテーマに関わる重要なエピソードとして挿入されている。

この短編集に収められている物語を訳しているとき、訳者である私は、「この物理的な現実世界は、本当に、誰にでも同じような仕方で存在しているのだろうか？」、あるいは、「私たちが住む日常世界は、実は至る所で、異界へと通じる裂け目に溢れているのではないだろうか？」という問いに幾度となく悩まされた。

しかし、そもそも物語とは、物理的・論理的・実証的には明らかにできないものの実在を、言語を用いて表現する行為だとすれば、そして、言語学の知見が示唆するように、私たちの現実の在り方が言語によって違っているとするなら、J・ロバート・レノン氏の物語は間違いなく、私たちの日常世界に裂け目を入れ、私たちが異界を覗くことを可能にしてくれている。

＊　＊

訳者として、英文の訳出には最大限に慎重を期しましたが、至る所に誤訳や思い違いが散見されると思われます。読者の皆さまからのご教示をいただければ幸いです。また、今回の翻訳に際しても、ミラー・イングリッシュ・アカデミー創設者のアンドリュー・ミラー氏に、訳者の理解不足を何度も補っていただきました。氏のお力添えがなければ、この翻訳が出版されることはありませんでした。改めて心からお礼を申し上げます。

「訳者あとがき」の締めくくりに、いつものように個人的なことを書かせていただきます。

今回の短編集は、関西大学外国語学部における二〇二一年度の訳者の「専門演習」の課題作品でした。その意味では、今回の翻訳も、「専門演習」の履修生たちとの共訳と言えます。

今や、実用的な用件を済ませるだけなら、自分が英語を使わなくても、翻訳ソフトや人工知能（ＡＩ）を利用したデジタル機器を使えば用件を済ませられる時代になりました。しかし、翻訳ソフトやＡＩでは小説は読めません。そもそも翻訳ソフトやＡＩは、言語を読んでいるわけではないのです。私は、人間が言語を読むとはどういうことであるかを、もう一度、原理的に問わなければならない時代になっていると思います。

大学で英語を勉強することが、いつの間にか、「機械でできるようなことを人ができるようになること」になった時代に、小説の翻訳という面倒臭い作業に根気よくつき合ってくれた履修生の氏名を、感謝の気持ちを込めて、ここに記しておきたいと思います。小川真依、小田颯生、樫本恵実、菊池未来、中村玲菜、山口剣人の六名は、小説の翻訳という面倒な作業に根気よくつき合ってくれました。皆さんのおかげで、今回の翻訳を出版することができました。ありがとう。

最後になりましたが、今回の出版に際して、大阪教育図書株式会社の横山哲彌社長には大変お世話になりました。謹んでお礼申し上げます。

李　春　喜

楽園で会いましょう

二〇二三年 一月 一六日 初版一刷発行

著 者 J・ロバート・レノン
訳 者 李 春喜
発行者 横山 哲彌
印刷所 株式会社 共和印刷
発行所 大阪教育図書株式会社
〒530-0055 大阪市北区野崎町1-25 新大和ビル3階
電話 06-6361-5936 FAX06-6361-5819
E-mail/ daikyopb@osk4.3web.ne.jp
HP/ http://www2.osk.3web.ne.jp/~daikyopb

ISBN978-4-271-31038-9 C0097